*For Joe Schlaibman,*
*my warmest wishes*
*y un abrazo muy*
*fuerte,*
*[firma]*

# AVENTURAS,
## INVENTOS Y MIXTIFICACIONES
# DE SILVESTRE
# PARADOX

## LITERATURA

ESPASA CALPE

# PÍO BAROJA

# AVENTURAS, INVENTOS Y MIXTIFICACIONES DE SILVESTRE PARADOX

Edición
E. Inman Fox

COLECCIÓN AUSTRAL

ESPASA CALPE

*Primera edición: 27 - II - 1954*
*Octava edición: 14 - XII - 1989*

© *Julio Caro Baroja, 1954*

© *De esta edición: Espasa-Calpe, S. A.*
—
Maqueta de cubierta: Enric Satué
—
*Depósito legal: M. 40.201 — 1989*

*ISBN 84 — 239 — 1916 — 1*

*Impreso en España*
*Printed in Spain*

*Talleres gráficos de la Editorial Espasa-Calpe, S. A.*
*Carretera de Irún, km. 12,200. 28049 Madrid*

# ÍNDICE

# INTRODUCCIÓN

## Baroja y la sociedad de fin de siglo

Si la novela «contemporánea» de Galdós representa una crónica de la clase media y de la sociedad urbana de la España de la Restauración, en la cual se refleja el sistema de valores, fundado en el racionalismo y la confianza en el progreso material, del capitalismo burgués, la novela de Baroja proyecta una crisis de confianza en el orden social resultante y refleja una postura que caracteriza el espíritu español de fin de siglo.

Recordemos que la evolución de la industrialización y el capitalismo en España fue lenta sobre todo entre 1840 y 1870. Pero hubo una importante expansión económica entre 1870 y 1898, debida en parte a grandes aumentos en las inversiones extranjeras, facilitadas por el librecambismo, de países que empezaban a hacer competencia al monopolio industrial de Inglaterra, y también a la entrada de los grandes terratenientes españoles en el mundo industrial y comercial. En el último tercio del siglo el capitalismo y la industrialización habían avanzado lo suficiente como para haber establecido ya definitivamente en España una burguesía capitalista. Al mismo ritmo va surgiendo y creciendo la clase obrera —concomitancia de la sociedad capitalista— y la clase media capitalista se convierte en una clase conservadora, que hace suyos los valores tradicionales de la antigua aristocracia, hasta el punto de tomar el disfraz de nuevos títulos de nobleza creados por la monarquía de la Restauración.

No sólo habían contribuido la desamortización y la industrialización a la evolución de una nueva estructura social en España, caracterizada por el conflicto típicamente europeo entre la clase capitalista y la clase obrera, sino que también se producía poco a poco una fragmentación en el seno de la clase media misma. A partir de 1868, con el fracaso de la revolución burguesa, se pueden identificar varios grupos diferentes que se encontraban a menudo en desacuerdo. El primero es el izquierdismo liberal —al que pertenecían muchos intelectuales de un sector de la pequeña burguesía— que siguió el auge de la «Federal» de 1873-1874. Éstos se sintieron amenazados por los impactos de la industrialización y soñaban con una sociedad más o menos precapitalista, teñida de utopismo, en que reinarían la justicia y la libertad para todos. En segundo lugar, había un sector de comerciantes y pequeños fabricantes, apoyados en el librecambismo, que pedían la «europeización» de España, es decir, la creación de una estructura política que permitiese el desarrollo independiente de una clase media capacitada para participar en la sociedad capitalista europea. Al mismo tiempo su posibilidad de participar en el nuevo orden socio-económico se complicaba por el hecho de que el capitalismo español durante la Restauración estaba dominado por un tercer sector de la clase media, la burguesía adinerada (los proteccionistas). Ésta, asociada políticamente con la nobleza y los grandes terratenientes, disminuía el poder de la burguesía liberal, impidiendo así el progreso económico al modo europeo [1]. Resultó entonces que dentro de una socie-

---

[1]  Sobre la estructura de clases hacia finales del siglo XIX, véase Antoni Jutglar, *Ideologías y clases en la España contemporánea (1874-1931),* Madrid, 1971.

dad cambiada por el capitalismo y la industrialización y por el bloque político de la nobleza, de los grandes terratenientes y de la burguesía capitalista, el resto de la clase media —particularmente la pequeña burguesía tal como fue concebida en su estado precapitalista— se sentiría frustrado en sus nuevas ambiciones y amenazado por la pérdida de su característica independencia [2].

Una aguda toma de conciencia ante estas realidades socio-económicas, llega a determinar la forma y el sentido de todo lo que escribe Pío Baroja al principio del siglo. Notamos en él actitudes que le asocian claramente con el izquierdismo liberal de la pequeña burguesía: su intelectualismo, sus posturas favorables hacia el anarquismo utópico, su desprecio por el progreso material, su anticlericalismo y su amor por la patria chica, el País Vasco no industrializado, etc. De otro lado, una de las ambiciones más fuertes del joven Baroja —y curiosamente la crítica ha ignorado casi totalmente este aspecto de su biografía— era participar directamente en la vida comercial y el resultante bienestar económico de la clase media española. Pero para una persona de las ambiciones de Baroja y procedente de la baja clase media —orígenes que comentaré en seguida— la experiencia iba a resultar frustrante.

## LA FORMACIÓN PSICOLÓGICA DE UN ESCRITOR

Hay amplio testimonio en las *Memorias* y la correspondencia publicada de Baroja de que una de sus principales preocupaciones a la vuelta del siglo fue el hecho de que consideraba problemáticas sus relaciones

---

[2] Cfr. Manuel Tuñón de Lara, «La burguesía y la formación del bloque de poder oligárquico: 1875-1914», en *Estudios sobre el siglo XIX español*, Madrid, 1972.

con la realidad socio-económica que le había tocado
vivir. Pero más importante aún resulta el hecho de
este mismo material prueba que Baroja analizó el problema a menudo en términos de lo que era para él una
existencia delimitada por sus orígenes de clase. Veremos así que Baroja asumirá, todavía bastante joven,
una conciencia de clase que llega a convertirse casi en
ideología. Y es precisamente este nivel de conciencia
o auto-conciencia, expresada por Baroja en cuanto a
las relaciones entre individuo y sociedad, lo que nos
permite en su caso pasar libremente —o *mediar,* según
diría Sartre— entre lo económico y lo social, y entre
lo social y lo psicológico; se trata de pasos esenciales
cuando se trata de explicar las correspondencias entre
ideología, obra de arte, y realidad socio-histórica fun-
damental.

Repasemos, entonces, la biografía del joven Pío Baroja, haciendo hincapié en las percepciones que él
mismo tuvo de sus oportunidades sociales y económicas. Nació en 1872, como tercer y último varón en el
seno de una familia de recia estirpe vascongada. Su
abuelo paterno fue librero que componía un periódico
liberal en su librería, y su padre, ingeniero de minas
—es decir, funcionario del Estado— con reputación de
algo bohemio, había sido también voluntario liberal
durante la segunda guerra carlista. Nació Baroja en
San Sebastián, en casa de su abuela materna, viuda y
pequeña propietaria de un par de casas en un pueblo
de la provincia de Guipúzcoa.

En 1879, el padre de Pío fue trasladado al Instituto
Geográfico y Estadístico de Madrid y la familia se ins-
taló en la calle Real, hoy prolongación de Fuencarral,
más allá de la glorieta de Bilbao. El barrio, parte del
entonces nuevo ensanche de Madrid, estaba ocupado
por aquellos años más que nada por obreros industriales y gente de la pequeña burguesía. Luego los Baroja
se fueron a vivir a la calle del Espíritu Santo, calle

que pertenece a aquel barrio madrileño, justamente al norte de lo que es hoy la Gran Vía, donde está situado gran parte de *Aventuras, inventos y mixtificaciones de Silvestre Paradox*.

De 1881 a 1886 vivían en Pamplona donde estudió Pío el bachillerato en el Instituto. En su libro de memorias, *Familia, infancia y juventud*, el mismo novelista nos da una impresión de la situación financiera de su familia: «En esa época de estudiante de bachillerato tenía yo, como los demás chicos, muy poco dinero. En las familias modestas se daba a los muchachos unos céntimos los domingos» (*OC*, VII, 551). Sus experiencias de niño travieso y de lector de folletines en Pamplona se comentan ampliamente en sus memorias, y Baroja le atribuye estas mismas experiencias al joven Silvestre Paradox, constituyendo así un ejemplo del carácter autobiográfico que el autor prestaba tan a menudo a sus textos novelescos.

En 1886, el padre fue nombrado ingeniero jefe de minas de Vizcaya, pero resolvió mandar a la familia a vivir otra vez en Madrid, donde se instalaron en un piso en la calle de Independencia próximo al teatro Real; luego se mudaron a la calle de Atocha. El año después, Pío empezó los estudios preparatorios de la carrera de medicina; en *El árbol de la ciencia* narra, como es sabido, las experiencia de aquellos años. Más tarde recordará su condición económica de entonces: «La mayoría de los estudiantes de mi época era gente de poco dinero. No hacíamos vida social, ni literaria, no nos asomábamos a los teatros grandes, sólo íbamos algún domingo por la tarde a teatros pequeños y no asistíamos a estrenos de obras importantes. Estábamos en esto a la altura de los menestrales y de los dependientes de comercio» («La formación psicológica de un escritor», *OC*, V, 866).

Cinco años más tarde, en 1891, la familia de Baroja se marcha a Valencia, donde el padre había aceptado el puesto de ingeniero jefe. Pío no había terminado todavía la carrera de medicina, y desde allí escribe en 1893 a un amigo suyo, el hermano de Luis Ruiz Contreras: «Tengo furor por concluir la carrera; pero la verdad, no tengo esperanzas de obtener con ella una posición social ni siquiera decente. Para esto se necesita estudiar mucho, ver más y tener conocimiento de mundología, ciencia que, aunque no se enseña en ninguna escuela, vale más para prosperar en sociedad que la Anatomía y la Patología médica... No estoy animado; y es que lograr un puesto mediano en la vida es difícil. La lucha por la existencia se hace cada vez más ruda; los caminos se erizan de dificultades, y el que es una medianía —como somos la mayor parte— no se contenta con poco y quiere gozar de los refinamientos y de las comodidades de la vida; y esto no puede ser» [3].

El joven Baroja se doctora por fin en 1894, y para dar a su existencia seguridad económica se marcha a Cestona como médico de pueblo. Allí paga nueve reales diarios de pensión, lo cual, según él, consume buena parte de sus ingresos profesionales. De este dato podríamos calcular que ganaba más o menos lo mismo que un obrero industrial, o sea alrededor de 15 ó 16 reales al día. Sus observaciones sobre su vida entre los mineros y campesinos del pueblo guipuzcoano están reflejadas tanto en sus primeros cuentos, coleccionados en *Vidas sombrías* (1900), como en unos capítulos de *El árbol de la ciencia*.

Llegamos así al momento en que Pío Baroja se había de independizar de su vida familiar: una vida, como se puede vislumbrar de los hechos aquí presentados, típica de la clase media no adinerada o la pe-

[3]  Luiz Ruiz Contreras, *Memorias de un desmemoriado,* Madrid, 1961, págs. 68-69.

queña burguesía, o por lo menos percibida por el mismo Baroja como tal. Más importante para el análisis que emprendemos aquí es el hecho de que se venía desarrollando en nuestro escritor una clara conciencia de clase que iba a llegar a plantearse, como hemos dicho, en términos de problema. «Nuestra generación literaria —escribe en *Final del siglo XIX y principios del XX*— no supo, ni pudo, vivir con cierta amplitud, porque era difícil en el ambiente mezquino en que se encontraba. En general, sus individuos pertenecían, en su casi totalidad, a la pequeña burguesía, con pocos medios de fortuna... La época puso a la juventud literaria en esta alternativa dura: o la cuquería y la vida maleante, o el intelectualismo, con la miseria consecutiva...» (*OC*, VII, 659).

En 1896, el joven Baroja decide abandonar su puesto de médico en Cestona y volver a Madrid para dirigir la panadería de una tía de su madre, Juana Nessi, en la calle de Capellanes (hoy Maestro Victoria), al lado de la plaza de las Descalzas, barrio, por cierto, en el que había una concentración de pequeñas industrias, sobre todo talleres de imprenta y de encuadernación. Y es esta experiencia la que quizás más afectó el rumbo que iba a tomar su vida y que sin duda le sirvió para agudizar su visión del mundo social en que vivía. En su discurso de ingreso en la Academia, «La formación psicológica de un escritor», Baroja trata ampliamente sus orígenes socio-económicos y destaca la importancia para la formación de su ideología de su decisión de dirigir la fábrica de pan de su tía con la intención de llegar a ser un rico industrial. Oigámosle:

«Cogí una época bastante mala. Era el final de la guerra de Cuba, y la vida de la industria y del comercio en Madrid estaba decaída. Para mi empresa me faltaba capital, y no lo pude encontrar, por más ensayos que hice. Iba, venía, hablaba a uno y a otro.

La verdad es que no encontré más que usureros. En aquella época los trabajadores madrileños comenzaron en todas las industrias a asociarse y a considerar como enemigo suyo al patrono.

Entre estos obreros había gente que sabía cumplir su palabra, pero había otros para quienes prometer y no cumplir no tenía importancia. De amigos y colaboradores se convirtieron con una facilidad extraordinaria en enemigos de los industriales, pequeños o grandes, tuviesen éstos para ellos atenciones o no las tuvieran.

Trabajé durante seis o siete años, con esperanzas de manumitirme, y cuando vi que no salía a flote, que la probabilidad de ser un rico industrial era cada vez más lejana, me desmoralicé, perdí la esperanza definitivamente, me sentí fracasado y me dediqué a escribir artículos y luego a acudir a las redacciones.

La vida de pequeño industrial fue para mi una experiencia enérgica. Tuve que acudir a la bolsa y a los bancos, convivir con gente mísera y luchar con autoridades, policías y obreros» (*OC*, V, pág. 888).

Son sus experiencias como pequeño industrial las que llevan a Baroja a formular las ideas de sus ensayos de 1902 sobre la «burguesía socialista»; allí opina que la audacia y la inteligencia del pequeño comerciante o industrial se encontraban sin fuerza contra los obreros organizados, mientras que éstos, los obreros, no podían hacer ningún daño al industrial grande, al capitalista [4].

Es evidente, entonces, que hacia principios de siglo, Baroja había asumido una conciencia de clase derivada directamente de sus experiencias de frustración, alienación o pérdida de identidad, durante una época en que la realidad socio-económica fue cambiante. Se encontró, pues, Baroja ante el dilema entre teoría y pra-

---

[4] En *El tablado de Arlequín*, *OC*, V.

xis en el capitalismo democrático: el individuo es libre ante la ley, pero la realización de esta libertad en la práctica es siempre problemática. Éste es, claro, el típico punto de partida ideológico de la novela del siglo XIX: los problemas de un personaje que sólo es libre «teóricamente», pero que intenta realizar una libertad «práctica»; la necesidad de reconciliar lo ideológico con la realidad práctica que suele confrontar el protagonista de ficción. Pero Baroja llega más allá: es uno de los primeros novelistas en hacer hincapié en los aspectos irreconciliables —en las contradicciones y ambigüedades— de la sociedad misma. Y tal vez es este sentido de crisis con el cual ve el liberalismo burgués del siglo XIX —hecho posible por su experiencia personal con el peculiar desarrollo del capitalismo español— lo que da al arte de Baroja aquel aspecto de protesta, sensación de urgencia y tono irracional pertenecientes más bien a un existencialismo europeo que sólo vendría años después.

## LA NOVELA DE BAROJA

Las primeras novelas de Baroja, que solemos considerar entre las más interesantes —*La casa de Aizgorri* (1900), *Aventuras, inventos y mixtificaciones de Silvestre Paradox* (1901), *Camino de perfección* (1902), *La busca* (1903), *Mala hierba* (1904) y *Aurora roja* (1905)— reflejan todas no sólo su propia lucha por encontrar su sitio en la sociedad, sino también la misma crisis de aquella clase media española que temía no sobrevivir la industrialización de su país. Y es que la naturaleza de la *conciencia* barojiana de las relaciones entre individuo y sociedad —tan esenciales para una definición tanto de la sociedad capitalista del siglo XIX como de la novela realista— nos permite tra-

zar una analogía u homología racional entre la historia
social y la novela [5].

Ahora bien, no hay duda de que la capacidad o mo-
tivación estética de Baroja para observar y describir
la realidad social fue excepcional. Esto se puede ver
en su primera novela, *La casa de Aizgorri*, el propósito de la cual parece ser una explicación de la estructura socio-económica, de que nosotros hemos hablado
antes, de la España de la vuelta del siglo, a través de
la narración de la historia de las vidas cotidianas de
los habitantes de dos pueblos contiguos en el País
Vasco. Baroja juega con todas las piezas de la sociedad y la economía de un pueblo del Norte de aquellos
años, que se encuentra en la transición entre el antiguo régimen y la nueva sociedad industrializada: el
propietario tradicional, el cura, el obrero organizado,
el capitalista extranjero y el pequeño industrial.

La historia se desarrolla así: un líder del movimiento obrero (Díaz) está en trámites con un capitalista
extranjero (Alfort) para forzar a la familia de Aizgorri
(don Lucio y su hija Águeda) a que le venda su destilería de aguardiente. La familia decide venderla al
patrono de una fundición del pueblo de al lado (Mariano), quien la va a convertir en un asilo para obreros, ya que la destilería está alcoholizando a todo el
pueblo. Al enterarse de la decisión, Díaz organiza una
huelga de mineros y obreros, no sólo para quemar la
destilería, sino también para impedir al patrono de la
fundición que cumpla con una comisión en la que tiene invertido todo su dinero. La destilería se quema y
la decadente familia de Aizgorri desaparece, pero Ma-

---

[5] Este planteamiento procede de nuestro ensayo «Pío Baroja:
hacia un estudio dialéctico de novela y realidad», incluido en *Ideología y política en las letras de fin de siglo*, Espasa-Calpe, Madrid,
1988. Me he aprovechado de este ensayo para escribir parte de esta
introducción.

riano, con la ayuda de un obrero, el médico del pueblo, y de Águeda, logra fundir a tiempo la maquinaria encargada. Aquí termina la novela, al nacer, literal y simbólicamente, un nuevo día.

Es de notar que en esta novela Baroja el escritor se desinteresa por las posibilidades que ofrece el amor entre los dos protagonistas, Águeda y Mariano, e insiste en las relaciones económicas entre los varios personajes y la sociedad en que viven.

En *La casa de Aizgorri* entran en juego casi todos los fenómenos del proceso económico español de fin de siglo. Y huelga decir que la forma en que monta Baroja tal proceso procede de un análisis de sus propias experiencias. Se ha demostrado que no se fiaba de los resultados del creciente sistema capitalista, sobre todo en cuanto se refería al movimiento obrero —la «burguesía socialista»— y a los peligros del capital extranjero y el «colonialismo». En general, el novelista revela —como era de esperar— su perspectiva de pequeño burgués, dando así testimonio a su experiencia personal de panadero y su particular posición en una clase social que se encontraba amenazada. Pero Baroja termina *La casa de Aizgorri* con una nota positiva: el trabajo, la honestidad y la fuerte independencia de Mariano triunfan en una sociedad corrompida, propagando así claramente los valores de un segmento de la clase media en crisis. Se expresa así en esta novela una esperanza en que el individualismo lleve en efecto al éxito material, pero, por su solución romántica, nos deja, paradójicamente, entrever la desilusión del mismo Baroja con la realidad social.

En cuanto a su realismo social, mucho es más ambiciosa la triología barojiana, tan estudiada en los últimos años, «La lucha por la vida» [6]. En nuestra opi-

---

[6] Carlos Blanco Aguinaga, «Realismo y deformación escéptica:

nión *La busca* (1903) y *Mala hierba* (1904) proporcionan la descripción más realista de una ciudad en toda la literatura española. Y cuando nos referimos al realismo, no tomamos en cuenta únicamente la cantidad de detalles en la descripción física del ambiente en que se desenvuelve la historia, sino más bien el hecho de que en estas novelas los componentes de su mundo llegan a existir independientemente del autor, obedeciendo a un proceso dialéctico socio-económico del momento y condición históricos.

Sabemos que la trilogía «La lucha por la vida» abarca los años 1885 a 1902 de la vida madrileña. Así es que el tiempo recorrido en la novela corresponde casi exactamente a los años que van de cuando la familia de Baroja se radicó definitivamente en Madrid (1885) hasta la composición de *La busca*, la primera novela de la trilogía.

En sus investigaciones ya citadas, Carmen del Moral y Soledad Puértolas se dedican a comprobar, a través de estudios científicos y un examen cuidadoso de la prensa, la exactitud de las observaciones de Baroja. Los resultados son sorprendentes. Todos los elementos sociales y los ambientes físicos que describe Baroja en estas novelas —los suburbios, las instituciones de caridad, los mendigos, los golfos, los crímenes, las condiciones de trabajo, etc.—, absolutamente todos, se hallan comentados ampliamente en los diarios de la capital. Lo más importante, sin embargo, no es que las descripciones de Baroja coincidan rigurosamente con la realidad del tiempo, sino que el autor ha creado un mundo novelesco cuya estructura refleja las verdaderas acciones e interacciones sociológicas de los años tratados.

---

la lucha por la vida, según don Pío Baroja», en *Juventud del 98*, Madrid, *1970;* Soledad Puértolas, *El Madrid de «La lucha por la vida»*, Madrid, 1971; Carmen del Moral, *La sociedad madrileña fin de siglo y Baroja*, Madrid, 1974; y Emilio Alarcos Llorach, *Anatomía de «La lucha por la vida»*, Madrid, 1982.

Para comprender más claramente el cuadro que nos regala Baroja, conviene saber algunos datos sobre Madrid de principios del siglo XX. En lo que va desde mediados del XIX hasta 1900, la población de la capital aumenta de una manera asombrosa: de 298.426 habitantes en 1860 a 539.835 en 1900. La pauperización del campo, la concentración del capital y la burocratización del Estado son factores que contribuyen a la explosión de la población madrileña en las últimas décadas del siglo pasado. Si hubo crecimiento urbanístico parecido en otras ciudades, tales como Barcelona y Bilbao, se trataba de ciudades que se encontraban más adelantadas en su desarrollo industrial y en las que había más trabajo para apoyar a las clases menesterosas. Pero Madrid estaba todavía en la época de la pequeña industria y no tenía recursos para sostener a los nuevos emigrantes. El *hampa,* la golfería, los mendigos, las «combi», los asesinos y criminales de que tanto se habla, no era tema meramente literario de tradición picaresca. A la vuelta del siglo Madrid se hallaba sencillamente al borde de una gran crisis social; para confirmar esto, basta repasar los reportajes verdaderamente espeluznantes que publicaban los periódicos.

En la trilogía barojiana, Manuel, el protagonista emigrante del campo, vacila entre juntarse con los delincuentes, entrar en la sociedad a través de una «combi» (hoy diríamos «la mafia»), y el trabajo. El dilema era real, porque la industria madrileña, como hemos señalado, no fue capaz de absorber la explosión de población. No obstante, Manuel, por influencia de Roberto Hasting, un amigo de origen inglés, consigue por fin un trabajo en una imprenta, la industria más desarrollada en el Madrid de la época, de donde salieron, por cierto, los prohombres del Partido Socialista. Empieza a subir en la escala obrera y pasa a otro taller de imprenta en Chamberí, entonces un nuevo barrio al norte de la ciudad vieja poblado principalmente por pequeños industriales y comerciantes y obreros que se habían estabilizado económicamente.

Allí, se recordará, había vivido la familia de Baroja durante unos años. A medida que se va estableciendo en la sociedad, Manuel va adoptando una conciencia social y política y comienza a barajar intelectualmente concepciones de la sociedad basadas en el socialismo y el anarquismo. Esto sería el tema de *Aurora roja*, la última novela de la trilogía. Hasta aquí la relación individuo-sociedad de la novela corresponde no sólo a una visión coherente del mundo social dentro de la misma, sino que también obedece a una dialéctica de leyes socio-económicas que tenían valor operativo, al menos para un segmento de la sociedad, en la España histórica.

Pero a través de lo que se podría llamar interferencia del autor o «subjetiva», Baroja viene a perturbar la forma novelística que tan felizmente ha logrado [7]. En efecto, es que resuelve la lucha social de Manuel haciéndole dueño de una imprenta, con lo que le hace pasar al mundo de la burguesía. De este modo viene a expresar la misma postura ideológica que había expresado en *La casa de Azgorri*. Tal ideología, plasmada en la novela en la figura de un obrero que llega a ser miembro de la clase media, refleja a primera vista esperanza en la estabilidad, hasta en el progreso, del sistema capitalista. Pero el hecho de que Manuel pueda comprar la imprenta únicamente con la ayuda de su amigo inglés que había recibido una herencia inesperada —*deus ex machina*, de índole folletinesca, típico de la novela del siglo pasado— y no por el funcionamiento lógico del capitalismo democrático, sugiere que Baroja tenía sus dudas con respecto a la coherencia y racionalidad del sistema. Si volvemos ahora

---

[7]   La observación es de Blanco Aguinaga, en el ensayo ya citado.

sobre la experiencia vivida del propio Baroja como director de la panadería, detectamos en seguida cierta ironía: el héroe de la novela tuvo éxito donde el mismo novelista había fracasado, pero sólo porque Manuel *tuvo la suerte* de encontrar el dinero necesario.

*Aventuras, inventos y mixtificaciones de Silvestre Paradox* y la primera parte de *Camino de perfección* —novelas que se entrelazan igual que *La busca* y *Mala hierba*— están ambientadas en el mismo Madrid de la trilogía «La lucha por la vida». Sólo en aquéllas Baroja se interesa no tanto por el obrero emigrante sino por otros marginados sociales más pintorescos, pero no menos desechados por la sociedad burguesa: el bohemio y el golfo. «La burguesía en mi tiempo, como clase, no creo que tuviera mucho interés novelesco. En esta cuestión, yo no estaba muy de acuerdo con Galdós», escribe Baroja en un tomo de sus memorias y sigue hablando de su interés en la gente pobre de la calle (*OC*, VII, 1116). Veremos también en *Silvestre Paradox* y *Camino de perfección* que al final el idealismo vence a la realidad.

Ahora bien, la novela de Baroja no rompe con el realismo de la generación de Galdós únicamente por tratar los bajos fondos madrileños, o por llenar sus novelas con anti-héroes que no ocupan un puesto satisfactorio en la sociedad, o por mirar la sociedad desde la vertiente de una conciencia social o ideología distintas.

También la forma de la novela es radicalmente distinta. Todos conocemos un poco las ideas que tenía Baroja sobre la novela como una estructura abierta —«un saco en que todo cabe», decía—, con poca atención a la composición o a transiciones lógicas y con una fragmentación intencional dentro de la narrativa: «la misma vida, según él, no es coherente». Así es que dentro de ese «saco abierto» encontramos las características formales de la novela barojiana: cambios ins-

tantáneos en la dirección narrativa, que vienen sin
anunciarse; caracteres cuyas personalidades son con-
tradictorias o ambiguas en el mejor de los casos y que
entran y salen en la novela sin plan o razón; y una
aparente falta de preocupación por el estilo y a veces
hasta por la corrección gramatical y sintáctica. Todo
esto, claro está, presta a su prosa una calidad especial
de espontaneidad. También se nos saltan de las páginas de Baroja lo que paracen casi restos, cabos suel-
tos, de sus lecturas; apuntes sobre sus observaciones
de la sociedad en que vivía; o meditaciones filosóficas,
no siempre muy bien digeridas, sobre la existencia.
Podríamos concluir, sin riesgo de equivocarnos, que a
menudo Baroja tenía más interés en escribir reportajes sobre la realidad que en representarla estéticamen-
te; que se satisfacía a veces con la mera reproducción
de sus apuntes sobre impresiones selectas y fragmen-
tadas de lo que había observado. Además, las reso-
nancias autobiográficas que salen poco veladas en su
prosa contribuyen a crear una novela de expresión
subjetiva y lírica, que se convierte en un vehículo para
relativizar valores a través de experiencias personales.
En fin, la novela cuya forma y contenido se fundan
en una identificación significativa entre individuo y sociedad, se deshace en las manos de Baroja, dejándo-
nos entrever las correspondencias que hay entre la
conciencia expresada por él con respecto a las contradicciones que se vislumbran en el liberalismo burgués
o el capitalismo democrático —tema de casi toda su
obra—, y el cambio en la forma y estructura de la
novela que representa una manifestación de la toma
de esta conciencia.

No obstante, sería erróneo, creo, tratar de explicar
la obra de Baroja en el contexto de la evolución de
la forma de novela contemporánea de tradición europea, en que poco a poco se disminuye el uso de la
narración del realismo para crear una novela de tono

más lírico e impresionista. Antes insistimos en los orígenes y planteamiento folletinescos de la novela barojiana; y su falta de conciencia formal en el sentido artístico es precisamente lo que ha permitido a Baroja minar la novela realista del siglo XIX. En el fondo, la innovación de Baroja fue recoger y renovar una importante tradición novelística del siglo XIX —la folletinesca—, tradición popular que habían rechazado la estética y la cultura burguesas.

## BAROJA Y EL FOLLETÍN «LITERARIO»

En este contexto, merece nuestra atención el hecho de que la historia de la industria del libro en España llegó a imitar las estructuras y los niveles del macrocosmos socio-económico que hemos descrito antes. La falta de una industria editorial desarrollada llevó a que la relación del autor con la producción de su obra —y por eso con su lector, el que consumía su producto— se determinara por la posición socio-económica del autor. Así es que algunos de los escritores principales del realismo Alarcón, Galdós, Palacio Valdés, Pardo Bazán, Valera, etc., se encargaron de la producción de sus novelas y vendieron luego los ejemplares a libreros y distribuidores. Eran, entonces, autores y editores al mismo tiempo, práctica sin embargo que exigía capital. Estudios recientes documentan el hecho de que fácilmente hubieran podido ganar 10.000 pesetas al año con sus obras, una cantidad que les hubiera permitido vivir dignamente alrededor de 1900.

Los jóvenes novelistas del 98 —Baroja, Azorín, Valle-Inclán, Unamuno—, de orígenes más o menos pequeño-burgueses y a quienes les faltaban los recursos financieros, fueron a caer en manos de los nuevos editores-empresarios que empezaron a aparecer en los

últimos años del siglo XIX. Éstos les compraron a los
autores los manuscritos por un precio fijo, entre 500
y 2.000 pesetas [8], cantidad que hizo imposible que ga-
nase el escritor la vida de sus novelas. La solución
típica del joven escritor profesional era meterse en las
redacciones de los periódicos.

Baroja, por ejemplo, pudo ganar 6.000 pesetas al
año como periodista. Además, fue muy importante
para el novelista el hecho de que los periódicos también publicaban novelas por entregas en folletín y no
era raro que un autor pudiese publicar capítulos de su
novela en el periódico, o hasta la novela entera por
entregas, antes de vender el manuscrito al editor [9].

Esta práctica tiene que ser tomada en cuenta cuando se considera la forma o la estructura de las novelas
de Baroja, porque *Aventuras, inventos y mixtificaciones de Silvestre Paradox*, *Camino de perfección*, *La
busca*, *Mala hierba*, y *César o nada*, igual que otras,
se publicaron primero en folletín. Baroja mismo ha
hablado sobre la manera desordenada con que compuso sus primeras novelas; se trataba de un desorden
impuesto, en parte, por la necesidad de ganar dinero.
Refiriéndose a *Silvestre Paradox*, dice lo siguiente:
«Este libro lo escribí yo de mala manera: unos trozos
los hice en el despacho interior de una tahona, entre
cuenta y cuenta de repartidores, después de extender
una factura o de pagar una letra, otros capítulos los
escribí ya un poco emancipado de las cuentas... algunos capítulos los escribí en el café, entre la baraúnda
de gritos y discusiones.» También se ha comprobado
que Baroja, Azorín, Valle-Inclán y otros de su generación no sólo embutían partes de sus propios artículos de prensa en sus novelas, sino también partes de

[8]   Rafael Pérez de la Dehesa, «Editoriales e ingresos literarios a
principios del siglo», en *Revista de Occidente*, núm. 71, 1969.
[9]   Tal fue el caso, por ejemplo, de *Silvestre Paradox*.

artículos de sus colegas [10]. En agosto de 1902, al redactar *El mayorazgo de Labraz*, Baroja escribe lo siguiente a Martínez Ruiz: «Valentí Camp (editor de Henrich y Cia. de Barcelona) me escribió y como yo no tenía concluida la novela *(¿La busca?)* y para terminarla necesitaba ver alguna que otra cosa, se me ocurrió convertir en novela aquel drama del que no tenía más que un acto y que se lo leí a Vd. Llevo dictando a un escribiente granadino amigo de Gerona y Alberti unos diez días; las cuartillas, a pesar de escribir con este procedimiento a lo Ponson du Terrail y de Montesquieu, cunden muy poco. A ver si usted tiene algo hecho que me sirva para meter en el libro. Este algo podría tener como título: La vida de los Hidalgos en el siglo XVII; podría ser una descripción de un entierro con todos los latines correspondientes, o una descripción de una misa de funerales; cualquier cosa que tenga carácter arcaico me sirve. Lo mejor sería una conversación de dos hidalgos, el uno avanzado y el otro reaccionario, hablando de la constitución.

«El libro va a resultar un ciempiés, un ciempiés sin cabeza como diría Gerona, pero para mí la cuestión es llegar a las dos mil del ala» [11].

Por otra parte, Baroja también fue gran lector de folletines. «De chico —escribe en *Las horas solitarias*— yo compraba libros viejos, folletines y novelones que devoraba en casa. En conocimientos sobre litera-

---

[10]   Pide la atención de los estudiosos el tema de los escritores del 98 como folletinistas y la sociología de los hechos literarios alrededor de 1900. En este contexto son interesantes contribuciones el artículo ya citado de Pérez de la Dehesa; *Valle-Inclán, novelista por entregas*, Madrid, 1973, de A. Zamora Vicente; la tesis de Antonio Salvador Plans, *Baroja y la novela de folletín*, Cáceres, 1983; y nuestro prólogo a Ramiro de Maeztu, *La guerra del Transvaal y los misterios de la Banca de Londres*, Madrid, 1974.
[11]   La carta está reproducida en José Rico Verdú, *Un Azorín desconocido*, Alicante, 1973.

tura folletinesca soy una especialidad» (*OC*, V, 233).
Una de las cosas que le sorprendió de la crítica moderna científica fue el no haber «estudiado con atención y con perspicacia a los escritores populares del siglo XIX» (*OC*, VII, 576-77). Sabemos, por ejemplo, que *Silvestre Paradox* se inspiró en los folletines *Pickwick* de Dickens, que *La busca*, igual que *Silvestre Paradox*, tiene sus antecedentes en la novela folletinesca francesa de los *bas fonds*, y que los escenarios parisinos de *Los últimos románticos* y *Las tragedias grotescas* delatan una influencia de las novelas por entregas de Eugène Sue. Así es que podríamos decir que la aparente falta de cuidado con que Baroja compuso sus obras y su rechazo de las fórmulas de la generación anterior todavía dominante, representan una «protesta» implícita contra una sociedad, y sus productos sociales, transformada y degradada por el capitalismo y la industrialización. Baroja expresa esta actitud al ponerse activamente a reajustar la literatura por incorporar conscientemente al canon oficial de la novela seria un estilo periodístico y la forma del folletín. Y esta re-evaluación autoconsciente de la novela corresponde no sólo a la historia interna de la industria del libro en España, sino que también es paralela, como hemos sugerido, a la conciencia que tiene Baroja de su propia relación con la realidad histórica en su sentido más amplio.

«AVENTURAS, INVENTOS Y MIXTIFICACIONES DE
SILVESTRE PARADOX»: ANATOMÍA DE
UN FOLLETÍN (TEXTOS, SUBTEXTOS Y CONTEXTOS)

En la novela que tiene el lector entre manos Baroja se propone pintar, como se sabe ya, la bohemia madrileña finesecular y los ambientes reales en que se movía: pensiones, cafés, imprentas, redacciones de periódico. Todo como lo veía el mismo Baroja, un joven médico, consciente de la crisis socio-histórica y preocupado por la filosofía, la ciencia y el arte. La novela se publicó primero en el diario *El Globo*, en 37 entregas, desde el 30 de abril de 1900 al 24 de febrero de 1901. Y el autor no deja de recordarnos que *Silvestre Paradox* es en efecto una novela de carácter folletinesco. Hasta se podría decir que es en realidad un folletín sobre la novela de folletines, o una parodia de la novela de folletines. Ramón, el portero de la casa a donde va a vivir Paradox y lector de folletines, se pregunta al ver tan estrafalaria figura por primera vez si va a resultar «uno de estos personajes misteriosos como los de las historias de los folletines». El joven Silvestre se satura de lecturas de *Los misterios de París* y *El judío errante*, de Eugène Sue, y de las novelas de aventuras y de los maravillosos viajes de Jules Verne y Maine Reid; y al escaparse de casa, «empezaba a sentirse Rocambole», el famoso protagonista de los novelones de Ponson du Terrail. Y vemos que Silvestre, ya maduro e inventor, tras el fracaso de su barco submarino, se dedica a escribir narraciones por entregas y proyecta una novela por entregas llamada *Los golfos de Madrid. El salón y la taberna o el mundo del vicio*, título que no sólo alude a la redacción de *La busca*, de Baroja, sino que también describe unos capítulos de la misma novela *Aventuras, inventos y mixtificaciones de Silvestre Paradox*.

En este mismo contexto, el lector de folletines se fijará en seguida en que un importante antecedente de *Silvestre Paradox,* como se mencionó antes, es la novela de Charles Dickens que se conoce familiarmente como *Pickwick,* libro que nuestro inventor tiene en la biblioteca de su buhardilla y que fue lectura favorita de Baroja. El Pickwick de Dickens es un científico aficionado que anda por Londres y otros lugares de Inglaterra y que posee cierta visión satírica de la so-

ciedad en que vive. Tiene como compañeros y contrincantes a un *sportsman*, un poeta y un tipo donjua-
nesco. La obra de Dickens también se publicó por entregas (1836-1837) y lleva un título completo, *The
Posthumous Papers of the Pickwick Club, containing a
Faithful Record of the Preambulations, Perils, Travels,
Adventures of the Corresponding Members*, que resue-
na en el de la novela de Baroja.

Por otra parte, para construir la narración de las
aventuras e inventos de Silvestre Paradox, Baroja
entreteje, contrapone y baraja sin ambages una va-
riedad de textos y subtextos dispares en un proceso
casi prototípico del folletín. Conocer este proceso y
sus ingredientes no sólo nos permite entrever la manera barojiana de estructurar sus novelas, sino que
también nos guía en cómo y con qué espíritu debemos leer la novela.

Se sabe que Paradox es en parte trasunto del mismo Baroja, aunque resulta que el nombre está tomado, sin modificarlo, de un verdadero personaje
excéntrico y pintoresco que se había marchado a vivir en los Estados Unidos donde fundó una comu-
nidad utópica [12]. En 1899, nuestro autor firmó algunas colaboraciones con el pseudónimo «S. Paradoxa»
en *Revista Nueva*, publicación clave para entender la
juventud intelectual de la vuelta del siglo. La historia
de esta revista, según Baroja, es la de la revista *Lumen* en la novela, donde podemos identificar clara-

---

[12] En «Últimas indagaciones en torno a la verdadera personalidad de Silvestre Paradox», artículo publicado en *Cuadernos Hispanoamericanos*, núms. 265-267 (1972), Alberto Porlán presenta do-
cumentación —cartas, partida de bautismo, etc.— que prueba que
efectivamente había existido un tal Silvestre Paradox y que fue conocido por Baroja. La historia de las pesquisas del señor Porlán
para averiguar las verdades del asunto y los datos que se nos regala
sobre las aventuras del verdadero Silvestre Paradox constituyen en
sí materia digna de una novela de folletines.

mente, aparte de Baroja, a otros colaboradores: Valle-Inclán, el bohemio francés Enrique Cornuty, y el director Luis Ruiz Contreras. La juventud y adolescencia de Silvestre en Pamplona es pura autobiografía de Baroja sin siquiera intento de disfrazarla. Como hemos mencionado ya, Silvestre es escritor de folletines como Baroja (hasta escribe una novela que podría ser *La busca*) y tiene el perro de Baroja, *Yock*. También expresa de vez en cuando un compendio de las ideas barojianas que podemos leer en su periodismo alrededor de 1900, sobre la democracia, el socialismo, el progreso material, la lucha por la vida y la evolución moral y el pesimismo metafísico. Y una especie de doble desdoblamiento se ve en los hermanos Labarta, dueños de una panadería y amigos de Silvestre en la novela, que se identifican en seguida, claro está, con Pío Baroja y su hermano Ricardo.

Pero Silvestre Paradox también es inventor, figura típica de entre aquellos quiméricos que pululaban en los círculos bohemios y seudocientíficos de la época. Algunos críticos han querido ver en el Silvestre inventor un trasunto de Silverio Lanza, uno de los «raros» admirado por Baroja y dedicado al estudio de la ciencia aplicada, cuya casa se llenaba por lo visto con aparatos e instrumentos [13]. Pero si escuchamos al mismo Baroja, Paradox y Diz de la Iglesia se inspiraron directamente en los inventores, más o menos extravagantes, que solían ir por el despacho de la panadería de Baroja para comunicarle sus conocimientos científicos y ofrecer sus ideas. En *Familia, infancia y juventud*, menciona concretamente a un tal Lamotte, que vivía con estrechez y decía que para sus descubrimien-

---

[13] Véase Manuel Durán, «Silverio Lanza y Silvestre Paradox», en *Papeles de Son Armadans*, XXXIV (1964); y José García Reyes, *Silverio Lanza: entre el realismo y la generación del 98*, Salamanca, Ediciones Universidad de Salamanca, 1979.

tos no necesitaba más que dos cosas: luz cenital y
agua corriente. Además de una máquina reguladora
de la fermentación del pan y una especie de bribón
para hacer crecer los árboles en un año, había inventado la mano remo y el pie remo, y un cepo para
pescar langostas, en el cual ellas mismas tocaban una
campanilla cuando estaban presas; todos estos inventos figuran en la lista de Silvestre en la novela. También habla Baroja de un hombre que había ideado una
ratonera con espejo. En cuanto a la contrafigura de
Diz de la Iglesia, Baroja menciona a un don Fermín,
conocido suyo y amigo de Lamotte, «que vivía en un
caserón de la carretara de Extremadura», donde había
en el piso bajo «cuatro o cinco máquinas viejas, inú-
tiles». Estos detalles, más la descripción de la fisonomía de don Fermín que da Baroja en sus *Memorias*,
coinciden exactamente con la presentación de Diz de
la Iglesia en la novela (*OC*, VII, 649-650).

El episodio sobre el invento y el fracaso del submarino modelo de Paradox representa un comentario
crítico y satírico por parte de Baroja sobre la falta de
apoyo oficial al sumergible de Isaac Peral después de
sus pruebas favorables en la bahía de Cádiz en 1889-
1890. El triunfalismo patriótico que produjo los éxitos
de los experimentos de Peral, le parecería absurdo a
Baroja dado el abandono en que se encontraba la in-
fraestructura científica en España a la vuelta del siglo.
Nuestro inventor también tuvo que trabajar sin medios, aunque su modelo incorporó algunas de las mismas técnicas utilizadas en el submarino de Peral y en
los submarinos franceses y británicos de la época [14].
Azorín se refiere al mismo problema en el capítulo de

---

[14]   Véase el interesante artículo de José Alberich, «El submarino
de Paradox», en *Ínsula*, núm. 27, pág. 4, julio-agosto de 1972.

*La voluntad* sobre las pruebas fracasadas del «tóxpiro» (cohete) del inventor español Daza.

Según eso, la historia del personaje «fantástico» de Baroja es resultado de una amalgama del autor y sus propias experiencias vitales con unos inventores estrafalarios reales que había conocido y que tomaba por tipos absurdos. La elaboración de la narrativa está fabricada, como hemos visto, con la realidad próxima que el mismo Baroja ha podido conocer, observar y hasta apuntar, y con lo real vivido: tipos humanos, episodios, opiniones. Baroja nos revela parte del proceso indirectamente a través del hecho de que en la novela Silvestre toma notas para su folletín *Los golfos de Madrid. El salón y la taberna o el mundo del vicio* durante sus visitas a las tabernas con su secretario-cicerone, Pelayo. Y nos consta, sin entrar aquí en más detalles que los ya mencionados, que casi todos los personajes de *Silvestre Paradox* se basan en figuras o conocidas o identificables a través de las *Memorias* de Baroja. En cuanto al escenario en que se ubica gran parte de la acción de su novela vemos que también coincide con la descripción de la realidad que nos da Baroja en sus *Memorias*:

«Las callejuelas del centro de la capital eran terribles, sórdidas, estrechas, oscuras, pero muy pintorescas. ¡Qué barrio el formado por la calle Mesonero Romanos, llamada antes del Olivo; por las de Jacometrezo, Tudescos, Horno de la Mata, Silva, la Abada, los alrededores del comienzo de la calle Ancha de San Bernardo, con el callejón del Perro, el de Peralta, el de la Justa, etc.!

«Era el rincón de Madrid, el pólipo ciudadano donde había más postíbulos, más tabernas, cafetuchos, casas de citas, talleres de peinadoras, con sus balcones adornados con cabezas de cartón, que tenían ojos de cristal y pelo de mujer; tiendas oscuras en las que no se sabía lo que se vendía; peluquerías con globos de cristal en el escaparate, llenos de sanguijuelas; consultas de enfermedades secretas. También había por aquellos andurriales muchas librerías de viejo.»

«La calle de Tudescos (donde vivía Silvestre Paradox), ya medio renovada, era clásica de pobretería matritense; todavía quedan dos o tres casas amarillentas, con sus buhardillas y sus balcones con flores» (*OC*, VII, 1116).

Al mismo tiempo, el folletinista, por las exigencias de su compromiso, a menudo tiene que aprovecharse de material que tiene a mano o que le es facilón producir. A esto se debe el hecho de que el capítulo sobre la juventud de Baroja/Silvestre es más bien un embutido que no tiene nada que ver con la formación del inventor. Hay, además, otros textos embutidos, que son más bien extraños al asunto de la novela, tales como «Míster Macbeth», cuento también de origen dickensiano, en que el papel del joven Silvestre se plantea en términos de tradición picaresca. La llegada del joven Silvestre con Macbeth a París sólo sirve para darle a Baroja la oportunidad de escribir sus impresiones y observaciones sobre la ciudad que visitó en 1899. Otro ejemplo es la historia de «La dentadura de Míster Philf», cuento que Baroja había publicado independientemente en el diario *El País*, también en 1899, y cuya única función en la novela, además de divertir, es ocupar un folletín. El capítulo sobre Paradox como preceptor pertenece, como reconocerá el lector de Baroja, a otra novela, *Camino de perfección*, que se redactaba, por lo menos en parte, al mismo tiempo. Otra técnica, propia del folletinista, que utiliza Baroja es la imitación, poco velada, de otros textos literarios para describir un personaje o un episodio. Así, el bruto e inculto Don Braulio, el mecenas de la revista *Lumen*, es reminiscente del «castellano viejo» de Larra; y el «poema tenebroso» que lee el médico Labarta (Baroja) en el último capítulo de la novela es eco de *El estudiante de Salamanca*, otra lectura predilecta del joven Baroja/Silvestre.

Así es que con *Silvestre Paradox* Baroja encuentra ya en 1900 el tipo de narración, de retórica y de lenguaje que va a caracterizar todas sus novelas «generacionales». Hemos visto que la novela no tiene una estructura del conjunto; es novela hecha de unidades discretas, casi autonómicas, sin subordinarse a una trama principal, y apenas hay desarrollo en los personajes. La forma es totalmente popular, de ascendencia folletinesca, sin pretensiones formales de más trascendencia. Por consiguiente, es erróneo evaluar *Silvestre Paradox* desde la preceptiva de la novela clásica del realismo burgués. Al mismo tiempo, si la novela barojiana pertenece principalmente a la tradición folletinesca y popular, su originalidad está radicada en que Baroja trajo al folletín una consideración seria de la realidad social del momento y una preocupación intelectual. La capacidad barojiana para describir la realidad que observa, es extraordinaria; lo mismo se podría decir de su talento para convertir sus observaciones en cuestiones morales y sociales. Y le interesa de sobre manera las preocupaciones y tendencias filosóficas —cientificismo, sin medios de desarrollo, pesimismo de Schopenhauer, anticlericalismo— de los bohemios y de los detritos de la sociedad burguesa. El punto de vista es casi siempre subjetivo, su mirada crítica es corrosiva, irónica y cómica a la vez. Y como hay a menudo en Baroja una distracción hacia lo absurdo, la burla y la farsa, experimentamos una especie de vaivén entre la novelización de una realidad que bien podría ser la nuestra y una literatura de pura diversión. Son éstas las características de las obras de Baroja, nada ortodoxas, que nos hacen leerlas y volver a leerlas.

E. INMAN FOX.

# BIBLIOGRAFÍA SELECTA

ABRAMS, FRED: «Pío Baroja and Silvestre Paradox: An Onomastic Tour de Force», en *Revista de Estudios Hispánicos*, IX, págs. 259-262, 1975.

ALARCOS LLORACH, E.: *Anatomía de «La lucha por la vida»*, Castalia, Madrid, 1982.

ALBERICH, JOSÉ: «El submarino de Paradox», en *Ínsula*, 27 julio-agosto de 1972, pág. 4.

ARBÓ, SEBASTIÁN JUAN: *Pío Baroja y su tiempo*, Planeta, Barcelona, 1963.

*Baroja y su mundo, I y II,* ed. por Fernando Baeza, Arión, Madrid, 1962.

*Baroja en el banquillo,* ed. por J. García Mercadal, Librería General, S.A., Zaragoza.

BAROJA, PÍO: *Desde la última vuelta del camino. Memorias,* 7 vols., Madrid, Biblioteca Nueva, 1944-1949, incluido en *Obras Completas,* VII, Biblioteca Nueva, Madrid, 1949.

BAROJA, PÍO: *El tablado de Arlequín,* en *Obras Completas,* V, Biblioteca Nueva, Madrid, 1949.

BAROJA, PÍO: *Escritos de juventud,* ed. por Manuel Longares, Cuadernos por el Diálogo, Madrid, 1972.

BAROJA, PÍO: *Hojas sueltas,* ed. por Louis de Urrutia, Caro Raggio, Madrid, 1973.

BLANCO AGUINAGA, CARLOS: «Realismo y deformación escéptica: la lucha por la vida, según don Pío

Baroja», en *Juventud del 98,* Siglo XXI, Madrid, 1970.

BRETZ, MARY LEE: *La evolución de la novelística de Pío Baroja,* José Porrua Turanzas, Madrid, 1979.

CAMPOS, JORGE: *Introducción a Pío Baroja,* Alianza, Madrid, 1981.

CARO BAROJA, JULIO: *Los Baroja,* Taurus, Madrid, 1972.

CARO BAROJA, PÍO: *Guía de Pío Baroja,* Cátedra, Madrid, 1987.

CASALDUERO, JOAQUÍN: «Sentido y forma de 'La vida fantástica'», en *Cuadernos Hispanoamericanos,* 265-267, págs. 427-444, 1972.

CIPLIJAUSKAITE, BIRUTE: *Baroja, un estilo,* Ínsula, Madrid, 1972.

DURÁN, MANUEL: «Silverio Lanza y Silvestre Paradox», en *Papeles de Son Armadans,* XXXIV, páginas 57-72, 1964.

ELORZA, ANTONIO: «El realismo crítico de Pío Baroja», en *Revista de Occidente* núm. 21, págs. 151-173, 1968.

ESTRUCH, JOAN: *«La busca» de Pío Baroja,* Alhambra, Madrid, 1988.

FERRERAS, JUAN IGNACIO: *La novela por entregas, 1840-1900,* Taurus, Madrid, 1972.

FOX, E. INMAN: «Pío Baroja: hacia un estudio dialéctico de novela y realidad», en *Ideología y política en las letras de fin de siglo,* Espasa-Calpe, Madrid, 1988.

FOX, E. INMAN: «Maeztu, folletinista», en *Ideología y política en las letras de fin de siglo,* Espasa-Calpe, Madrid, 1988.

GARCÍA REYES, JOSÉ: *Silverio Lanza: entre el realismo y la generación del 98,* Ediciones Universidad de Salamanca, Salamanca, 1979.

GONZÁLEZ LÓPEZ, EMILIO: *El arte narrativo de Pío*

*Baroja: Las trilogías,* Las Américas, Nueva York, 1971.

GONZÁLEZ MAS, EZEQUIEL: «Pío Baroja y la novela de folletín», en *Sin Nombre,* 2, págs. 58-67, 1972.

GRANJEL, LUIS, S.: *Retrato de Pío Baroja,* Editorial Barna, Barcelona, 1953.

LITVAK, LILY: *Transformación industrial y literatura en España (1895-1905),* Taurus, Madrid, 1980.

MARISTANY, LUIS: «La concepción barojiana de la figura del golfo», en *Bulletin of Hispanic Studies,* XLV, págs. 102-122, 1968.

MORAL, CARMEN DEL: *La sociedad madrileña fin de siglo y Baroja,* Ediciones Turner, Madrid, 1974.

NALLIM, CARLOS O.: *El problema de la novela en Pío Baroja,* Ateneo, México, 1964.

NORA, EUGENIO G. DE: *La novela española contemporánea,* vol. I, Gredos, Madrid, 1958.

*Pío Baroja (El escritor y la crítica),* ed. por Javier Martínez Palacio, Taurus, Madrid, 1974.

PLANS, ANTONIO SALVADOR: *Baroja y la novela de folletín,* Universidad de Extremadura, Cáceres, 1983.

PORLAN, ALBERTO: «Últimas indagaciones en torno a la verdadera personalidad de Silvestre Paradox», en *Cuadernos Hispanoamericanos,* 265-267, págs. 537-561, 1972.

PUÉRTOLAS, SOLEDAD: *El Madrid de «La lucha por la vida»,* Editorial Helios, Madrid, 1971.

URRUTIA, LOUIS: «La elaboración del estilo en el primer Baroja», en *Cuadernos Hispanoamericanos,* 265-267, págs. 92-117, 1972.

VALERA, JUAN: «Aventuras, inventos y mixtificaciones de Silvestre Paradox», en *La Lectura* (Madrid), V, 1901; recopilado en *Baroja y su mundo* y *Baroja en la baquilla.*

ZAMORA VICENTE, ALONSO: *Valle-Inclán, novelista por entregas,* Taurus, Madrid, 1973.

# AVENTURAS, INVENTOS
## Y MIXTIFICACIONES
## DE SILVESTRE PARADOX

# ESTA EDICIÓN

Todas las ediciones de *Aventuras, inventos y mixtificaciones de Silvestre Paradox* en la Colección Austral anterior a ésta han sido basadas en un texto de 1954, que fue seriamente mutilado por la censura practicada entonces bajo la dictadura de Franco. Pasó lo mismo con otras ediciones de la novela que todavía se leen, tales como la de las *Obras Completas* de Baroja, de Biblioteca Nueva, y la de Planeta.

El texto que se presenta aquí es el de la segunda edición, publicada por Caro Raggio en 1919, que sólo se diferencia de la primera, publicada por Rodríguez Serra en 1901, en unas pocas correcciones hechas por el mismo autor. Hemos puesto entre corchetes lo censurado en 1954, para dar al lector una idea de lo que el franquismo consideraba como ofensivo.

Con el título *Silvestre Paradox (Inventos, aventuras y mixtificaciones)*, una primera versión de la novela salió como folletín en el diario *El Globo*, en 37 entregas, desde el 30 de abril de 1900 al 24 de febrero de 1901. Los capítulos del folletín llevaban títulos que Baroja decidió quitar al texto publicado por Rodríguez Serra. Aquí se reproducen, también entre corchetes, para dar al lector el sabor del folletín que es característico de la novela. También, al publicar la novela en libro, Baroja corrigió las erratas y unos deslices en el folletín, reelaboró unas descripciones y añadió unos comentarios agresivos. El capítulo sobre Fernando Ossorio, futuro protagonista de *Camino de perfección,* y su familia fue ampliado y las alusiones a la perversidad se hicieron más explícitas. Asimismo, creció el último capítulo y se le dio un tono más triste.

# I

# [APARICIÓN DE PARADOX]

Entró el mozo de cuerda por la calle de Hita, se
detuvo en la de Tudescos, frente a un estrecho portal
contiguo a una prendería, y dejó en la acera su carga
para descansar un momento. Traía en la mano izquierda un bulto extraño, de forma estrambótica, envuelto
en papel de periódicos, y en la derecha una caja cuadrada no muy grande, recubierta con tela de sacos.
Limpióse después el mozo el sudor de su frente con
la blusa, metió los dos bultos en el portal, encendió
un fósforo, que aplicó a la colilla que se deshacía entre sus labios, y quedó sumido en hondas meditaciones.

En el fondo del portal había un camaranchón de madera pintado de azul, con un ventanillo, por cuyos cristales verdosos se veían cortinas blancas, en sus tiempos
adornadas con leones rampantes bordados en rojo. A
un lado de la ventana se leía en un cartel este letrero:
«Verdaderos palillos de enebro», y colgando del mismo
clavo que en el cartel un paquetito amarillo.

Pocos momentos después de presentarse el mozo de
cuerda en el portal se abrió la ventana del camaranchón y apareció en ella una cabeza de viejo cubierta

con un gorrito negro, torcido graciosamente hacia un lado; después de la cabeza se presentó en la ventana una bufanda, luego un chaleco de Bayona, y el señor Ramón el portero —nuestros lectores quizá hayan comprendido que aquella cabeza, aquella bufanda y aquel chaleco de Bayona eran nada menos que del portero—, después de apartar de su lado una bandeja llena de palillos, preguntó al mozo de cuerda:

—Eh... Tú... ¿Cuándo viene el amo?

—No lo sé... Diome estas cosa...

—Pero ¿no tiene muebles ese tío? Porque hasta ahora no ha traído más que cajas y frascos y cacharros de cristal; pero de muebles, cero.

—No sé —repuso el mozo—. Díjome el amo que ya quedaban pocas cosas por trasladar.

—¡Pocas cosas! ¡Pero si no ha traído ni un trasto todavía! ¡Pues tiene sombra! —el señor Ramón se levantó de su asiento, abrió la puerta de su covacha y salió al portal.

Era un hombrecillo rechoncho, afeitado cuidadosamente, con un aspecto de cura, profesor de baile o cómico bien alimentado.

Andaba a pasitos cortos, taconeando fuerte; se levantaba sobre la punta de los pies cuando decía algo importante, y para rematar sus frases se dejaba caer sobre los talones, como indicando así que este movimiento dependía más que del peso de su cuerpo del peso de su argumentación.

El nuevo inquilino empezaba a preocupar al portero; no se había presentado a él, no tenía muebles.

—¿Quién es este hombre? —se dijo el señor Ramón a sí mismo con diversas entonaciones, y añadió—: Habrá que vigilarle. ¡No vaya a resultar uno de esos personajes misteriosos como los de las historias de los folletines!

Para darse cuenta o tomar al menos algún indicio de quién podía ser el nuevo y extraño inquilino, días

antes el portero había abierto cautelosamente, sin que
nadie lo viera, la guardilla número 3 con la llave que
el mozo de cuerda encargado de la mudanza le entre-
gaba al marcharse, y había hecho largas y severas investigaciones oculares. Vio primeramente en el interior de unas cajas carretes de alambre recubiertos de
seda verde, aquí frascos, allá pedazos de carbón y de
cinc, en un rincón un pajarraco disecado, en otros varias ruedas; un maremágnum...

—Esto es el caos —se dijo el señor Ramón—, esto
es el caos.

Y pasaron por su portentoso cerebro historias de
anarquistas, de fabricantes de explosivos, de dinami-
teros, de siniestros bandidos, de monederos falsos.
Toda una procesión de seres terribles y majestuosos
desfiló por su mente.

En un álbum el portero encontró un retrato que le
llamó la atención. Era de un hombre de edad indefinible, calvo aunque no del todo, porque tenía un tupé
como una llama que le saliera de la parte alta de la
frente. La cara de este hombre mal barbado, de nariz
torcida y de ojos profundos y pequeños, era extraña
de veras: tan pronto parecía sonreír como estar mirando con tristeza.

En el margen del retrato se leían estas líneas escritas con tinta roja:

SYLVESTRIS PARADOXUS
DEL
*Orden de los primates*

—Primates; ¿qué orden será ésta? —se preguntó el
portero—. ¿Qué clase de frailes serían los primates?

El señor Ramón siguió leyendo:

CARACTERES ANTROPOLÓGICOS

Pelo, rojizo.
Barba, ídem.

Ojos, castaños.
Pulsaciones, 82.
Respiraciones, 18 por minuto.
Talla, 1,51.
Braquicefalia manifiesta.
Ángulo facial, goniómetro de Broca, 80,02.
Individuo esencialmente paradoxal.

¡Braquicefalia manifiesta! ¡Goniómetro de Broca!
Un misterioso y tremendo sentido debían de tener estas palabras. ¿Quién sería el hombre calvo y extraño
del retrato? ¿El nuevo inquilino quizá?

El señor Ramón quedó, según su decir, completamente sumergido en el caos. Bajó las escaleras absor-
to, preocupado, en actitud pensativa. De vez en cuando, como las encrespadas y furibundas olas que baten
con empuje vigoroso las peñas de la bravía costa, cho-
caban en su cerebro estas preguntas turbadoras de tan
noble espíritu: ¿De quién era aquella cabeza? ¿De
quién era aquella inscripción?...

¡Oh terribles misterios de la vida!
....................................................................

Ver aquel día al mozo de cuerda con carga tan extraña y quedar excitada al momento la curiosidad del
señor Ramón todo fue uno.

—A ver —le dijo al mozo—, ¿qué es lo que llevas
ahí?

—¿Sé yo acaso lo que puede haber dentro? —repuso el otro—. Esto —y señaló el bulto de forma estrambótica envuelto en periódicos— creo que es un
bicho disecado, y lo otro debe de ser una jaula, porque se notan los alambres; pero *léveme o demo* si sé
lo que tiene dentro.

El señor Ramón desenfundó el bulto envuelto en
periódicos y apareció ante su vista una gruesa avutarda disecada, de color pardusco, sostenida por sus patas en una sólida tabla de caoba.

El portero quedó estático y sonriente en presencia del ave, que le miraba con sus cándidos ojos de cristal; pero cuando vio en la garra del pajarraco un letrero colgado en donde se leía con letras rojas: *Avis tarda*, volvieron otra vez las oleadas de pensamientos a sumergir su porteril cerebro en el caos.

Ya vista y bien observada la obesa y simpática avutarda, el señor Ramón pasó a examinar el otro bulto cubierto con una arpillera. Se notaban a través del burdo lienzo los alambres de una jaula; mas ¿por qué estaba tapada de aquel modo?

Seguramente en su interior había alguna cosa de gran interés.

El señor Ramón examinó el envoltorio por todas partes. Estaba tan bien cosida la tela, que no se observaba en ella el menor resquicio por donde pudiera averiguarse lo que había dentro.

El portero, después de vacilar un rato, entró en su garita, desapareció en ella y volvió al poco rato con un cortaplumas.

—No vendrá el amo, ¿eh? —preguntó al mozo.

Éste, por toda contestación, elevó sus hombros con ademán de indiferencia.

—Vamos a ver lo que hay dentro —murmuró el señor Ramón; y para tranquilizar la conciencia del mozo añadió—: Luego lo volvemos a coser. No tengas cuidado.

El portero cortó unas puntadas, descosió otras, practicó una abertura en el lienzo; pero al dilatarla se encontró con que el agujero hecho caía sobre el suelo de la jaula, que era de madera. Incomodado con esto, no se anduvo en chiquitas; rasgó la tela de un lado y de otro, hasta dejar al descubierto un lado de la jaula, precisamente aquel en el cual estaba la puerta.

—¿Qué demonio hay aquí? —se dijo el señor Ramón.

No se veía dentro más que un ovillo negruzco como un puño de grande nada más.

La curiosidad del portero, como podrá suponerse, no estaba satisfecha. El hombre abrió la puertecilla de la jaula y metió la mano por el agujero. Notó al principio una cosa que se deslizaba entre sus dedos; luego sintió que le mordían. Dio un grito y retiró el brazo velozmente, y al sacarlo vio con espanto arrollada en la mano una culebra que le pareció monstruosa.

De miedo ni aun pudo gritar siquiera; lívido, con la energía del terror, desenroscó el animalucho de su brazo, y poseído del mayor pánico, con los pocos pelos de su cabeza de punta, huyó escaleras arriba sin atreverse a mirar hacia atrás.

Mientras tanto, la culebra, una culebrilla de esas pequeñas llamadas de Esculapio, incomodada con los malos tratos recibidos tan inmerecidamente, había pedido protección a la avutarda y junto a ella se enroscaba en el suelo y levantaba la cabeza bufando, con su lenguecilla bífida fuera de la boca.

Al mozo de cuerda le hizo tanta gracia la fuga del señor Ramón, que se deshizo en carcajadas estrepitosas, torciéndose y agarrándose a la boca del estómago con las dos manos; ya moderada su risa, salió del portal, cogió un pedazo de ladrillo de en medio de la calle y entró con intención de matar a la culebra; pero al ver al portero en lo alto de la escalera agarrado a la barandilla, temblando y lleno de terror, volviole a acometer la risa; y en el primer intento, al dejar caer el ladrillo sobre el suelo, no acertó a aplastar la cabeza del animalucho, como quería.

El señor Ramón, ante aquella hilaridad mortificante, se estremeció.

¡Su dignidad estaba por los suelos! ¿Qué hubieran dicho los porteros del barrio, el prendero de la esquina, el memoralista de enfrente, las criadas de la vecindad, para las cuales era casi un oráculo, al verle expuesto a aquellas risas indecorosas? ¡Él, antiguo vice-presidente de la Sociedad de Porteros de Madrid!

¡Sí, su dignidad estaba por los suelos!

Mientras el señor Ramón hacía estas reflexiones, el mozo de cuerda, ya sosegado y corrigiendo la puntería, iba a machacar la cabeza del ofidio cuando apareció de pronto en el portal un nuevo personaje. Venía envuelto en un abrigo de color de aceituna, con vetas mugrientas, adornado con dos filas de botones grandes y amarillos.

El recién venido era de baja estatura, algo rechoncho, de nariz dificultosa y barba rojiza en punta; llevaba en la cabeza un sombrero hongo color café, con gasa de luto y alas planas; pantalones a cuadros amarillentos, pellica raída en el cuello, un paraguas grueso en la mano derecha, y en la izquierda un paquete de libros.

Tras él marchaba un perrillo de largas y ensortijadas lanas, blanco y negro, a quien no se veían los ojos; un pequeño monstruo informe, sin apariencia de animal, que daba la sensación, como diría un modernista, de una toquilla arrollada que tuviera la ocurrencia de ser automóvil.

El señor de la pellica raída entró en el portal, vio lo que pasaba y, como quien ejecuta un acto por acción refleja, levantó el paraguas en el aire inmediatamente.

—Pedazo de imbécil —le dijo al mozo—, ¿quién te manda a ti abrir esa jaula?

—Si no he sido yo. Ha sido el portero —replicó el mozo.

—¿Dónde está ese portero?

—Mírele usted... Allá.

—¿Y por que le has dejado hacer su capricho a esa vieja momia? —gritó el señor, irritado y señalando con la punta del paraguas al aludido.

—¡Oh! ¡Vieja momia! ¡Qué de dicterios! ¡Qué de

vituperios! —murmuró el señor Ramón en voz baja, y pasó por su mente el martirologio de todos los santos.

—Mire usted —repuso el mozo de cuerda rascándose la cabeza—, yo, la verdad, creí que sería alguna *culobra* que se había metido en la jaula a comerse el pájaro. ¡Como las *culobras* suelen comerse a los pájaros!

—Bah. ¡Palabras! ¡Palabras! ¡Qué pájaros ni qué pamplinas!

—En mi tierra eso pasa, y hay algunas que se ponen a mamar de las vacas y de las mujeres...

—¡Oh leyendas! ¡Leyendas! Sí, lo sabemos. Y fascinan a los pájaros. Sí, hombre, sí. Todo eso es muy viejo.

Y el señor, después de agitar su cabeza negativamente para dar a entender que no creía en tales patrañas, se agachó y comenzó a silbar con suavidad. El perro se puso a oler la culebra, y colocado sobre sus dos patas de atrás agitó las de delante en una calurosa manifestación mímico-oratoria.

—Bueno, *Yock*, bueno —murmuró el señor. Acarició a su perro y siguió silbando. Lentamente la culebrilla se acercó a su amo y se enroscó en su brazo.

El señor entonces se levantó, metió al animal en la jaula, después cerró la puerta, y hecho esto, señalando con el paraguas la avutarda disecada, le dijo al mozo con gran dignidad:

—Arriba.

Echaron a andar, y al pasar junto al señor Ramón se le oyó decir en voz baja al ver al hombre de la raída pellica: «¡Ah, es él! ¡El del retrato!» Comenzaron a subir la escalera el señor, el perro, la culebrilla, la avutarda y el mozo de cuerda.

La escalera era estrecha y oscura; se respiraba en ella un aire pesado lleno de vaho de comida y de olor a cuero, que venía de un almacén de curtidos de la planta baja. A medida que se iba subiendo, los peldaños eran más altos, y del tercero al cuarto piso eran altísimos; la luz llegaba a la escalera tan sólo por dos ventanas abiertas a un patio tan estrecho como una chimenea, cruzado de un lado a otro por cuerdas para tender ropa; las paredes de este patio, ennegrecidas y mugrientas en unas partes, desconchadas en otras y con los tubos rojos de los desagues de las casas al descubierto, parecían estar llenas de lacras y de varices como la piel de un enfermo.

En los descansillos de la escalera, en cada piso, se leía en letras azules que denotaban en la blanqueada pared: IZQUIERDA..., DERECHA; al lado de los letreros, manos imperativas señalaban con el índice extendido, y en medio de éstos de leía: ENTRESUELO..., PRINCIPAL..., SEGUNDO... Amables gracias con las cuales el casero obsequiaba a sus inquilinos.

Al final de la escalera había un larguísimo corredor iluminado por dos tragaluces, y a los lados de aquél veíanse puertas pintadas de rojo con sus respectivos números encima.

Atravesaron el hombre de la raída pellica y su acompañante el corredor; abrió el primero la puerta señalada con el número 3 y pasaron ambos adentro.

Fuera difícil dar un nombre exacto al sitio en donde entraron, porque no era cuarto, ni habitación, ni estudio, aunque participaba de todo esto; tenía un aspecto intermedio entre taller de pintor y guardilla. Iluminaban el aposento dos claraboyas del techo y una ventana grande por donde entraba en aquella hora la claridad amarillenta y dorada de un día de otoño.

El techo de aquel zaquizamí estaba lleno de vigas sin pulir y sin pintar; las vigas, cubiertas por tupidas telas de araña; las paredes, sucias, blanqueadas en unos sitios y en otros no; el suelo, atestado de cajas, fardos, mesas, tableros y de una porción de cosas más, inclasificables a primera vista.

Dejó el mozo de cuerda su carga, el señor de la
raída pellica le pagó, cerró la puerta de golpe, recorrió el cuarto de un lado a otro y se sentó después en
una caja en actitud pensativa.

—El día es aciago para mí —murmuró accionando
con energía—. Voy al Ministerio de Fomento y me
dicen: la patente, denegada; entro en mi casa y veo
mi culebra expuesta a pasar a mejor vida por el golpe
de un imbécil primate.

¡Denegar su patente! ¿Se había visto estupidez mayor? Y el hombre de la raída pellica sacó el *Boletín
del Ministerio de Fomento* y leyó en alta voz: «Patente
número 34.240. Ratonera-Speculum de don Silvestre
Paradox. Denegada por no revestir la Memoria suficiente claridad.»

—¡Denegada! ¡A mí!

Y los labios de don Silvestre se crisparon con una
sonrisa sardónica.

—Pero ¿qué van a hacer esos señores del ministerio
—y don Silvestre Paradox se dirigió a la avutarda,
que, mal envuelta en los periódicos, no se atrevía más
que a sacar la cabeza— si no se saben ni los rudimentos de la Mecánica, ni los rudimentos de la Historia
Natural, ni los rudimentos de nada?

Desde aquel momento don Silvestre iba a clasificar
a los empleados del ministerio en el género de los pin-
güinos. ¡Denegar la patente! ¡Desdichados! Ya no iba
a pedir ninguna patente. Le obligaban a tomar esta
determinación. Sus inventos los presentaría a la Academia de Ciencias de París, a la de Berlín o a la de
Copenhague.

¡La ciencia no tiene patria; el infinito, tampoco!

Un fuerte campanillazo interrumpió el soliloquio de
don Silvestre. *Yock* corrió hacia la puerta y ladró de
una manera formidable.

¿Quién podrá ser? —se preguntó Paradox—. ¿Quizá un recado del Ministerio?

Abrió la puerta y se encontró con tres personas. En medio estaba un señor viejo con una cara parecida a las caricaturas de Bismarck: bigotazo blanco, cejas como aleros de tejado, expresión tremenda y calvo como una bala rasa. Era aquel señor nada menos que don Policarpo Bardés en persona, administrador de la casa y dueño del almacén de curtidos de la planta baja. A su derecha se encontraba su hijo Polín, hombre de edad difícil de calcular; chiquitillo, repeinado el pelo lustroso, con las guías del bigote terminadas en dos círculos tan perfectos, que honraran a cualquier peluquero, porque ni un matemático con su compás hace circunferencias tan admirables; la cara de Polín era manchada, algo así como cara de feto puesto en alcohol que empieza a reblandecerse: su nariz tenía forma de picaporte, y además de ser granujienta y encarnada, estaba brillante, como si acabasen de untarla con una sustancia grasa. A la izquierda de don Policarpo se hallaba el señor Ramón el portero.

—¿A qué tengo el gusto...? —preguntó Silvestre contemplando con la curiosidad de un naturalista la nariz de Polín.

—Señor Paradox —dijo don Policarpo con una voz profunda, de esas que parecen que salen del fondo del estómago—, lo siento mucho, pero tengo que advertirle que si quiere usted quedarse en la casa no puede tener en su domicilio, o sea habitaciones, esas fieras.

—¿Fieras? —preguntó con asombro don Silvestre.

—¡La culebra! —murmuró con voz cavernosa el portero.

Al oír Polín esta palabra puso el índice y el meñique de la mano derecha extendidos, y los agitó murmurando al mismo tiempo entre dientes:

¡Lagarto! ¡Lagarto!

—Pero ¡si es un bicho inofensivo —replicó Paradox—, señor administrador! Un bicho inofensivo y candoroso, un animal domesticado, que no es nada

más que esto. ¿No se puede tener en casa un animal
domesticado? ¿No se puede tener un gato?

—Sí —repuso don Policarpo—. Pero hay animales
y animales. Distingamos. Hay *diferencia*.

—Ya lo creo que hay *diferencia* —aseguró Polín con
una sonrisa sardónica, incomodado al ver que su nariz
llamaba la atención de don Silvestre.

—Vaya si hay *diferencia* —agregó el señor Ramón—. Porque hay *un porción* de animales que no
hacen daño ni a las personas ni a las casas, pongo por
caso los gatos, que decía usted antes, o los loros, aunque, si bien se quiere, un gato puede arañar, y yo he
oído decir que el arañazo de un gato enconado puede
producir, si bien se quiere, la muerte.

—Sí, una culebra no se puede tener en una casa.
Es un bicho peligroso —concluyó don Policarpo.

—¿Peligroso?... ¡Una culebra! —replicó Paradox—.
¡Oh!, no lo crea usted; se las calumnia, señor.

Al oir el nombre del ofidio volvieron a moverse las
manos de Polín y siguió mascullando entre dientes.

—Sí, bueno. Quizá no sea peligroso —añadió don
Policarpo—. Pero figúrese usted que yo le digo al
marqués, al amo de esta casa, que tiene usted...

—Una serpiente —interrumpió Polín.

—Un culebrón —dijo el portero—. ¡Si, mal com-
parado, ese bicho es casi tan gordo como mi muñeca!

—¡Un culebrón! —murmuró sonriendo Paradox—.
Este señor llama culebrón a mi pequeño reptil. Le
honra, es cierto, pero exagera. Vean ustedes —y cogió
la jaula, la desprendió de su envoltura y enseñó el
animalucho a las tres personas, que instintivamente re-
trocediérón—: este señor —añadió Silvestre— honra a
mi culebra.

Después saludó con una inclinación de cabeza ma-
jestuosa y al mismo tiempo llena de elegancia, digna
de un caballero de la corte de Versalles.

Aquellas repeticiones del nombre vulgar de los ofi-

dios quitaron la paciencia a Polín, que, murmurando
siempre, cruzó el pasillo y comenzó a bajar la escalera.

—¿Y la tiene usted siempre así, encerrada en la jaula? —preguntó don Policarpo.

—Siempre.

—Bah... Veo que, efectivamente, ha exagerado Ramón. ¿Era ésa la culebra tan gorda como la muñeca
que usted ha visto?

—A mí... eso me ha parecido.

—Bah... Bah... ¡Qué tontería! Buenos días, señor
Paradox. Beso a usted la suya.

—Igualmente —murmuró Silvestre, sin saber qué
es lo que quería besar el administrador, y cerró la
puerta.

Volvió a quedarse solo; nuevamente empezó a pasear por el cuarto, seguido de su perro. Luego abrió
la ventaja y se asomó a ella. Enfrente se veía un solar
en donde estaban comenzando a edificar, lleno de
montones de ladrillos y de cal, de balsas con mortero,
de tornos y vigas.

A un lado, limitando el solar, veíase la parte interior de la pared maestra de la casa derribada, y era
interesantísimo para un espíritu observador como el
de Silvestre adivinar, por la clase de papel que aún
cubría la pared, dónde había estado la sala, dónde la
cocina y el comedor, y reconstruir, de una manera
más o menos fantástica, las escenas que allí se habían
desarrollado.

En la casa de enfrente, a medias derribada, quedaban como embutidos en la pared algunos cuartos que
parecían de una casa de muñecas, con sus puertas y
sus ventanas y los papeles todos rasgados.

Aquí se veía la línea negra y vertical por donde
pasó la chimenea; allí el papel en zigzag de una de las
paredes de la escalera; en una ventana quedaba todavía una persiana verde, a medias recogida.

¡Cuánta historia de alegrías pequeñas, de pequeñas miserias, podrían contar aquellas paredes y aquellos escombros!

Luego de hecha esta profunda observación filosófica, Silvestre recorrió el cuarto, lo midió con sus pasos; después tomó su orientación con una brújula que a modo de dije llevaba colgada en el cordón del reloj. Enfrascado en estos importantes trabajos se hallaba cuando sintió como una advertencia en el estómago.

—Parece que se siente hambre —dijo paseando su mirada por el cuarto.

*Yock,* el perro, se puso a ladrar con furia, y agitó sus patas delanteras como para afirmar una vez más lo dicho por su amo.

—¡Querido! —le dijo Silvestre—, eres de mi opinión. Veamos nuestras arcas.

Se registró los bolsillos uno a uno; su capital no llegaba a setenta y cinco céntimos.

—¡Bohemia negra! ¡Bohemia negra! —exclamó Paradox.

Y luego, dirigiéndose a *Yock,* repuso:

—Iremos a comer a casa de Avelino; comeremos mal, pero comeremos. Mi dignidad no me aconseja esta humillación; mas veo con tristeza que el estómago se impone. Síntoma de vejez.

Y poniéndose el abrigo, el sombrero y la pellica, cruzó el pasillo, salió a la escalera, la bajó y se marchó hacia la plaza de Santo Domingo, seguido de su fiel perro, el pequeño monstruo antediluviano, que parecía un montón de lana automóvil, y del cual Silvestre decía con jactancia impropia de un filósofo que era el perro más feo de toda España.

# II

# [LOS PRIMEROS AÑOS DE LA VIDA DE SILVESTRE]

El autor de esta obra, recopilador más bien de los hechos gloriosos que esmaltan y adornan la vida del ilustre Paradox, comprendiendo la inmensa ansiedad del público por conocer algunos detalles de la existencia de hombre tan eminente, hizo hace tiempo largas y concienzudas investigaciones con el objeto de encontrar un rayo de luz que desgarrara las oscuridades y tinieblas que envuelven la paradoxal existencia del sabio inventor y pensador profundo biografiado en estas páginas; pero todas las averiguaciones, todos los trabajos, todos los estudios no tuvieron éxito, y el autor no pudo, mal de su grado, satisfacer la legítima curiosidad del público, lleno de interés por conocer los detalles íntimos de la vida de un hombre tan verdaderamente grande, tan verdaderamente ilustre, tan verdaderamente glorioso como Silvestre Paradox.

Hoy, gracias a la amable condescendencia del distinguido catedrático de Universidad don Eloy Sampelayo y Castillejo, el autor puede ofrecer al público algunos datos fidedignos e irrebatibles de la vida de Silvestre.

La exactitud de estos datos no admite discusión, es

absoluta; sin embargo, ha habido hombres de aviesa intención que han tratado de sembrar la duda negando sin motivo alguno la certeza de los testimonios más firmes y valederos.

Respecto al origen del apellido Paradox, todo el mundo sabe la divergencia de opiniones que existe entre los eruditos, así nacionales como extranjeros, pues mientras unos aseguran que los Paradox descienden de un buhonero francés, Paradoux, que vino a España vendiendo ratoneras, otros hay que opinan que la familia procede de los Prados de Calahorra, uno de cuyos individuos encontró muy elegante el sustituir la s final por una x, y no falta tampoco quien indique, y al parecer con ciertos visos de verdad, que los que llevan el apellido Paradox proceden de Paradoxus, filósofo calagurritano násico, hoy desconocido, llamado así por lo paradoxal de sus doctrinas y de sus costumbres.

Sea de esto lo que se fuere, y no pudiendo dar una opinión con base cierta ni en pro ni en contra acerca de tales extremos, pasaremos a exponer los datos seguros, irrebatibles e indiscutibles que nos han suministrado los apuntes de don Eloy Sampelayo y Castillejo.

. . . . . . . . . . . . . . . . . . . . . . . . . . . . . . . . . . . . . . . . . . . . . . . . . . . .

El recuerdo más vivo que Silvestre tenía de los primeros años de su vida, en la época del oscuro despertar de la personalidad, era la imagen del solar en unas traperas, cercano a la casa donde se deslizó la infancia de nuestro héroe, en Chamberí, hace treinta y tantos años, antes que este barrio se uniese definitivamente a la villa y corte.

De este recuerdo, que el biógrafo no puede menos de tachar de ordinario y de poco distinguido, pasaba Silvestre, cuando con la imaginación quería recordar su niñez, a otros ya más claros y concretos; pero ninguno de sus recuerdos era de cosas importantes; no podía representarse, por ejemplo, las caras de sus padres ni la de su abuela: su memoria guardaba sólo despojos, cosas descabaladas, como si fuese también choza de trapero. Un gabinete en donde cosía su madre, tapizado con un papel verdoso lleno de barcos que marchaban a toda vela por entre las encrespadas olas del mar, a veces creía tenerlo delante de los ojos.

También recordaba con gran energía la tienda de ultramarinos de enfrente de su casa, con una barrica de sardinas viejas en la entrada, barrica que a la fogosa imaginación de Silvestre se le figuraba un reloj colocado en el suelo; pero lo que más impreso tenía en su memoria era el despacho de su padre, lleno en los estantes de libros, fósiles minerales, y adornado en las paredes con grabados de ilustraciones.

Después recordaba los alborotos domingueros de la Era del Mico, cuando fregatrices y soldades se dedicaban a las delicias del columpio y del baile, mientras que por la calle Real cruzaban calesas, diligencias destartaladas y coches de muerto.

Ciertamente no es agradable para el biógrafo de un hombre célebre el no encontrar en la infancia de éste una frase, un rasgo que indique la futura celebridad del biografiado. Es triste. Además, nos dicen que la ciencia moderna no permite ya atribuir bellos discursos al héroe cuyas acciones se cantan. Lo sentimos por nuestros lectores y por la ciencia moderna.

Silvestre era hijo único. Su padre, doctor en Ciencias, estaba de auxiliar en el Instituto del Cardenal Cisneros, y daba lecciones en un colegio. Hombre de malísima suerte, era bastante paradoxal para estar satisfecho de su ciencia, que si le producía más miserias que otra cosa, también le consolaba de ellas. Las ciencias a las cuales tuvo preferente afición el padre de Silvestre fueron las naturales, y, entre éstas, se dedicó desde mozo, con la asiduidad que le permitían sus obligaciones, preferentemente a la Geología.

Era el profesor hombre de cortedad de genio exa-

gerada; la primera vez que se presentó a oposiciones
fue impulsado por su novia, la cual con el tiempo
llegó a ser su mujer; aquel arranque de valor quiso
repetirlo después de algunos años de casado en otra
oposición a cátedras en propiedad; pero tuvo que retirarse porque uno de los contrincantes, andaluz muy
gracioso, empezó a hacerle objeciones y objeciones en
tono de chunga, y le turbó de tal manera, que, a pesar
de decirle todo el mundo que tenía la cátedra segura,
Paradox pidió permiso a los profesores del tribunal
para retirarse.

Con aquel genio tan apocado era lógico que el padre de Silvestre no prosperase nada; pero como el
profesor no tenía apenas necesidades, con el sueldo y
alguna que otra lección particular que daba, reunía lo
estrictamente necesario para que pudiesen ir tirando
mal que bien los individuos de la modesta tribu de los
Paradox.

Silvestre de niño era guapo y rubio como las can-
delas. Así lo decía su abuela.

Un accidente que le pudo costar la vida afeó al futuro gran hombre: un día, mientras su padre estaba
clasificando fósiles, dos chicos de la vecindad y Silvestre se encaramaron a un pesado armario vacío que
estaba colocado en el pasillo de la casa del profesor,
y cuando estaban más descuidados, el armario se les
vino encima. Los otros dos chicos quedaron en los
huecos de los estantes como caídos en un cepo, y a
Silvestre, cuyo sino era sin duda el quedar descalabra-
do, le cayó el borde de una tabla sobre la nariz.

El padre acudió al grito lanzado por los chicos, y
sacando fuerzas de flaqueza levantó el armario con un
esfuerzo nervioso, que en un hombre enfermo como
estaba hubiera parecido imposible. Entre él y su mujer llevaron a Silvestre chorreando sangre a la casa de
un médico homeópata de la vecindad.

El golpe no tuvo consecuencias; pero al cabo de al-

gunos días, cuando la nariz de Paradox hijo iba reco-
brando, si no su primitiva forma, un aspecto de nariz
posible, se cayó por la escalera y se rompió un brazo;
en la convalecencia, cuando ya empezaba a consoli-
darse la fractura, le dieron viruelas y éstas le dejaron
como recuerdo unas úlceras en los ojos.

Por esta serie no interrumpida de calamidades, el
futuro gran hombre tardó mucho en ir a la escuela, y
ya repuesta del todo le llevó su madre a un colegio
de la vecindad, dirigido por un maestro andaluz, tar-
tamudo por más señas, a quien los chicos llamaban el
Boca-abierta, porque siempre estaba en actitud de papamoscas.

El tal maestro parecía, con su barba cerrada y el
pelo negro espesísimo, uno de esos muñecos que salen
del interior de una caja cuando se aprieta el resorte.
Silvestre no debió de ganarse la simpatía del maestro,
porque el andaluz Boca-abierta dijo varias veces a Paradox padre que su chico era muy cazurro y muy bárbaro.

No se sabe a punto fijo si era la timidez o la torpeza
de Silvestre lo que le exasperaba al papamoscas del
colegio; pero fuese una cosa u otra, el caso es que el
buen maestro ponía las manos de su discípulo encar-
nadas a fuerza de correazos con una constancia y un
empeño dignos de mejor causa. Los chicos le decían
a Silvestre que untándose las manos con ajo saltaba la
correa y no hacía daño; pero él ensayó este procedimiento y no le dio resultado alguno.

La verdad era que Silvestre en el colegio no aprendía nada, ni siquiera a leer, y, en cambio, sólo de oír
a su padre los nombres de los fósiles los recordaba de
memoria. Las clases de *trilobites*, sobre todo desde el
*paradoxides,* simpático por recordarle su apellido, hasta el *philepsia* y el *phacops,* podía decirlos sin equi-
vocarse nunca.

Una de las cosas, confesemos que no era muy útil,

que aprendió Silvestre en la escuela con gran entusiasmo fue el hablar uniendo un sonido cualquiera a
cada sílaba de las que forman una palabra, lo que le
hacía suponer a él y a los chicos que eran unos poli-
glotas completos. ¡Había un sinnúmero de lenguas! La
lengua en *ti*, en *ca*, en *ra*, etc. Así, por ejemplo: *quieres venir*, en la lengua en *ti* era: *ti-quie, ti-res, ti-ve, ti-
nir;* pero, en cambio, en la lengua en *ca* era: *ca-quie,
ca-res, ca-ve, ca-nir.* Estos conocimientos llenaban de
satisfacción a Silvestre y hacían sonreir pálidamente a
su padre.

Como he dicho, el pobre naturalista estaba enfermo, se encontraba alicaído, y como no se cuidaba iba
de mal en peor; tenía la cara de un Cristo de marfil,
las manos huesudas, amarillentas, manos de santo,
con los dedos largos y nudosos. Cada día estaba más
flaco; Silvestre no notaba esto ni advertía tampoco la
tristeza de su madre. Una vez oyó a su padre que le
decía a un amigo: «Si no fuera por ellos, moriría contento. Crea usted que deseo acabar; derretirme en la
nada. Estoy fatigado de vivir.» Silvestre no se preo-
cupó del por qué decía aquello, pero al cabo de un
mes murió su padre, y recordó estas palabra.

Murió el naturalista, sonriendo, un día de enero con
las calles cubiertas de nieve; dio a su mujer algunas
instrucciones para el porvenir, y se fue, comprendiendo que el mundo no era para él, dejando como toda
herencia unos cuantos cajones de fósiles, algunos libros y unos apuntes que tenían como títulos: «PRUE-
BAS EN PRO DE LA TEORÍA DE WEISMAN» y «CONSI-
DERACIONES ACERCA DE LA REVOLUCIÓN DE LAS
GREGARINAS».

Después de contemplar muchas veces a su padre
muerto, en el gabinete del papel con los barcos, que
olía a cirio y a pintura de la caja fúnebre, cuando
Silvestre se acercó al balcón mientras su madre y su
abuela lloraban y vio el coche mortuorio, modesto,

que se alejaba, seguido de dos simones, por la carretera blanca, muy blanca, cubierta de nieve, sintió la primera idea negra de su vida.

¡Oh, qué fría debe de estar la tierra!

Pasaron unos meses y tuvieron que ir vendiendo de mala manera los libros y los fósiles del profesor, y se decidió que la familia, compuesta por Silvestre, su madre y su abuela, se trasladase a Pamplona.

Entre las dos mujeres y el chico, ayudados por una vecina muy amable y servicial, embalaron los muebles, los enviaron a Pamplona, y mientras esperaban la noticia de que habían llegado, la misma vecina les prestó algunos utensilios indispensables para hacer la comida y dormir durante aquellos días.

En el viaje, a Silvestre le ocurrió un accidente ridículo: bajó del tren en la estación de un pueblo de Navarra a satisfacer una necesidad perentoria, y no hizo más que alejarse un poco y arrimarse a una tapia cuando el tren comenzó a andar.

Silvestre vaciló en un principio, se levantó y pensó en echar a correr; pero meditó, y comprendiendo que no podría alcanzar al tren, que empezaba a tomar velocidad, se quedó junto a la tapia, para hacer, al menos, algo de un modo completo.

Su madre y su abuela quisieron bajarse del coche en que iban, pero los empleados se lo impidieron.

—Se les llevará el chico. Deténganse en la próxima esación —les dijo el jefe.

Silvestre fue llevado a la oficina del telégrafo, y contempló allí con curiosidad cómo el empleado hacía funcionar el telégrafo de Breguet; luego le dijeron que tendría que esperar a la noche para ir al pueblo inmediato, a no ser que quisiera ir solo.

—¿Se tarda mucho tiempo? —preguntó Silvestre.

—Una hora.

—Entonces iré solo.

—Bueno, no tienes más que seguir la vía; en el pueblo de al lado te esperan.

Silvestre echó a andar. Era un mediodía de primavera.

¡Qué impresión le produjeron al joven Paradox el campo, las eras verdes y las amapolas que brillaban como gotas de sangre en los prados!

Atravesó Silvestre varios arroyuelos por puentes de traviesas, pasó por debajo de un túnel muy corto, y al cabo de hora y media estaba en la estación inmediata. En el andén esperaban a Silvestre su madre y su abuela. El chico se acercó con cierta escama, pensando en los dedos de su abuela, que cuando pellizcaban hacían cardenales; pero la buena señora en aquella ocasión estuvo parca; Silvestre no puedo menos de reconocerlo.

El tren siguiente salía a la noche; no era cosa de esperar allí, y se dirigieron los tres hacia el centro del pueblo por una calle estrecha, que desembocaba en una gran plaza rectangular llena de barricas, en donde les habían dicho que estaba la posada. Era ésta una casa grandísima de ladrillo con arcos hacia la plaza; desde el portal hasta las guardillas olía a vino, y en los rellanos de la escalera se tropezaba con barreños y tinajas rebosando mosto.

En la posada, Silvestre se entretuvo en estropear una máquina de coser que había en la sala, lo cual se guardó muy bien de contárselo a nadie.

Al anochecer, la madre de Silvestre tomó tres asientos de tercera en un tren de mercancías, y la familia llegó sin más tropiezo a Pamplona.

Un tío de la madre de Silvestre había buscado ya la casa; los muebles estaban también en ella; se decidió ir inmediatamente a ocuparla. La madre de Silvestre, nacida en el pueblo, no pudo encontrar de noche la casa; se perdió y se perdieron todos. Después de preguntar varias veces y andar haciendo rodeos, dieron con la calle, una calle solitaria y triste, entre cuyo empedrado crecía la hierba.

La abuela, que en su tiempo había leído *Los misterios de París* y *El judío errante*, aseguró que tal calle era de las que pintan en las novelas para describir el sitio de un crimen. A larguísima distancia uno de otro había algún farol de luz mortecina.

Silvestre iba asustado, lleno de miedo; al pasar los tres junto a algunos portales, las pisadas resonaban como en hueco.

Encontraron el número de la casa: en un granero de la planta baja les dieron la llave y subieron los tres al piso segundo.

La habitación alquilada para ellos eran grande, con un pasillo larguísimo; la abuela la encontró destartalada; y, efectivamente, tenía una disposición tan asimétrica, que sólo podía explicarle suponiendo que los cuartos aquellos habían pertenecido a dos casas, a las cuales unieron después horadando una pared maestra. Había aposentos que para su acceso tenían cuatro y cinco escalones.

A Silvestre le producía la casa una impresión de abandono y de melancolía; pero, a pesar de esto, le gustaba más que aquella estrechísima jaula de Madrid donde vio transcurrir su infancia. El detalle de los escalones para subir a los cuartos, sin saber por qué, le regocijaba.

Luego de llegar, encendieron una lamparilla de aceite que la abuela había tenido la previsión de poner en el cesto entre las cosas indispensables, y mientras ella se ocupaba de encender lumbre, Silvestre y su madre fueron con dos pucheros, lo único que encontraron a mano, a la fuente de una plaza próxima. Después de lavarse las tiznadas caras cenaron algo de lo que había sobrado de la merienda de viaje; entre los tres desataron los colchones, hicieron las camas sobre el suelo, rezaron el rosario y se acostaron.

Ocupóse la familia los días siguientes en el arreglo de la casa, y la abuela y la madre de Silvestre se afanaron en dar lustre al suelo, uno de los pocos lujos que las pobres podía darse sin gasto. Silvestre estaba en sus glorias: tenía libertad para ir y venir y jugar a la pelota en la calle; pero sus glorias no duraron mucho: su madre le llevó a un colegio, y transcurridos unos meses tuvo que ingresar en el Instituto. Así pasaron los tres medio año, viviendo juntos; pero como los ingresos de la casa, que estribaban en la pensión de la viuda y una exigua renta de la abuela, no correspondían a los gastos, antes de entramparse, la madre de Silvestre comenzó a hacer trabajos de zapa para llegar a una reconciliación con sus tíos, con los cuales estaba indispuesta por haberse casado a disgusto de ellos con el naturalisa.

La viuda de Paradox era tan hábil y al mismo tiempo tan buena, que supo conquistar a sus tíos al vuelo; pero no pasó lo mismo ni con Silvestre ni con la abuela, pues a los dos los recibieron los tíos con una frialdad desdeñosa. La abuela, que no se mordía la lengua, tuvo el gusto de decir un día una serie de cosas gordas a los parientes de su nuera, y tan tirante se hizo la situación, que la pobre mujer, comprendiendo que era un obstáculo para la completa reconciliación entre su nuera y sus parientes, manifestó el propósito de marcharse a San Sebastián, a casa de una antigua criada que era patrona de huéspedes.

La despedida fue muy triste; la abuela y la madre de Silvestre, que se querían y se llevaban muy bien, se abrazaron y lloraron a lágrima viva al despedirse. Pocos días después Silvestre y su madre levantaron la casa y se fueron a vivir con sus tíos, don Francisco, doña Tadea y doña Josefa del Hierro, tres especies de momias de lo más desagradable que puede darse en el género, y que vivían en un caserón lóbrego y tristísimo de una calle de los alrededores de la catedral.

De las tres momias, sobre todo doña Josefa, la tía Pepa, era insoportable, por lo gruñona y fastidiosa. Tenía una nariz de esas de caballete, horizontal en su nacimiento, y que luego se arrojaba por la vertical con fuerza y desesperación tan grandes, que chocaba con el labio; padecía una úlcera crónica en el ojo izquierdo, y sobre él llevaba una cortina verde; pero la fuerza del ojo derecho parecía haberse reconcentrado en el izquierdo: tanto brillaba éste de inteligencia y malicia en la hundida órbita.

Era aquella doña Josefa la mujer más astuta que ha comido pan; no se la engañaba fácilmente, ni mucho menos. Siempre estaba en guardia; ponía nueces junto a las patas de las mesas y debajo de los armarios para sorprender a las criadas por si no barrían bien; husmeaba y fisgaba todo con su ojillo siniestro; su nariz le servía de sonda en las intenciones ajenas.

Tenía la chifladura clasificadora y coleccionista; para ella el mundo era una inmensa guardilla que había que ordenar y clasificar; guardaba lo que encontraba en varios paños, hacía un envoltorio, y al envoltorio le ponía una etiqueta con su letrero. Por su gusto hubiera envuelto en paños hasta las sartenes de la cocina.

Un día que por casualidad leyó Silvestre unas etiquetas de dos envoltorios del armario de la tía Pepa se asustó; en una ponía: Pedazos de la piel de Panchita; en el otro: Dentadura de Deogracias. A Silvestre, al ver aquello, se le metió en la cabeza que su tía ocultaba un cementerio en el armario, y se le ocurrió la idea absurda de que en uno de aquellos estantes la tía Pepa debía de tener guardado un hombre muerto, idea estúpida que no pudo desechar hasta después de pasado mucho tiempo.

No hizo más que llegar Silvestre por primera vez a casa de sus tíos y dar algunas ligeras muestras de su natural salvajismo, cuando la tía Pepa comenzó con el catálogo de sus advertencias.

—Mira —le dijo—, no se abren las ventanas de día, porque se ajan los muebles y las alfonbras.

—No se abren las ventanas de noche, porque entra el relente.

—No se contesta a los mayores.

—En la cocina los niños no tienen nada que hacer.

—¿No quieres sopa? Pues no puedes almorzar.

—Los niños no deben tomar café.

—No se coge así el tenedor.

—No te sientes en los sillones, porque les rompes los muelles.

—No tienes nada que hacer en la sala.

Silvestre, aturdido con tanta advertencia, no hacía los primeros días más que barbaridades.

La tía Tadea era muy distinta de su hermana; debío de haber sido hermosa en su juventud, y en las ruinas producidas por los años se notaba alguno que otro rasgo de su antigua belleza. Tenía la nariz larga como su hermana, pero recta; la boca pequeña, llena de arrugas que irradiaban a la cara; los ojos hundidos; el arco ciliar perfectamente dibujado; el pelo negro, a pesar de la edad, que frisaba en los setenta; la piel blanca, marfileña, y en las sienes venas azules como cabelleras de Medusa, abultadas y endurecidas. Era una mujer egoísta y sin afectos, lo cual no le había impedido divertirse en su juventud de una manera un tanto borrascosa.

Doña Tadea tenía la vejez poco respetable; era vieja, no anciana; su egoísmo le había ido suprimiendo toda clase de necesidades espirituales, y el único instinto que sobrenadaba en su alma era el de conversación, manifestado por dos necesidades, que satisfacía a todas horas: la de dormir y la de comer. Ni aun siquiera iba a la iglesia. Comía de una manera más ordinaria que un patán. Generalmente, no usaba servilleta para limpiarse la boca, y le quedaban colgando de las comisuras de los labios dos churretes, que al final de la comida, cuando quedaba como aletargada, se los limpiaba su hermana con la servilleta.

En la mesa, doña Tadea tenía que elegirlo todo: pinchaba la carne con el tenedor, con objeto de escoger la tajada más blanda; manoseaba las frutas para tomar las maduras, y no quería beber el vino que quedaba al final de la botella.

Tenía la buena señora el olfato muy desarrollado, y como el mal olor no la dejaba dormir y tenía más miedo a los constipados que al demonio, hacía llevar a la muchacha una caja misteriosa a la sala, y allí, enfrente de los restos de sus antepasados, depositaba en la caja lo único que material e intelectualmente producía su cuerpo: después se encerraba en su cuarto y mandaba abrir las ventanas de la sala.

Don Paco del Hierro, hermano de doña Tadea y de doña Josefa, era alto, delgado, esbelto; tenía la cabeza pequeña y la frente estrecha y deprimida. Su nariz era ganchuda, como la de un loro; los ojos grises, sobre los cuales caían las cejas como dos pinceles; la barba cuadrada y saliente, tapada por un bigote áspero y cerdoso. Quizá un naturalista hubiera encontrado en su tipo una reminiscencia del antropopiteco de la *Lemuria haeckeliana*.

En casa de los tíos de Silvestre se observaban tradicionales costumbres que habían ido tomando el carácter de instituciones. Los huevos se compraban por cientos, y a la noche llegaba el momento de examinarlos; se ponía la cesta encima de la mesa, y don Paco, poniéndolos uno a uno frente al quinqué, iba mirándolos al trasluz por entre el hueco de su mano semicerrada como por un anteojo. Los huevos más grandes, más claros y más sin corona se reservaban para la tía Tadea; los que venían después de éstos en importancia, eran para la tía Pepa; los siguientes, para la madre de Silvestre; los inferiores a éstos, para don

Paco; los otros, para Silvestre, y los últimos, para las muchachas.

El cocer los huevos tenía también sus preparativos y sus ceremonias. Cuando llegaba tan crítico momento el tío Paco sacaba el reloj y lo ponía encima del mantel.

—Que se pongan a cocer los huevos —gritaba con voz fuerte para que le oyesen desde la cocina.

La muchacha echaba los huevos en el agua a la voz de mando.

A esto sucedía en la mesa un momento de religioso silencio.

—¿Estarán? —decía doña Tadea con ansiedad.

—No. Todavía no —contestaba don Paco mirando al reloj atentamente, comprendiendo la gravedad de las circunstancias—. No han pasado los dos minutos y medio.

Porque los huevos, para doña Tadea, necesitaban estar cociendo dos minutos y medio; ni un segundo, ni fracciones de segundo más ni menos.

—Más seguro que lo del reloj —y esto lo decía a todas horas doña Tadea y lo confirmaba doña Pepa— es el de rezar tres credos, con lo cual se obtiene el resultado positivo de cocer bien un huevo, y el un tanto más problemático de ganar la gloria. Pero el servicio está de una manera...

La tía Pepa era un pozo de ciencia popular. Sabía una porción de habilidades y virtudes fantásticas de las cosas; las debía de tener perfectamente catalogadas en su inteligencia: repetía que el chocolate con canela es ardiente; el agua y leche, refresco; las acelgas, un alimento sano; el apio, bueno para la orina. De microbiología tenía también conocimientos: aseguraba que el vinagre mata los bichos del interior.

Un espíritu tan clasificador y dogmático como doña Pepa no comprendía que un alimento cualquiera escapase a su cuadro sinóptico, y así, una de las cosas que la perturbaban a veces, presentándose ante su cerebro como un enigma, era una cuestión como ésta, por ejemplo: los guisantes, ¿son alimento sano o flatulento? Después de las alcachofas, ¿es mejor beber agua o beber vino?

Uno de los descubrimientos que hizo Silvestre a los pocos meses de vivir en casa de sus tíos fue que doña Pepa le escamoteaba a su madre y a él todo lo que les cogía, con el pretexto de guardarlo bien. Otro descubrimiento que no se tardaba mucho en hacer, porque estaba a la vista, era el de la tontería y absoluta sandez de don Paco. Tenía el buen señor, como sus hermanas, una renta no muy grande, pero sobraba para hacer la vida que llevaba, y como desde niño se había propuesto firmemente no trabajar, cumplía su propósito como ninguno.

A don Mateo, un cura gordo y apoplético, de esos batalladores, cuya fama de gran hombre en la ciudad provenía de haber dicho desde el púlpito, a raíz de la revolución de septiembre, que el matrimonio civil es el concubinato y el libertinaje, le decía el tío Paco cuando le veía leer *El Siglo Futuro*:

—Parece mentira que se esté usted matando así sin necesidad.

El tío Paco tenía el alma de una solterona gazmoña. No se atrevía a contradecir nunca a sus hermanas, y menos, muchísimo menos, a la íntima amiga de éstas, doña Carlota Urráiz, una vieja arrugada y más seca que la yesca.

De más edad que doña Pepa y doña Tadea, doña Carlota se enorgullecía por estar más fuerte y más activa que ellas.

Doña Carlota tenía un entusiasmo de carlista recalcitrante. Se pasaba el día de iglesia en iglesia, con una sillita de mano bajo el brazo; estaba enterada siempre de todo lo que pasaba en el pueblo, y era como la gacetilla viviente en casa de los tíos de Silvestre.

Como leía *La Unión Católica* y algunas obritas de
literatura piadosa, era un tanto redicha y literata y
tenía un caudal de palabras y frases elegantes, que
barajaba en su conversación con verdadera coquetería.
Hablaba de sus horas de asueto, de sus amenas lecturas...

Un día, contando que en una calle había visto un
oso que iba atado de una cadena y llevado por un
bohemio, dijo:

—Al verlo sentí una pavura no razonada y reculé
para atrás.

Otro día dijo que le gustaba por las mañanas ir a
respirar el aire matinal y a ver cómo reverberaba el
oxígeno en los árboles de la Taconera.

Una vez se suscitó entre don Paco y doña Carlota
gran cuestión acerca de unas capellanías de Arbea,
pueblecillo de la provincia de Guipúzcoa, capellanías
que eran patrimonio de la familia de Elizabides; doña
Carlota aseguró que su primo don Baltasar había dicho siempre que los tales privilegios pertenecían de
derecho a Senén Elizabide, y entoces saltó don Paco
diciendo que las capellanías le correspondían a él, y a
no haber mediado el grandísimo pillo y ladrón del es-
cribano don Baltasar, el pariente de doña Carlota, el
cual, más traidor que Judas, ocultó unos documentos,
a él le hubieran correspondido y no al bribón de su
primo, no sólo los privilegios y la vizcainía, sino también las tierras y posesiones de la familia.

Por aquel asunto, en que doña Tadea y doña Pepa
se pusieron del lado de su hermano, estuvieron a pi-
que de suspenderse las relaciones entre doña Carlota
y los tíos de Silvestre.

El primo Senén, a quien no se le mentaba en la
casa nunca sólo por su nombre, porque se le adornaba
con los epítetos de bribón, pillo y perdido, vivía en
Arbea, en la antigua casa solariega de su familia, con
una sobrina viuda que tenía un hijo ya mozo. Se pre-

sentaba de cuando en cuando en Pamplona. Era hombre alto, fornido, cuadrado de hombros, de cara fosca y picada de viruela; a veces tenía una amabilidad tosca de antiguo hidalgo aldeano, pero más a menudo era impertinente, grosero y mal hablado. Según decían las tías de Silvestre, había hecho una porción de barbaridades en sus correrías por el mundo.

Don Senén era jugador como un demonio, y a los pocos días de llegar a Pamplona comenzaba a frecuentar un garito de la calle de Estafeta, en donde jugaba sus ahorros del pueblo y salía siempre perdiendo.

Una noche le llevó a Silvestre al teatro, y después de la función no tuvo escrúpulo en que el muchacho le acompañase al garito, y aquella noche ganó.Entonces se le metió en la cabeza que su sobrino le daba buena suerte, y todas las noches le llevaba a la misteriosa chirlata, y a veces quería que el mismo Silvestre fuera quien apuntase a la sota o al as.

Al salir del garito le recomendaba siempre que no dijera nada a sus tíos, sobre todo a don Paco, una vieja momia del Pacífico, así le llamaba él, que no servía para maldita la cosa.

Don Senén le contó a Silvestre un detalle gracioso de la indumentaria de don Paco.

—Sabes —le dijo—, ese chimpancé tiene unas mismas mangas para la levita y para el frac.

—¿Unas para las dos cosas? —preguntó admirado Silvestre.

—Sí, tenía esas dos prendas, que debían de ser de su padre, desde hace mucho tiempo; pero a la levita, con el roce, se le rompió el paño por los codos. Como el frac no lo utilizaba más que algunos días de gran fiesta que repican gordo, le dijo a la tía Pepa que descosiera las mangas al frac y se las pusiera a la levita. Pero vino el Corpus, y ese macaco se encontró con un frac sin mangas, y la tía Pepa las quitó de la

levita para volvérselas a poner al frac, y ahora, por si
acaso, lleva las mangas de la levita hilvanadas.

Fuera porque el viejo don Senén creyese que su sobrino le daba la suerte, o por simpatía, el caso es
que hacía muy buenas migas con Silvestre. Este afecto
que manifestó por su sobrino contribuyó no poco a que
Silvestre fuera menos estimado por sus tías, y se pre-
dijo que sería, como don Senén, perdido, jugador y
vicioso.

Tanta antipatía y despego tenían en la casa por Silvestre, como cariño por su madre. Verdad es que ésta
era tan humilde, tan sencilla y tan buena, que hasta
aquellas tres momias egoístas, que vivían como ostras
dentro de su concha, no podían sustraerse a su en-
canto.

Gracias a la protección de aquella buena hada vivía
Silvestre tranquilamente; pero la buena hada iba lan-
guideciendo y quedándose tan flaca que parecía trans-
parentarse.

De noche, madre e hijo hablaban en voz baja del
muerto; pero los recuerdos, que en ella producían
lágrimas de tristeza resignada, ocasionaban en Silvestre una sorda rebeldía contra todo. Después de largas
conversaciones, el hijo se dormía y la madre quedaba
siempre despierta.

A los dos años de llegar a Pamplona, la madre de
Silvestre murió; antes le dio muchos consejos a su hijo
de que fuera obediente y bueno, de que estudiase;
luego le puso al cuello un escapulario de la Virgen del
Carmen, y quedó muerta.

En las visitas de pésame, los tíos, que depositaron
toda la poca efusión de sus almas secas en el cariño
por su sobrina y que no podían querer sin odiar al
mismo tiempo algo, se desataron en improperios contra el pobre naturalista y toda la familia de Paradox.
Silvestre, aplanado en parte por el dolor y lleno de

indignación rabiosa contra sus tíos, cayó en una huraña y salvaje melancolía.

Poco a poco la intensidad del dolor pasó; pero la
rebeldía quedó siempre latente, manifestándose por
una audacia y un descaro inauditos.

# III

## [LAS TRAVESURAS DE SILVESTRE]

Los espíritus curiosos y observadores a la par habrán notado que los chicos tienen más travesura y malicia en las capitales de provincia que en Madrid, y más todavía en las ciudades pequeñas que en las grandes. Hay capitales de provincia que parecen pobladas únicamente de chiquillos, y de chiquillos traviesos, y esto se debe, ¡ah, señores!, no sólo al número de nacimientos, mayor, según la estadística, en los pueblos pequeños, sino también a la absoluta libertad que tienen esos pimpollos, en las calles de las ciudades de corta población, para estorbar, molestar y estropear a los transeúntes pacíficos, libertad de la cual no disfrutan los muchachos de la corte, por ejemplo, en donde los hijos de las familias acomodadas y aun los de las familias pobres están siempre bajo la férula de algún maestro, preceptor o criada, que coartan los derechos individuales de los chicos, tan bien guardados en esa arca santa de nuestras libertades, arca misteriosa e invisible, sólo vislumbrada por algunos políticos y periodistas.

Silvestre estudiaba el segundo año de Instituto y gozaba ampliamente de las supradichas libertades; ya había llegado a ese estado de superioridad que permite faltar a clase tres o cuatro días seguidos, y aunque estas hazañas suyas eran conocidas bastante frecuentemente en su casa, reincidía, dando prueba de su consecuencia y de su carácter.

Se reunía con los chicos más granujas del pueblo; sus diversiones favoritas eran apagar faroles, envenenar lagartijas con tabaco para que *tocasen el tambor*, correr por entre los antiguos cañones que estaban emplazados en la muralla en un sitio llamado el Redín, y jugar al palmo, a las chapas y al marro en la plaza del Castillo.

En verano era una delicia bañarse en el Arga, en la Peñica, lugar adonde concurrían los aprendices en el arte de la natación, o en el Recodo, punto reservado ya para los maestros en tan arriesgado ejercicio.

La vida de Paradox era un tanto salvaje, a pesar de reprimendas y palizas de maestros y de parientes.

Reunido con una cuadrilla de alborotadores que se pasaban los días inventando diabluras, Silvestre no les iba a la zaga. Rompía los cristales de las casas tirando piedras a mano o con tiradores, entraba de campeón en las fenomenales pedreas que se organizaban en la Vuelta del Castillo, de las que salían a veces algunos chicos descalabrados, y en todas partes donde se tratara de hacer una barbaridad tenía su puesto.

Una diversión admirable para la cuadrilla, compuesta sólo de espíritus fuertes y emancipados, era tirar piedras al palacio del obispo desde la muralla. La parte trasera del palacio estaba en completa desolación y desmantelamiento; las ventanas rotas, desvencijadas; en vez de vidrios sólo se veían restos de una antigua tela metálica. Cuando entraban las piedras por las ventanas del palacio y caían en el suelo, que debía de ser de madera, resonaban misteriosamente. Silvestre calificó aquel ruido de *ruido a cráneo*, cosa que a él le parecía significativa y extraña.

También era un gran placer el jugar en las carretas

de bueyes, montándose uno en el extremo de la lanza, mientras que otros varios, subidos en la parte de atrás del carro, elevaban al que se montaba en la lanza a gran altura, y muchas veces le dejaban caer de golpe; pero esto ya pertenecía, según Silvestre, a los rudimentos del calaverismo; era sólo para los pipiolos, pues no podían compararse estas diversiones primitivas con otras, como la misma de producir el ruido a cráneo en el palacio del obispo, o con el entretenimiento de poner petardos en la casa de los canónigos de la catedral.

Por las noches, después del repaso de latín en la academia de un antiguo dómine, a quien se le distinguía con los motes pintorescos de Abadejo y de Piojo blanco —por ambos era conocido—, se reunían los condiscípulos de primero y de segundo de latín; entre estos últimos estaba Silvestre, y una de sus mayores diversiones era ir en fila haciendo todo lo que hacía el que marchaba a la cabeza; en donde el primero daba un taconazo había que dar un taconazo; en donde daba tres golpes con los nudillos era indispensable, a trueque de quedar deshonrado ante los ojos de los compañeros, hacer lo mismo. Los últimos puestos de la fila eran, por lo tanto, para los más audaces; el primero, como es natural, para el más ocurrente, chistoso y atrevido.

Había un barbero en la calle de la Curia que tenía colgada en la fachada de su establecimiento una bacía dorada como muestra, y al hombre le entraba una rabia loca al ver a los chicos pasar por lo alto de su tienda pegando unos tras otro un golpecito en la bacía. Salía el barbero a la puerta de su casa enfurecido, dispuesto a todo, y al que le cogía le hartaba de mojicones y de puntapiés hasta cansarse. Por eso era empresa meritoria y verdaderamente digna el ir a desafiar su cólera.

En cambio, a los chicos les parecía de muy mal gusto la pasividad y la resignación de un tendero que construía junto al cristal del escaparate una pirámide de pelotas, y que no hacía ningún caso de que la derribaran. Pasaban los de la cuadrilla, daban un golpecito en el cristal del escaparate, la pirámide se desmoronaba y las pelotas iban rodando alegremente. El tendero volvía a colocarlas con la mayor tranquilidad y paciencia; quizá el buen señor, no teniendo que hacer, se entretenía construyendo pirámides de pelotas. Una resignación de tan mal gusto ofendió tanto a Silvestre y a sus amigos, que no volvieron a ocuparse jamás del hombre de las pirámides. Se hubieran creído deshonrados acercándose a su tienda.

En cada sitio y con cada persona había siempre algo que hacer o decir. A la estanquera de los lunares, siempre de charla y flirteando con algún oficialillo, se le decía una cosa fea desde la puerta del estanco, una barbaridad, y tiraba cajetillas de rabia. Así corría la voz, aunque no estaba comprobado el hecho. A un pobre señor excéntrico que llevaba una enorme peluca rubia, se le gritaba: «¡Protestantee!», alargando la *e*, y se echaba a correr, de miedo de que siguiese, aunque nadie le había visto hacer tal cosa.

Se señalaban seres misteriosos, como la Chaleca, por ejemplo, mujer estrafalaria, vestida de una manera muy chocante, que a veces tenía la ocurrencia de ponerse una almohada sobre el vientre debajo de la falda para hacer creer que estaba embarazada.

Había también un tipo raro, un hombre que daba caramelos a los chicos; era, seguramente, uno de esos solterones sentimentales amigo de los niños; pero Silvestre y sus camaradas descubrieron la verdadera causa que impulsaba al hombre a hacerles aquellos regalos: los caramelos estaban envenenados; cierto que nadie había muerto, ni se había puesto malo comiéndolos. No importaba. Los caramelos estaban envenenados.

Era otro motivo de preocupación una borracha, Pe-

pita, a la cual colgó una de aquellas imaginaciones
fantásticas que llevaba en un tarro, en donde seguramente la pobre recogía colillas, acite de vitriolo para
echárselo en la cara al primero que la dijese algo in-
sultante.

Era un mundo de tipos que en la imaginación de
Silvestre y de sus compañeros tomaba una brillantez
asombrosa: Gonzalón el ministro, el terrible Gonzalón, cabo de municipales que perseguía furibundo a
los chiquillos; el sastre Viva el amor; el médico Pérez,
finchado y vanidoso, que paseaba por los arcos de la
plaza haciendo crujir las botas; luego aquella tropa de
capitanes con grado de comandante, todos sargentos
de la guerra de África, siempre juntos todos, con aire
de mal genio, ademanes fieros y bigotes de cepillo.

¡Y el ciclo de los juegos! ¡Qué preocupación para
Silvestre era el pensar en esto! ¿Quién dispondrá
—pensaba él— cuándo se ha de empezar a jugar a los
bolos, y cuándo a las chanflas y a los cartones de las
cajas de cerillas, y cuándo al marro, a la comba, al
vico, al trompo y a los ceros? Silvestre pensaba que
la orden debía de venir de fuera, del Gobierno seguramente, de Madrid, un pueblo admirable que entre
sus amigos era el único que había visto, y del cual
contaba maravillas.

Silvestre abusaba un tanto de la superioridad de haber estado en Madrid, y contaba, como si le hubiesen
ocurrido a él, todas las cosas que había oído a su padre y a los amigos de la casa, e inventaba también
algunas historias; pero en esto tenía un contrincante
invencible, un compañero suyo a quien por apodo llamaban Maca. Era el tal de esos chicos que tienen ocurrencias: metía lagartijas en la campanilla de la mesa
del profesor, ponía alfileres en los bancos, llevaba perros a la clase; era una especialidad en las formas primitivas de la mixtificación.

—Oye —decía a algún compañero con voz confusa—, ¿has ido a eso de la aee?

—¿Qué? —preguntaba el interpelado.

Y en seguida Maca contestaba como Cambronne: m...

Una de sus bromas con un condiscípulo roncalés, que estaba con el pelo de la dehesa, tuvo resonancia.

Había entonces en el pueblo una compañía de zarzuela que solía ir todos los años a Pamplona. Maca había conseguido un pase por un tío suyo que estaba empleado en el Gobierno civil; compañeros suyos, Silvestre y los demás, iban al paraíso a ver la función los domingos por la tarde.

El roncalés, que era agarrado como una lapa, dijo cándidamente a sus amigos un domingo:

—Yo ya iría al teatro, pero sin pagar. ¿Vosotros pagáis?

—¡Nosotros! Ca, hombre —le contestó Maca—. Nosotros vamos, ¿sabes?, y le decimos al de la puerta: «Un real he pagado el gallinero», y nos deja entrar.

—¿Sólo con decir eso?

—Sólo con eso. Ya verás cómo entro yo —efectivamente, entró, enseñó el pase disimuladamente, estuvo un momento y volvió a salir—. ¿Ves? ¡Pues a ti te dejarán pasar lo mismo si dices eso!

El roncalés se decidió.

—¿Y el billete? —le preguntó el conserje.

—Un real he pagado el gallinero —contestó el roncalés.

—Eh, ¿qué dices?

—¡Que un real he pagado el gallinero!

—El billete o no se entra.

Y el conserje agarró del brazo al roncalés y lo echó fuera.

—¿Qué? ¿No te han dejado pasar? —le preguntaron todos.

—No —dijo el cerril muchacho.

—Porque no le has contestado bien —saltó Maca—. Si le hubieras dicho fuerte y mirándole a la cara: Un real he pagado el gallinero; pero así, fuerte, ya te hubiera dejado pasar, porque esa es su obligación. Y si no, ya verás cómo entra éste.

Uno de los amigos que tenía contraseña se la enseñó al conserje y pasó.

—¿Ves...? ¿Ves...?

El roncalés se determinó nuevamente.

—¿Y el billite? —le volvió a preguntar el conserje.

—Un real he pagado el gallinero —gritó con energía el roncalés.

—Con que un real —murmuró el conserje amoscado, creyendo que se trataba de una burla—. ¡Con que un real!

—Sí, señor; un real he pagado el gallinero —vociferó el chico.

—Fuera de aquí, tunante.

Y el de la puerta arrimó una bofetada al chico, que le contestó con un puñetazo en el vientre; hubo gritos, patadas, salió gente del teatro, vino un ministro (allá a los guardias del orden público se les llama ministros), se armó un alboroto morrocotudo, y la banda de chicos desapareció en un vuelo.

Al día siguiente el roncalés quiso pegar a alguno; pero Maca le convenció una vez más de que la culpa era suya por no haber sabido decir bien y a tiempo con la suficiente energía aquellas palabras mágicas con las cuales se abren las puertas de cualquier teatro.

Con aquella vida al aire libre, siempre corriendo, jugando a la pelota y subiéndose a los árboles, se pasaba el tiempo admirablemente; pero las traducciones de latín no adelantaban; llegó junio, Silvestre se examinó y salió mal.

Al entrar en su casa se armó la de Dios es Cristo; la tía Tadea le dio un pellizco en tres tiempos que le dejó tres cardenales en el brazo; la tía Pepa le echó un sermón de dos horas, y el tío Paco quiso pegarle con un bastón, pero tuvo que desistir de su intento, porque Silvestre echó a correr por la casa como un loco, derribando todos los muebles que encontró al paso.

Desde entonces los tíos prohibieron a Silvestre salir de casa, y quedó sometido a la más estrecha vigilancia. Pero con esto no se arregló la cuestión. Silvestre no estudió más encerrado que libre. Un amigo, con la piedad que tienen los amigos para el que está castigado, le prestó *Robinsón* y dos tomos de las novelas de Julio Verne u Maine Reid.

Silvestre, enfrascado con aquellas lecturas, empezó a soñar con historias y viajes maravillosos. Las novelas las guardaba en el fondo de la chimenea, y durante las horas de estudio las solía estar leyendo, con gran asombro de sus tíos, que le miraban por el agujero de la llave y creían que estudiaba. Llegó su cinismo hasta ir a la iglesia con un tomo de *Robinsón Crusoe*, que tenía una pasta parecida a un libro de misa, y pasarse en compañía de Robinsón y del negro Domingo desde el *Introito* hasta el *ite missa est*.

Se examinó Silvestre en septiembre y, cosa notable salió bien, aunque sabía menos que en junio, y al curso siguiente volvió a tener alguna libertad para salir; pero en vez de juntarse con la antigua pandilla de amigos, que celebraba sus reuniones en el billar de una taberna infecta de la calle de las Mañuetas, y encontrándose superior a sus camaradas, comenzó a andar solo para pensar a sus anchas en sus héroes, y se subía por las tardes a un árbol carcomido de la Taconera, el árbol del Cuco, y allí ya se figuraba estar en las islas fantásticas y dominios espléndidos ideados por sus autores favoritos.

Una vez se metió en un cajón en el río en busca de aventuras, y a poco estuvo de que no entrara con su frágil barquilla en la boca de un molino.

Otro día pensó en hacer una excursión al monte de San Cristóbal; con este objeto fabricó sigilosamente, sin que nadie le viera, con la carne que le sobraba del cocido, el indispensable *pemnican*, tan útil a los exploradores de los países helados. También hizo una cuerda retorciendo trozos de bramante, para las grandes ocasiones.

Cuando después de una caminata bastante molesta llegó Silvestre a la punta del monte, con su *pemnican* y su cuerda, ni pudo comer el *pemnican*, que estaba completamente podrido.

Pero éstos son percances propios y naturales de todos los aventureros. Como Silvestre esperaba hacer grandes viajes y tener muchísimas aventuras, compró un gran cuaderno, al cual puso en la portada con letras grandes: DIARIO DE MI VIDA, y para escribir este relato, que sería admiración de los mundos venideros, fabricó tinta e hizo una pluma con caña, despreciando las plumas de acero que podría suministrarle la industria.

Dibujó un sinnúmero de planos de la casa que pensaba construir cuando llegase a algún país inexplorado de América o de Oceanía, e hizo una verdadera escuadra de buques de madera, de cartón y de papel. Estos últimos eran de lujo; los de madera no, se botaban en un abrevadero del camino de la Puerta Nueva, y todos tenían nombres notables, *Nautilus, Astrolabio, Capitán Cook*, etc.

Desdichadamente, el tío Paco no tenía el mismo respeto por las construcciones arquitectónicas y navales que su sobrino, y un día cogió los barcos, los planos, las recetas para la fabricación del *piróxilo* y otras cosas importantes y las tiró por el balcón.

Silvestre juró tomar venganza fiera, cuando le comunicaron una noticia terrible. Su abuela se estaba muriendo en San Sebastián. Un desconocido le enviaba un telegrama diciendo que fuera para allá y pidiese dinero a sus tíos para el viaje.

Silvestre lo hizo y se metió en el tren solo. Llegó a

San Sebastián por la tarde. Su abuela estaba gravísima. Ni hablaba ni oía. En la casa habían entrado unas
viejas comadres que andaban revolviendo armarios y
cómidas. Por la noche la abuela murió.

Silvestre, por no estar en compañía de aquellas viejas comadres que daban órdenes como si estuvieran
en su casa, se marchó a la calle a pasear. No había
notado que era domingo de Carnaval. Estaba llovien-
do; por los arcos de la plaza de la Constitución, paseaban grupos de modistas y dependientes de comercio, de soldados, de criadas y de marineros. Silvestre
se encontraba solo, tan solo como si fuera el único
habitante de la Tierra. Paseó por las calles y por el
muelle, a pesar de que la lluvia arreciaba; cuando estuvo rendido y calado volvió a casa. Las comadres había amortajado a la abuela; estaba el cadáver en la
caja, rígido, severo.

A Silvestre le señalaron un cuarto con una cama.
Se acostó con fiebre; tenía la cabeza pesada y el cuerpo dolorido; cuando abría los ojos, en un espejo de
enfrente veía reflejado uno de los cirios que iluminaban el cadáver. De vez en cuando llegaba a su oído
el murmullo de las voces de las viejas que hablaban
de la muerta.

Silvestre al día siguiente tuvo que recibir las visitas
de pésame. Cuando volvieron del entierro los del cor-
tejo se fueron todos de casa; al encontrarse solo, a
Silvestre le acometió un terror mortal; salió a un balcón que daba a un patio y permaneció durante algún
tiempo sin atreverse a salir de allí.

Al volver a la sala vio que dos mujeres estaban va-
ciando un armario. Silvestre no las dijo nada; pero las
mujeres, sorprendidas infraganti, comenzaron a darle
excusas. A la noche, la sola idea de quedarse en la
casa era tan terrible para Silvestre, que se marchó con
intenciones de no volver más.

Cuando iba a cerrar la puerta, una de las comadres

le habló; habían vendido los muebles de la casa a una
persona; la abuela tenía deudas, les debía a ellas algunos duros, y para cobrarlos recurrieron a la venta.
Si Silvestre quería consentir en el arreglo le daban la
mitad del producto de la venta, y negocio terminado.
Silvestre aceptó, tomó treinta duros que le ofrecieron
y se los guardó. Hubiera querido ir a dormir a algún
lado; pero tenía miedo de que le robaran y pasó la
noche dando vueltas a la plaza. Al día siguiente volvió
a Pamplona.

Así como a la ida el marchar en tren solo le había
parecido una gran cosa, una prueba de independencia,
a la vuelta se le antojaba lo más natural del mundo.

Al llegar a Pamplona la primera pregunta de su tío
Paco fue:

—¿Y el dinero que te he prestado?

Silvestre le devolvió el dinero.

Lo segundo fue hablar mal de su abuela.

Silvestre, que había jurado vengarse de muchas cosas, se vengó.

Sus tíos eran muy asustadizos; cuando se hablaba
delante de ellos de crímenes misteriosos y de escalos,
temblaban. Sobre todo, los escalos les ponían los pelos de punta.

Una noche, en la cama, ocupado Silvestre en buscar
una manera de vengarse segura y de efecto, se le ocurrió pegar con el pie en la pared de la alcoba, haciendo un ruido sordo y misterioso. Sacó el pie de la cama
y dio golpes: bum..., bum..., bum..., durante unos minutos. Luego metió el pie entre las sábanas y escuchó;
no se oía nada.

Volvió a su ejercicio. Al cuarto de hora sintió ruido
de pasos y de voces. La tía Pepa, en camisón y con
una luz en la mano, entró en el cuarto de Silvestre
seguida del tío Paco.

Silvestre tuvo la osadía de roncar.

—No, pues aquí no se oye —dijo el tío Paco dando diente con diente de miedo.

—El chico duerme —añadió la tía Pepa.

—A este animal no le despierta ni un carro —murmuró el tío Paco.

«¡Ya te daré yo animal!», dijo Silvestre para su embozo. Oyó que sus tíos se marchaban, que cerraban con llave las puertas de sus cuartos respectivos; esperó media hora y comenzó otra vez en la oscuridad, primero muy flojo, luego un poco más fuerte. Bum..., bum..., bum..., hasta que se cansó y quedó dormido.

Al día siguiente la casa estaba en conmoción. Se le preguntó a don Mateo, el cura si sería posible que hicieran un escalo en la casa, y el cura, negando la posibilidad del hecho, empezó a contar unas historias terribles que sembraron el pánico entre los tíos.

Llegó la noche; Silvestre se acostó y poco después de que dieron las doce en el reloj de la catedral empezaron a oirse en la casa golpes, primero flojos, luego fuertes. Bum..., bum..., bum...

Silvestre, llevado por el entusiasmo, pegó tan fuerte, que se hizo daño en un pie. Se oyó ruido de llaves en las cerraduras.

Como la noche anterior, entraron sus tíos. Don Paco, indignado al ver que dormía Silvestre, cuando él no podía con el miedo, zarandeó a su sobrino, y éste no pudo menos de comprender que tenía que despertarse.

—¡Eh, eh! ¿Qué hay? —dijo Silvestre incorporándose en la cama.

—¿No has oído algo?

—No, ¿qué pasa?

—Nada, nada. El ruido es siempre a este lado —dijo el tío Paco a la tía Pepa.

—Sí. Siempre hacia este lado —añadió la tía Pepa dirigiéndose al tío Paco.

Registraron la casa entera; miraron debajo de las

camas y se marcharon. Silvestre volvió a dar dos o tres golpes misteriosos y se quedó dormido.

Otra vez a la mañana siguiente se volvió a llamar a don Mateo, y éste fue a ver a un arquitecto, el cual le dijo que era imposible que pudiese hacia hacer un escalo y que se enteraran si en la vecindad había alguno que trabajaba de noche.

—Pero ¿tú no has oído nada? —le preguntaron los tíos a Silvestre.

—Sí; después de que ustedes se fueran oí como un ruido de voces.

Esta contestación hizo que hasta doña Tadea, la pasividad personificada, se estremeciera; la cosa iba tomando un aspecto fantástico; se empezaba a creer en una hechicería.

Una noche se quitó la cama de Silvestre de la alcoba y se apostaron en ella dos hombres de la vecindad, y fuese que soñaron o que el miedo les hizo ver visiones y oir cosas inauditas, lo cierto fue que al día siguiente contaron que habían oido ruidos de cadenas y lamentos y salmodias y una porción de cosas estupendas.

Entonces se bendijo la casa, y como cesaron los ruidos mientras la alcoba estuvo vacía, se llevó otra vez al cuarto la cama de Silvestre.

Don Paco y doña Pepa aseguraron que no dormirían en aquel cuarto por todo el oro del mundo; pero no tenían inconveniente; eso no, en que durmiera allí su sobrino.

Cuando Silvestre oyó esta prueba clara del afecto que le demostraban, pensó en perseverar en sus bromas hasta dar un disgusto serio a sus tíos. No quiso seguir el mismo procedimiento de los golpes, y discurrió otro.

La alcoba misteriosa tenía una ventana que daba al corredor, y por la puerta de enfrente pasaba el alambre de la campanilla.

Este descubrimiento sugirió a Silvestre una idea diabólica. En su alcoba había arrinconados unos palos de cortina, y pensó en aprovecharse de uno de ellos, poniéndole en un extremo un clavo torcido en forma de gancho. Con aquel palo pensaba hacer sonar la campanilla. La cosa tenía que intentarse, como era natural, de noche para que causara más efecto. Las doce fue la hora señalada para la experiencia; no había concluido el reloj de la catedral de dar las campanadas, cuando Silvestre puso a tientas una silla encima de su cama, se subió en la silla, que crujía y se tambaleaba, y se agarró con la mano izquierda al marco de la ventana.

Luego sacó por allí el palo poco a poco, lentamente, muy lentamente, hasta coger con el clavo torcido el alambre de la campanilla; hecho esto, dio un tirón. Sonó un campanillazo formidable. Asustado del ruido que produjo la campanilla en el silencio de la noche, Silvestre quedó sobrecogido; después, comprendiendo la gravedad de la situación, intentó desenganchar el clavo del alambre; forcejeó y tiró de él, y en lugar de conseguir el resultado que deseaba, hizo sonar la campanilla un sinnúmero de veces, hasta que pudo por fin desenganchar el clavo del alambre. Hecho esto, bajó de la silla y temblando de frío y de miedo se metió en la cama.

A los pocos minutos se vio el resplandor de una luz y se oyeron pasos. Era la tía Pepa que venía hablando alto.

—¡Dominica! ¡Dominica! —gritó la tía dando golpes en la puerta del cuarto de la criada, y añadiendo—: Pero ¿qué habrá pasado? ¿Se habrá puesto alguien enfermo?

Silvestre oyó la voz de Dominica, que se mezclaba a la de doña Pepa; luego oyó la voz del tío Paco. Los tres debieron de acercarse a la puerta de la escalera.

—¿Quién es? ¿Quién es? —gritaban alternativamente.

Dominica debió de proponer que se abriera la puerta, idea que fue rechazada por los hermanos...

Silvestre no repitió la broma; parte por miedo y porque tenía que examinarse de cuatro asignaturas, y esto le preocupaba; tuvo la suerte de salir bien de las cuatro. Cada vez que llegaba de un examen volvía muy satisfecho a casa; pero lo recibían con tanta indiferencia, que su entusiasmo se transformaba pronto en rabia y en ideas de exterminio.

Pronto olvió esto; se acercaba San Fermín y pensaba divertirse admirablemente en las fiestas con el dinero traído de San Sebastián, del cual le quedaban quince duros. Con esta cantidad quería comprar en la feria una pistola, pólvora en abundancia, un cuchillo de caza y algunas novelas de Julio Verne.

Pero sus cuentas salieron fallidas; Silvestre tuvo la torpeza de hacer alusión a su dinero, y doña Pepa le escamoteó diez duros con el pretexto de que había que comprarle un traje de verano.

Por más que Silvestre se los pidió, ella se hizo la sorda, y entonces él, que veía sus proyectos fracasados, con una sed insaciable de venganza hizo sonar la campanilla todas las noches, hasta alarmar no sólo a los de la casa, sino a toda la vecindad.

Una noche en que estaba más entusiasmado tirando del alambre vio luz en el corredor y oyó la voz de su tío, que, después de lanzar una exclamación de asombro se puso a gritar:

—¡Ah... pillo..., granuja!... ¡Conque eras tú! ¡Te voy a desollar vivo!... ¡Te voy a matar!...

Silvestre notó que el tío Paco intentaba abrir la puerta de la alcoba. Afortunadamente, estaba cerrada con llave.

—¡Abre! ¡Abre! —gritaba don Paco iracundo, sacudiendo la puerta.

Silvestre, sobre la silla con el palo de la cortina en

la mano, hacía equilibrios para no caerse; no despegaba los labios.

—¡Abre! ¡Abre! —seguía diciendo don Paco.

Silvestre, con el firme propósito de no abrir, esperó a que su tío se cansara; no hizo caso de sus amenazas ni tuvo en cuenta sus promesas de perdón. Lo que temía es que llamase a doña Pepa. Pero el hombre se decidió por aplazar la cuestión para el día siguiente, y se le oyó encerrarse en su carto. Entonces Silvestre encendió la luz y abrió la puerta de su alcoba. Pensó que su tío estaría en acecho y discurrió en un momento una porción de medios para escapar de casa. Estaba decidido a marcharse; tenía cinco duros todavía, que a él se le figuraba un caudal. Lo que le preocupaba era el pensar que su tío le estaría espiando.

Había que resolver con rapidez.

Salió de su cuarto sin zapatos, y buscó la llave de la casa junto a la puerta en el clavo donde solía quedar colgada. No estaba. Desde la cocina, abriendo la ventana, se podía pasar a la escalera, marchando por encima de un tejado de cinc, si no se resbalaba uno y se caía al patio; pero en la escalera la situación era peor, porque no teniendo la llave del portal no se podía salir.

Lo mejor era descolgarse por un balcón a la calle; el piso no era alto; Silvestre recordaba haber dado saltos mayores. Debajo del balcón había una reja, y por ella se podía descender fácilmente. Lo malo era que el tío Paco debía de estar en acecho. Silvestre pasó entonces esos minutos que para los novelistas son siglos, hasta que se le ocurrió una idea, una idea digna de un lector de novelas de aventuras y de viajes maravillosos, y fue la de sujetar la puerta del cuarto de don Paco, que se abría hacia adentro, con una cuerda. Tenía cuerda, la famosa cuerda fabricada por él con trozos de bramante; sin hacer el menor ruido ató un extremo de ella a la mesa del comedor y el otro al picaporte de la puerta del cuarto de don Paco.

Hecho esto, Silvestre se puso las botas, la chaqueta y la boina; se guardó sus cinco duros en el bolsillo, cruzó el comedor, abrió el balcón de par en par, se caló la boina y se echó por el otro lado de la barandilla del balcón; pero por más esfuerzos que hizo no pudo alcanzar con la mano la reja como deseaba; entonces, lleno de terror, trató de agarrarse a una cañería y bajar por ella, pero no era tan fácil el descenso por allí.

Hubo momentos en que se arrepintió mucho de escaparse. Los dedos se le iban cansando. El suelo le parecía que estaba a una distancia inmensa; pero, resuelto, decidido..., abrió las manos y se dejó caer. El golpe fue tremendo. Se levantó, no se había lastimado. Dio unos pasos. Nada.

El sereno pasaba en aquel momento cantando con voz triste. Eran las doce y media. Silvestre se escondió en una puerta para que no le viera el vigilante nocturno, y cuando le vio torcer por una calle echó a andar de prisa, cruzó por delante de la catedral y se marchó a la muralla.

Dado el primer paso, el segundo era salir del pueblo. Silvestre sabía que en los dos portales abiertos de noche había guardia y que quizá no le dejarían pasar. Cruzó el pueblo, y al llegar al paseo de la Taconera se detuvo. Había que pensar. Si notaban en él aspecto de un chico escapado de su casa le impedirían salir. Esta idea le indujo a transformarse, a metamorfosearse. Silvestre empezaba a sentirse Rocambole.

Cortó con el cortaplumas la rama de un árbol, se quitó la chaqueta, la puso en la punta del palo, se echó el palo al hombro y se nudó el pañuelo en el cuelo para ocultar su camisa almidonada.

Parecía así un chiquillo de alguna aldea de los alrededores. Comenzó a bajar la cuesta del camino que lleva hacia el Portal Nuevo, un camino hundido entre dos altas tapias. Allá al final se veía la puerta de la muralla; a un lado brillaba misteriosamente la luz de un farol.

Silvestre se fue acercando a la guardia con el corazón palpitante.

—¡Alto! —le gritó el centinela desde su garita.

Silvestre se detuvo, temblando de emoción.

—¿Quién vive?

—España.

—¿Qué gente?

—Gente de paz.

—Adelante.

Se acercó a la puerta; en ella le detuvo el cabo de la guardia.

—¿Adónde vas? —le preguntó.

—A mi casa. A la Rochapea.

—¿A estas horas? Seguro habrás estado en alguna taberna, bribón.

—No, señor.

—Anda, anda. Si yo fuera tu padre, ya verías que paliza te ganabas.

Y al mismo tiempo que decía esto, el cabo alargó la pierna para dar un puntapié a Silvestre; pero no le dio porque éste echó a correr. Atravesó la puerta y el puente levadizo. Sintió algunos deseos, cuando se encontraba a cierta distancia, de tirar una piedra al cabo de la guardia, pero temió que le persiguiesen, y comenzó a andar a la gracia de Dios, camino de Villava.

# IV

## [PARADOX ENCUENTRA A MÍSTER MACBETH]

El primer día de marcha Silvestre llegó a una aldea, en donde durmió en un pajar. Salió de allá por la mañana sin que nadie le viese, atravesó ya al anochecer el alto de Velate, dio la vuelta a un pueblo llamado Almandoz, y después de pensar y cavilar se detuvo en una posada de Berrueta; allí contó una porción de mentiras, dijo que su padre era quincallero en Madrid y que le había enviado a que anduviese de pueblo en pueblo. La idea de Silvestre era marchar a San Sebastián, pero de aquí no pasaba su proyecto. Al día siguiente de estar en Berrueta se levantó, comió en Irurita y camino de Elizondo se encontró con un viejo mendigo desastrado que venía jinete en un borriquillo. Se reunió con el viejo y, gracias a este encuentro, la Guardia Civil, que se presentó en la carretera y que tomó a Silvestre por lazarillo del mendigo, no le detuvo.

El viejo mendigo era un camastrón que vivía pidiendo limosna y robando por los caminos. Tenía una choza cerca de Yanci, que habitaba con su madre, una gitana que contaba la friolera de ciento dos años y que hablaba latín. El mendigo ofreció su choza al muchacho, pero Silvestre no aceptó el ofrecimiento, y siguiendo el camino se dirigió hacia Vera, un pueblo muy bonito y animado. Al llegar a la plaza de este pueblo vio un coche amarillo y negro con un caballo blanco: en el pescante estaban un señor de pie haciendo juegos de manos, y una señora sentada con una bandeja sobre las rodillas llenas de chirimbolos.

Silvestre reconoció a las dos personas por haberlas visto en la feria de San Fermín de Pamplona vendiendo la célebre manteca de culebra cascabel, la velutina impalpable, antimónica, bismútica y otros específicos. El señor y la señora eran ingleses, y se dedicaban a vender específicos de nombres extravagantes.

A Silvestre le entusiasmaban y le entretenían los discursos del inglés de tal manera, que se quedó escuchándole embelesado.

El público no era muy numeroso, y al cabo de poco rato se quedó reducido a una sola persona: a Silvestre.

—¿Quieres algo, muchacho? —le preguntó a éste el inglés viéndole parado delante de él.

—Yo nada.

—¿Es que me conoces?

—Sí; ¿no es usted míster Macbeth?

Silvestre recordaba su nombre.

—Yo soy —dijo arrogantemente el míster—. ¿Querías algo?

Silvestre no supo al principio qué contestar; luego, tartamudeando, explicó al inglés cómo se había escapado de casa; añadió que le había oido decir que se marchaba a Francia y que, si quería, él le acompañaría como ayudante o como criado. Al decir esto, Silvestre se ruborizó.

—¡Ah! ¡Ah! ¿Quieres venir conmigo, joven? No está mal. No está mal. ¿Y qué conocimientos tenemos para eso? ¿Eh?

Silvestre no tenía conocimiento alguno, pero quizá

esto mismo gustó a míster Macbeth, y sin andarse con vacilaciones le tomó a su servicio, naturalmente sin sueldo. Aquella misma tarde Silvestre ocupó un sitio en el coche de los ingleses, que se dirigió hacia Irún, tomando después en el cruce la carretera de Behovia.

Llegaron a este pueblo, colocaron el coche en el raso de una venta y durmieron en el interior del carruaje.

Al día siguiente, tras de una corta parada en Urrugne —en el reloj de cuya iglesia hay una extraña leyenda que recuerda el misterio de las horas: *Vulnerant omnes, ultima necat,* «Todas hieran, la postrera mata», la cual sentencia dio que hablar bastante a míster Macbeth [de las curiosas farsas de la religión]—, marcharon hacia San Juan de Luz.

Los días, como de verano, eran espléndidos; el campo estaba verde y hermoso, pero hacía un calor que asfixiaba. Ni en Guetary, ni en Bidart, ni en Biarritz se ganó apenas. Macbeth estaba de un humor de todos los diablos.

En Bayona la venta estuvo un poco más nimada, y las peroraciones en una plaza extraviada de la villa dieron algún resultado.

Silvestre empezaba a oficiar de ayudante, y en los días primeros el muchacho cumplió tan bien su delicada misión de limpiar el coche y dar pienso al caballo blanco *Bird,* en las horas reglamentarias, que Macbeth le prometió que con el tiempo le asociaría a su empresa. También creyó oportuno empezar la iniciación de Silvestre en los secretos del arte de la medicina trashumante.

Macbeth era un hombre de unos cuarenta años, alto y grueso, de cara, más que seria, impasible. Tenía el pelo y las patillas negras, pero si pintaba de rubio. Decía que un inglés que se debe al público puede ser moreno en Inglaterra, en Escocia, en Noruega, pero que en Francia o en España da una prueba de falta de cortesía por las ideas del país.

Macbeth era en general sombrío y meditabundo; cuando alguna buena noticia le llenaba de gozo se alegraba, saltaba y hacía piruetas; pero sus ojos permanecían siempre tristes.

El inglés era hombre de recursos; había tenido una porción de oficios antes de llegar a vendedor ambulante: había sido bolsista, mozo de café, payaso, viajante de comercio y ventrílocuo.

Sus talentos eran infinitos; domesticaba por la persuasión o por influencia hipnótica lagartos, culebras, ranas, casi todos los animales de sangre fría; imitaba a la perfección las voces humanas, los gritos de los animales, el ruido del tren que marcha, el de un órgano, el del fonógrafo. Hacía juegos de manos con cartas, aros, sortijas y pañuelos. Hacía planchas, daba saltos mortales. Era una notabilidad.

Macbeth, a pesar de ser inglés, no manifestaba ningún entusiasmo por Inglaterra. La idea de volver a su patria no le agradaba ni poco ni mucho.

—Inglaterra —decía— es un país desagradable. Espero no volver allá. Además —añadía—, yo no soy inglés, *soy* terrestre.

Mistress Macbeth tenía el pelo rojo, la cara llena de pecas y la nariz un poco más roja que el pelo. Estaba versada en la Cábala, en la Cartomancia y en la Quiromancia. Casi todos los días se hacía a sí misma el horóscopo.

Lo primero a que se dedicó Silvestre, bajo la dirección de Macbeth, fue al estudio de los juegos de manos, comenzando por las anillas y concluyendo por el escamoteo de una sortija y por sacar peceras del bolsillo de la chaqueta; luego aprendió a preparar un poco de vaselina y polvos de bismuto la célebre velutina de Macbeth y a fingir la catalepsia y el sueño hipnótico.

Estas enseñanzas se las comenzó a dar el inglés, aburrido, en el camino de Bayona a Dax, y de aquí a Burdeos por las landas, camino que pasa por verdaderos desiertos tristísimos, incultos, llenos de aguas pantanosas de color plomizo, cubiertos de zarzas, malezas y juncos, terrenos áridos con alguno que otro bosquecillo de castaños, encinas y pinares de lúgubre aspecto, que no se concluyen nunca.

Para Silvestre aquella vida nómada tenía grandes encantos, por más que, siendo las ganancias de Macbeth muy pequeñas, las comodidades no abundaban. En Mont de Marsán, por donde pasaron desviándose del camino de Burdeos, Macbeth hizo una venta regular, y Silvestre notó que cuando esto sucedía el matrimonio se dedicaba a la buena comida y a las pequeñas alegrías del aguardiente.

—¡Savage! —gritaba Macbeth cuando él y su mujer, delante de una botella, se emborrachaban con la mayor dulzura.

El inglés había traducido el nombre de su ayudante y le llamaban salvaje en inglés, que el pronunciaba Sivich.

—¡Maestro! —contestaba Silvestre.

—Mira, hijo mío —le decía Macbeth—, si en el fondo de esta botella hay un agujero.

Silvestre cogía la botella, la miraba y la volvía a dejar sobre la mesa haciendo un signo negativo.

—Entonces —añadía el inglés—, ¿no hay más agujero que el de arriba?

—Nada más.

—Pues bien, Savage, la señora se ha bebido lo que falta de la botella. ¡Ah! ¡Ah! Ja..., ja... Es la señora.

Luego se levantaba, siempre impasible, y, haciendo una reverencia a su esposa, le decía:

—Milady, os habéis bebido media pinta de aguardiente.

Mistress Macbeth ponía a los cielos graciosos por

testigos de que no era cierto aquello, y concluía llorando de rabia.

Macbeth tenía una gran repugnancia por el agua; esta combinación de oxígeno e hidrógeno se le antojaba la cosa más anodina, ridícula y despreciable que puede existir en el mundo de los fenómenos. Cuando comía en algún café o posada de pueblo no quería más que manjares suculentos. Le ofrecían pescado o verduras y murmuraba con indignación.

—¿Pescado? Oh, no! El cincuenta por ciento de agua. ¿Verdura? ¡Oh, no, no! El noventa y cinco por ciento de agua.

Su ilusión era comer cosas fuertes y tanto como dos personas. El desayuno tipo para él consistía en dos pares de huevos fritos, dos *beafsteak* casi crudos, dos tazas de café con leche y cuatro copas de cognac.

En San Vicente de Tyrosse, pueblo en donde no se vendió ni por valor de un perro chico, a Macbeth le entró la melancolía. En algunas aldeas del camino en donde también la colecta era pequeñísima, el inglés hablaba seriamente de suicidarse.

—Si, amigo Savage —le decía a Silvestre—; tú eres un pequeño salvaje. No conoces la vida, no has leído a Shakespeare, no te preocupa la muerte, esa «región misteriosa donde no torna jamás el viajero». Pues bien; a mí tampoco, y créeme: cuando me dicen que mi amigo Diety se suicidó porque no le habían puesto bastante manteca en la tostada que iba a mojar en su té, le disculpo. Y si Diety hubiera sido charlatán, histrión miserable como yo, le disculparía más.

Después Macbeth miraba con sus ojos desesperados al cielo y añadía:

—Yo he nacido para ser lord; pero mi padre se equivocó al no tener dos peniques y al casarse con mi madre, que no los tenía tampoco.

Disipábasele este humor negro al inglés en cuanto la bandeja se llenaba; entonces el hombre se sentía jovial, extraordinariamente jovial (*«the jocial man in the jovial place»*), y no encontraba mejor oficio que el suyo.

—Porque, ¿qué vas a ser? —le decía a Silvestre de noche, antes de tenderse a dormir—. Puedes ser médico. Es un hermoso oficio. ¡Ah! ¡Ah! Ja..., ja... Se estropea a la gente con los medicamentos, y nada. No hay responsabilidad. Es bello oficio. Tampoco es malo ser boticario, porque teniendo pozo en la casa se enriquece uno. Pero la sujeción, la sujeción. ¿Y cura? ¡Ah cura! ¡Es hermoso! Sí, es hermoso ser cura. Pero hay que disimular, ¡ah! ¡ah!, ja..., ja..., los pequeños vicios. Esto me recuerda a una nodriza de Rochester, que se guardó un pañal sucio en el bolsillo, y al sacarlo en visita y al ver que era el pañal y no el pañuelo lo que tenía en las manos no tuvo más remedio que sonarse con él para que no se riera la gente. ¡Ah!... ¡Ah!... Ja..., ja... Créeme, amigo Savage, no hay oficio como el nuestro.

Y Silvestre lo creía. Si alguien le hubiese propuesto volver a Pamplona de obispo o de capitán general se hubiera reído de él. Cada día le parecía una vida distinta; tantos acontecimientos pasaban por su cabeza, que no tenía lugar para retenerlos.

A los veinticinco días de salir de España llegaron a Burdeos; Macbeth alquiló en una calle larga que iba a terminar en la plaza de la Estación una sala para espectáculos durante quince días. Pensaba dar allá conferencias acerca del ocultismo, mesmerismo, braidismo, ciencias ocultas; hacer experimentos en colaboración con Silvestre, quien sabía ya sumirse, a una señal dada, en el sueño hipnótico, en la catalepsia y en el estado de sugestión.

Macbeth se arregló para que los periódicos anunciaran su llegada. La primera noche un municipal le encontró dormido en la puerta de una casa de la Cour de l'Intendance. Llevado al puesto de policía próximo manifestó su extrañeza por encontrarse en Burdeos. Aseguraba que la noche anterior había dormido en Calcuta. Los periódicos de Burdeos dieron la noticia de la llegada de un inglés loco o excéntrico. Al día siguiente se anunciaron las experiencias. Mistress Macbeth se puso a la puerta, y más de la mitad del salón se llenó de espectadores la primera noche. Entonces el inglés hizo cosas misteriosas y despampanantes: le hizo reír y llorar a Silvestre, le puso con el cuerpo rígido entre dos sillas, le atravesó el brazo con una aguja, que ni era aguja ni podía atravesar, y concluyó adivinando el pensamiento.

Los días siguientes habló de la transmutación de los metales, arte que había aprendido de un brahmán de la India, que también le enseñó el método de la cristalización del carbono puro; hacía de todo esto la friolera de doscientos cincuenta años.

Los periódicos de Burdeos hablaron del inglés como de un gran mixtificador; alguno, tomándolo en serio, citó a Charcot, a Berhim y a otros médicos cuyos estudios se discutían entonces mucho, y el público no supo a qué atenerse.

Pero el último día, cuando ya toda la gente empezaba a tomarle en serio como hipnotizador, Macbeth, que estaba borracho, descubrió sus procedimientos. Fue al principio escuchado con muestras de indignación y después entre las carcajadas del público.

Tras del descubrimiento de la superchería hizo juegos de manos explicando también su mecanismo; luego sombras chinescas en la pared, sacando a relucir perros, gatos, conejos, curas españoles, frailes y burros.

A continuación imitó el fonógrafo. Se sentó junto a una mesa con dos vasos delante; con la palma de la mano apretaba el borde de los vasos, que con el frote producían un ruido semejante al de la membrana del fonógrafo; después empezaba Macbeth a lanzar gritos inarticulados, y, por último, cantaba con la nariz mirando a los dos vasos y dando muestras de asombro como si estuviera verdaderamente admirado. Cuando la nariz de Macbeth, su seudofonógrafo, cantó una malagueña, los aplausos y los bravos estallaron en la sala.

No contento aún con esto, Macbeth, siempre borracho e impasible, explicó al público un aparato de su invención, el traduscopio óptico y acústico. El traduscopio era un aparato muy sencillo, sencillísimo, fundado en el sabio y desconocido principio del doctor Philf, de que las palabras, así habladas como escritas, se van dilatando a medida que se aproximan a los trópicos y contrayéndose a medida que se alejan. Así, para construir el traduscopio no hay más que combinar un sistema de mecanismos convergentes que van pasando paulatinamente a meniscos planos y luego a meniscos divergentes y colocarlos en un tubo. Los meniscos pueden ser ópticos o acústicos, según se quiera.

Si se habla por un lado del tubo en inglés, por el otro extremo del tubo salen palabras en castellano. Lo mismo sucede si se mira, porque el traduscopio lo traduce todo; la cuestión no está más que en la graduación de los tornillos.

Después de hacer varias experiencias admirables, Macbeth contó uno de sus viajes por el centro de África, país maravilloso, en donde había visto camellos de tres pies con la parte posterior fosforescente, tortugas carey con caparazón de portland, buitres que en vez de ser calvos tenían la melena de pelo tupido y ensortijado y la mirada luminosa y magnetizadora, peces en tres pedazos unidos a tuerca, serpientes de cascabel que en vez de llevar el cascabel en la cola lo llevaban en la mano, perros como elefantes con la cola prensil, triple ladrido y lanas azules, y grillos blancos del tamaño de un cordero que tocaban con las alas los trozas de las óperas de Wagner.

Luego describió admirablemente aquellas minas de lacre del África, en donde por la explosión de los barrenos salta una lluvia de barras, negras y rojas, a las cuales no hay más que apresurarse a ponerlas el sello, porque el primero que hace esto es el poseedor de las barras, y habló de los pueblos numerosos de los alrededores, en donde no se vende más lacre y no hay más que tiendas de objetos de escritorio y un periódico solo, *El Membrete*, que se llama a sí mismo: «Órgano defensor del lacre y de los objetos de escritorio.» Después Macbeth dio detalles de aquellas otras minas de gutapercha, tan negras, en donde con los picos se descubren sillones y banquetas de gutapercha maciza.

Como en aquella época los ingleses estaban en guerra con los zulúes, Macbeth dio una noticia importante. Los zulúes tenían doscientos peces mensajeros que valían mucho más que las palomas. Los dirigía un moro con un gran turbante, montado en un barbo que pesaba veinte arrobas. Detrás del moro iban sus hijos montados en barbos más pequeños. Aquellos peces eran especiales; al volar metían un ruido extraño; algunos echaban lumbre por la boca y casi todos tenían las escamas y las aletas de platino puro.

Al concluir la sesión, Macbeth tuvo una ocurrencia soberbia: dijo que los ciudadanos franceses allí reunidos debían, si sus corazones simpatizaban con los zulúes, hacer una suscripción para construir en Burdeos, en el mismo paseo de Quincoces, un gran andamio de madera con el objeto de que pudiesen descansar en él el moro, sus hijos y todos los peces mensajeros.

El inglés envió a Silvestre con la bandeja a recorrer la sala y animó con frases y saludos ceremoniosos el entusiasmo zulú de los circunstantes y la antipatía por la pérfida Albión.

Al día siguiente, cuando se hizo la liquidación de gastos e ingresos, Macbeth tuvo una sorpresa agradable: no esperaba que se hubiera reunido tanto. Como

tenía deseos de estar en París el 14 de julio y había
dinero, el inglés desarmó el coche, lo embarcó en el
tren, metió a *Bird*, el pobre caballo blanco, en un vagón, tomó tres asientos de tercera para él, su mujer y
Silvestre, y el día 12 por la tarde estaban todos en
París.

Alquilaron en la calle Berthollet una cochera, y con
un caballejo que les prestó el dueño de ésta, porque
*Bird* no llegó, condujeron el coche allí y de este modo
se encontraron con casa. Al día siguiente por la tarde
míster Macbeth se dispuso a dar una conferencia en
su coche en pleno bulevar Saint-Michel, esquina a la
calle Soufflot, sin importarle absolutamente nada las
bromas de los estudiantes, bohemios y muchachas alegres que le miraban desde las mesas del café Har-
court.

Silvestre creyó que la venta no daría gran cosa y se
puso a manejar sus anillas doradas sin ninguna fe en
el resultado; pero con gran asombro suyo, entre la
tarde y parte de la noche, se consumieron grandes
cantidades de velutina y de ungüento. Míster Macbeth
dijo sentenciosamente:

—No hay gente tan imbécil como la de estos pueblos que se creen cerebros del mundo.

Llevaron el carruaje-casa a la cochera, y los tres se
fueron a cenar a una taberna de enfrente cuyo título
era *Cuisine Bourgeoise de Nanterre*.

La taberna tenía en el fondo, al final de un corredor, un cuartucho infecto empapelado con papel amarillo sucio y roto. En medio del cuarto había una mesa
larga y otras dos pequeñas a los lados. En el centro
comía un joven con grandes bigotes negros y melenas
rizadas, en medio de dos mujeres gordas y repulsivas.
Dos quinqués humeantes de petróleo alumbraban el
cuarto.

Macbeth, su mujer y Silvestre se sentaron en una
de las mesas pequeñas y pidieron la carta. El joven

de los bigotes negros, al notar el aspecto del inglés
zarzuelesco de Macbeth, dijo algunas impertinencias
acerca de los ingleses. Se acababa de recibir la noticia
de la muerte del príncipe imperial, hijo de Napo-
león III, en la guerra con los zulúes, y París sentía
renacer el odio antiguo contra la pérfida Albión.

Macbeth, sin darse por aludido, permaneció tranquilo e imperterrito. Pero el de las melenas parecía
que había bebido de más o quería lucirse, porque se
levantó de la silla y cantó una canción de cuerpo de
guardia con este estribillo:

> *M... pour la reine d'Angleterre*
> *que nous a declaré la guerre.*

Y después de la canción concluyó con unos pasos
de cancán levantando la pierna hasta la altura de la
cabeza. Silvestre vio a su maestro que iba poniéndose
cejijunto, que apenas comía; el de las melenas lo debió de notar también, y para concluir de molestarle
empezó a tirarle balitas de pan. Macbeth entonces se
levantó y le dijo al de las melenas:

—Es usted un impertinente.

El otro se volvió con una amabilidad fingida y le
preguntó:

—*Pláit il m'sieu?*

Macbeth, sin poder contenerse, agarró al francés
por la solapa, éste le pegó una bofetada e inmediatamente dio un salto hacia trás y se colocó en la postura
de los que conocen la *savate*. Lo que pasó después fue
vertiginoso. Se vio al de las melenas tambalearse de
un puñetazo y correr y volver a los golpes del puño
de Macbeth, que en frío, sin desplantes ni gritos, apo-
rreaba al francés con la calma y el compás de un martillo de fragua. Las mujeres que acompañaban al de
las melenas chillaban. Mistress Macbeth lloraba de entusiasmo. Cuando el inglés dejó tumbado a su contrin-

cante en el suelo y con la cara llena de sangre, hizo
una seña a su mujer y a Silvestre, y los tres salieron
de la taberna sin pagar. La dueña de la taberna no
creyó oportuno reclamarles nada.

Se echaron a la calle. La noche estaba abrasadora,
una noche de verbena, de aire sofocante. En los bu-
levares exteriores colgaban de rama a rama de los árboles farolillos de papel. Por todas partes se veían
quioscos llenos de banderolas de percalina, alumbra-
dos con faroles y lamparillas de aceite. Sobre los
quioscos y los tablados, algunos hechos con tres o cuatro barricas, el director de la charanga, de pie frente
al del bombo, dirigía a diez o doce músicos de aspecto
cómicamente miserable.

Una gasa de polvo y de vaho flotaba sobre la mul-
titud. En las mesas de los cafés las parejas se abra-
zaban alegremente; se bailaba: unos el vals, otros la
*quadrille*, echando los pies por el alto. Había gente de
sombrero de copa y de gorra, viejos y jóvenes, soldados, marineros, estudiantes, bohemios y bandadas
de muchachas alegres vestidas de una manera caprichosa. En el rincón de una calle, adornado para dar
bailes, se veía un tiovivo; más allá, unos gimnastas;
en otro lado, cíngaros de la Villete con violines y españoles de Batignolles con guitarras. Macbeth, su mujer y Silvestre entraron a cenar en un restaurante del
barrio Latino. Entre los concurrentes, que eran numerosos, había tipos curiosísimos. Estudiantes melenudos como perros de aguas, pintores más melenudos
aún, soldados, *cocottes* y buenos burgueses. Mientras
comían entró en la sala una chica con un gran sombrero pamela de paja y un uniforme oscuro y empezó
a ir de mesa en mesa ofreciendo un periódico del
Ejército de la Salvación llamado *En Avant*.

La gente toda rechazaba el papel, cuando uno de
los estudiantes melenudos, que fumaba tranquilamente
su pipa, al ver una canción religiosa en el periódico,
le preguntó a la muchacha si sabría cantarla.

La chica dijo que sí, y con una voz aguda comenzó a cantar. Era una tonadilla insípida, que tenía como estribillo: *Moi ton Sauveur! Moi ton Sauveur!* Cuando la gente del restaurante aprendió la canción, comenzó a corearla entre un coro de carcajadas y de barbaridades.

La chica, imperturbable, seguía cantando; el coro se había hecho general; no quedaba nadie sin su correspondiente periódico; hasta míster Macbeth repetía riéndose:

—*Moi ton Sauveur, Moi ton Sauveur.*

Después de cantar todas las estrofas, la muchacha saludó y se fue, mientras que una *cocotte*, con un enorme sombrero en la cabeza, tendida en un diván, se reía a carcajadas.

Salieron Macbeth, su mujer y Silvestre del restaurante, y después de recorrer medio París volvieron, entrada la noche, a su cochera.

Cuando Silvestre se dispuso a dormir en el coche tenía la cabeza dolorida, los ojos deslumbrados por tanta luz y los oídos llenos de los gritos y voces de la calle. Aquella noche se acordó más que nunca de su madre y de su padre, y se vio en la casa de Chamberí, en el despacho lleno de libros y de fósiles, adornado con grabados de ilustraciones, y vio por el balcón el solar grande con la choza de las traperas...

Como el negocio no iba mal en París, se decidieron Macbeth y su mujer a permanecer allá durante algún tiempo, y se instalaron en una casa pequeña de la calle de la Roquette. Cada día iban en el coche a distintos barrios, sobre todo a los extremos, y allí, unas veces en Menilmontant, otras en la Villete, hacía Macbeth prodigios de elocuencia.

Silvestre estaba satisfecho; la vida de París le gustaba, aunque no tanto como la vida errante; chapurreaba el francés con relativa facilidad, y cuando quería hablar español iba a buscar a un amigo suyo y compatriota, un gigante que había conocido en una barraca de la feria de Pain d'Epices de Saint-Cloud, y que tenía tanta estatura como bondad y poca inteligencia.

Una mañana, a los tres o cuatro meses de llegar a París, se hallaba Silvestre enganchando el caballo al coche cuando se le acercaron tres señores con sombrero de copa y le preguntaron en mal francés por su amo. Silvestre les indicó el cuarto en donde vivía. Dos de los señores subieron; el otro comenzó a hacer preguntas al muchacho y hasta tuvo la amabilidad de ayudarle a enganchar el caballo. Cuando ya había concluido su faena oyó Silvestre voces en la escalera; se volvió a ver lo que pasaba y se encontró con míster Macbeth y su mujer, atados codo con codo, que bajaban seguidos ambos por los dos señores.

—Silvestre, hijo mío —dijo Macbeth en castellano con voz triste—; me llevan a Inglaterra.

Silvestre no salía de su asombro, pero aquellos señores no le dieron tiempo para asombrarse; empujaron al inglés y a su mujer y les hicieron entrar en el coche. El otro, el que había ayudado a enganchar el caballo a Silvestre, subió al pescante, arreó al jamelgo y en un momento desapareció el coche, camino de la plaza de la Bastilla.

Silvestre no comprendía aún lo que había pasado, cuando oyó decir al portero:

—Sí, se conoce que estos ingleses eran unos ladrones. ¡Buena se va a poner madame Plussott cuando sepa que se han marchado sin pagar!

Silvestre, al oír esto, se escabulló rápidamente. Estaba asustado y preocupado al mismo tiempo. Si Macbeth y su mujer eran ladrones, ¿serían los ladrones las únicas personas buenas y caritativas del mundo? Y al pensar en sus tíos, que gozaban fama de intachables y de honrados, se preguntaba si no sería ser honrado sinónimo de egoísta, de miserable y de vil.

De estos pensamientos le arrancó bien pronto la

idea de que no tenía un cuarto. ¿Qué iba a hacer solo en París, sin dinero, sin amigos, sin un medio de vivir? El único amigo que tenía era el gigante, y le fue a visitar a su barraca de la Villette. Lo encontró allí, sentado en el suelo melancólicamente, junto a su querida, una vieja fea y de mal humor. El gigante, que era una gran persona, no sólo por su tamaño, le dio cuarenta céntimos, lo único que tenía, y le convidó a comer una sopa de coles.

Después, Silvestre anduvo vagando por las calles de París hasta que, a la madrugada, preguntó a una trapera en dónde podría pasar la noche con poco dinero; la trapera le dijo: «Ven conmigo», y le dirigió hacia la rue des Anglais, a un lugar infecto que llaman Chateau Rouge.

Entraron allá los dos.

—Trágate esto —le dijo la vieja trapera, presentándole un vaso que tenía mezcla de vino y ajenjo. Silvestre lo bebió, se tendió en el suelo junto a otros, sintió al poco rato un aturdimiento como si le hubieran pegado un garrotazo en la cabeza y se quedó dormido...

.............................................................

Aquí concluye la relación de los primeros años de la vida de Silvestre, que hemos podido publicar gracias a la amabilidad de don Eloy Sampelayo. Después la vida de Paradox se hunde en el misterio. Sólo se sabe que su nombre aparece en el registro de los repatriados indigentes en los consulados de París, de Argel, de Londres, de San Petersburgo y Cristianía. Persona que nos merece entero crédito no ha asegurado haber leído hace años en una calle de Alejandría de Egipto el siguiente letrero:

### PARADOX, PIROTÉCNICO

Lo único que parece exacto e indiscutible es que Silvestre se estableció definitivamente en Madrid a la muerte de su tío don Senén Elizabide, quien, acordándose de él, le dejó como herencia algún dinero, varias tierras y una capellanía de Arbea. Silvestre escribió al principal heredero, primo suyo, farmacéutico del pueblo, diciéndole que vendiese las tierras que a él le tocaban, si le era posible; y respecto a la capellanía, que si daban algo por ella le enviase el dinero. El primo le contestó que era muy difícil vender las tierras, que si quería Silvestre él mandaría tasarlas, las compraría y le iría mandando el dinero poco a poco. Respecto a los ingresos de la capellanía, eran tan cortos que no valía la pena ocuparse de ellos.

«He aquí un primo que trata de robarme —pensó Paradox—. ¿Qué importa? Él es rico y no puede ser tan desprendido como yo, que sé lo que es no tener un cuarto. Dejémosle hacer.»

................................................................

Después de escrito esto, don Eloy Sampelayo y Castillejo se ha acercado al autor, modesto recopilador más bien de los hechos que esmaltan la vida de Silvestre, para decirle que teme mucho que los datos suministrados por él resulten falsos, y que toda la historia aquí contada no sea más que pura mixtificación. Ha añadido que nuevos indicios le hacen suponer que Silvestre Paradox no se llamaba Silvestre, ni siquiera Paradox. ¿Es verdad, es mentira todo esto? Lo ignoramos. Recordamos, sin embargo, aquella frase del ilustre patricio a quien conocimos por el nombre de Paradox: «A veces lo que debe ser es más verdad dentro del espíritu que lo que es.»

V

# [EN DONDE APARECE DON AVELINO DIZ DE LA IGLESIA]

Salió Silvestre de su nueva casa, tomó la calle Ancha de San Bernardo y por la cuesta de Santo Domingo bajó a la plaza de Oriente.

El día era de otoño, templado, tibio, convidaba al ocio. En los bancos de la plaza, apoyados en la verja, tomaban el sol, envueltos en la pañosa parda, algunos vagos, dulce y apacible reminiscencia de los buenos tiempos de nuestra hermosa España. Silvestre comenzó a bajar por la Cuesta de la Vega. Desde allí, bajo el sol pálido y el cielo lleno de nubes algodonosas, se veía extender el severo paisaje madrileño de El Pardo y de la Casa de Campo, envuelto en una gasa de tenues neblinas. A la izquierda se destacaba por encima de algunas casas de la calle de Segovia la pesada mole de San Francisco el Grande, y de la hundida calle, hacia el lado izquierdo de la iglesia, se veía subir la escalera de la Cuesta de los Cojos: un rincón de aldea encantador.

Silvestre bajó la calle de Segovia, pasó el puente, atravesó una plaza en donde se veían tenderetes con sus calderos de aceite hirviendo para freir gallinejas, siguió la carretera de Extremadura, y luego, apartán-

dose de ella, echó a andar por la vereda de un des-
campado, dividido por varios caminos cubiertos de
hierba. Pastaba allí un rebaño de cabras. Un pastor,
envuelto en amarillenta capa, tendido en el suelo, dormía al sol tranquilamente. Se oían a lo lejos toque de
cornetas y tañido de campanas.

Junto a una casa que se veía en medio del descam-
pado se detuvo Silvestre. Era un caserón grande y pintado de blanco, derrengado e irregular; sus aristas no
guardaban el menor paralelismo: cada una tomaba la
dirección que quería. Un sinnúmero de ventanas estrechas y simétricamente colocadas se abrían en la
pared.

Sobre una de las puertas de la casa estaba escrito el
letrero «TAHONA» con letras mayúsculas, sin H y con
la N al reves.

Silvestre empujó la puerta y entró por un corredor
de techo de bóveda y suelo empedrado con pedruscos
como cabezas de chiquillo a un patio ancho y rectangular, con un cobertizo de cinc en medio, sostenido
por dos pies derechos. Debajo del cubierto se veían
dos carros con las varas al aire y un montón de maderas y ladrillos y puertas viejas, entre cuyos agujeros
corrían y jugueteaban unos cuantos gazapos alegremente.

El patio o corral estaba cercado en sitios por una
pared de cascote medio derruida; en otros, por una
tapia baja de tierra apisonada y llena de pedazos de
cristal en lo alto, y en otros, por latas de petróleo
extendidas y clavadas sobre estacas.

Silvestre entró en el patio, y por una puerta baja
pasó a la cocina. Allí, una vieja negruzca que parecía
gitana estaba peinando a una mujer joven, sucia y
desgreñada, que tenía el pelo negro como el azabache.

Silvestre saludó a las dos mujeres y se sentó en una
silla. La vieja no hizo caso del visitante; después, refunfuñando, sacó del puchero una taza de caldo y se

la ofreció a Silvestre, y le dio un pedazo de pan. Silvestre desmigó el pan en el caldo y fue tomando las sopas con resignación; luego, la vieja, cuando concluyó de peinar a la joven, cogió un puchero y vertió en un plato unos garbanzos y un trozo de carne.

Silvestre tomó el plato de cocido, y entre él y *Yock* lo comieron.

—No ponga usted nada más —le dijo a la vieja, viendo que andaba de un lado para otro como buscando algo.

Pero la vieja, sin hacerle caso, colocó en el fuego una sartén con aceite y comenzó a freir un par de huevos, que le sirvió a Paradox en un plato, nadando en un baño de aceite verdoso. Silvestre, aunque con trabajo, pudo pasarlos, y hecho este sacrificio se levantó, cogió unas llaves de un clavo y salió al patio. Allí estaba *Aristóteles*, el pobre borriquillo peludo, atado con una cuerda a una argolla, el cual, al ver a Silvestre, rebuznó alegremente.

—¡Pobre *Aristóteles*! No ha olvidado que me debe el hermoso pelo que tiene —dijo Paradox.

Y era verdad. *Aristóteles* le debía el pelo a Silvestre. Éste, una vez vio a su ex amigo Avelino con una tijeras en la mano, dispuesto a esquilar al animal, y se opuso en nombre de la naturaleza sabia y previsora. Avelino se convenció.

Después de acariciar a *Aristóteles*, Paradox entró en el piso bajo de la casa, una especie de gran almacén lleno de calderas de vapor viejas, de grandes trozos de hierro, tornillos, tuercas, ejes; todo roto, roñoso e inservible. En un rincón, una máquina de vapor se ocultaba melancólicamente entre unos cajones, con una de las bolas del regulador de Watt rota; en otro aparecía un aparato de hacer gaseosas lleno de tubos.

Silvestre contempló con una mirada triste lo que allí había; salió del almacén, fue otra vez al patio y comenzó a subir una escalera. Esta escalera no tenía ni

paredes ni baranda, se levantaba sin más apoyo que
los pies derechos que la sostenían; pero lo extraño era
que no terminaba lógicamente, como terminan todas
las escaleras, frente a una puerta, sino que se inte-
rrumpía de pronto en un rellano, y de éste corrían los
tablones largos por encima del patio, que iban rasando
la pared hasta parar en una ventana. Para ir al piso
principal de la casa no había más remedio que pasar
por encima de los tablones, que se tambaleaban no
muy agradablemente, y entrar por la ventana.

Esto fue lo que hizo Paradox. Al llegar a la ventana
empujó la madera y saltó dentro. Recorrió un pasillo
muy largo con puertas a los dos lados que comunicaban con habitaciones anchas y claras. El pavimento
era en todas partes desigual; en unos lados había ladrillo encarnado, basto, de ese de cocina; en otro, baldosas; en otro, baldosines formando mosaicos; en algunos cuartos había un montón de escombros, por haberse desplomado el techo; en un gabinete tapizado
con papel azul de flores doradas se veía en el suelo el
agujero de un pozo, tapado con una tabla, y encima,
en el techo, una polea. En los rincones había marcos
de puertas sin pintar, paquetes de fallebas y de pica-
portes nuevos con una pieza fuera, de muestra; aquí
palos de portier, allá persianas, en un lado losas de
mármol, en otro un montón de virutas.

Silvestre entró en uno de los mejores cuartos, cuyo
suelo estaba lleno de sifones de agua Seltz, que dejaban sólo un sitio para que cupiera un catre de tijera,
y un estrecho pasadizo para poder llegar hasta allá.
Silvestre se tendió en el catre y *Yock* se puso a su
lado.

En la ventana, en vez de cristales, había pedazos de
papel pegados y untados con aceite para darles alguna
transparencia. En aquel momento el sol daba sobre
los papeles. A Silvestre le pareció mal momento el
sol, y con una varita que cogió del suelo se entretuvo

en dar estocadas a uno de los papeles hasta rasgarlo completamente.

Por el agujero se veía, como en un cuadro, Madrid sobre sus colinas. En un extremo del cuadro, a la derecha, el puente de Toledo, por encima del cual salían bocanadas de humo procedentes de la fabrica del gas, que se iban quedando inmóviles en el cielo, uniéndose y alargándose en forma de un gigantesco reptil. En el centro se destacaba San Francisco el Grande sobre los terrenos arenosos de las Vistillas; luego se veían torres y más torres; el viaducto, de color gris azulado, y el Palacio Real, tan blanco como si estuviera hecho de pastaflora. A la izquierda aparecían los desmontes de la Moncloa y de la Montaña del Príncipe Pío.

Silvestre, después de hacer la observación de que el calumniado Madrid es uno de los pueblos más bonitos del mundo, se quedó dormido. El ruido de unos pasos le despertó; don Avelino Diz de la Iglesia le contemplaba desde la puerta del cuarto de los sifones.

Don Avelino miró a Silvestre y no dijo nada. No hizo más que tocar el ala del sombreo dignamente con el índice de la mano derecha y marcharse a su cuarto.

—¡Pingüino! —murmuró Silvestre, y levantándose de la cama se arregló la pellica y salió de la casa.

Don Avelino era un señor flaco, barbudo, con unos ojos de lechuza ocultos por antiparras, y una cara morena, toda barbas, bigotes, cejas y pelo. En medio de aquella zamarra —no era otra cosa su rostro— asomaba una nariz ganchuda, como el pico de un ave rapaz. Otra nota característica de su persona era un par de mechones blancos y simétricos de la barba, que partían cada uno de la comisura de los labios y bajaban con un paralelismo curioso e interesante.

Don Avelino pertenecía a una rica familia valenciana, con la cual estaba reñido. Era un coleccionador de bagatelas, obstinado y testarudo. Había empezado su vida de coleccionista dedicándose de niño y de jo-

ven a la filatelia; de la filatelia pasó a la numismática;
de la numismática a la arqueología prehistórica, y esta
enfermedad o manía de la piedra fue la que le duró
más tiempo y le costó más cara. Recorrió por ella media España buscando hachas de piedra, ya de la edad
paleolítica, ya de la neolítica. En aquella época su cerebro no veía en el mundo más que piedras, piedras
por todas partes. Hubiera deseado que los hombres se
convirtiesen en sílex tallados o pulimentados para poder con ellos enriquecer sus colecciones.

Su último entusiasmo fue el de la bibliografía, chifladura que tomó como costumbre, y no con gran pasión. Pero como un hombre, por rico que sea, no puede pensar en reunir los libros que se han escrito no
sólo en el mundo, sino en un país, Avelino especificó
su manía y se dedicó a formar una biblioteca de libros
en dieciseisavo.

Al principio los compraba, los leía, ponía un número en su primera página, una contraseña y un sello,
y los colocaba en la estantería de su gabinete. Habitaba en aquella época en una casa de huéspedes de la
calle Valverde. Luego empezó a comprar más libros
de los que podía leer; entonces les cortaba las hojas,
les pegaba un número y el sello, pero no los leía. Deseaba llenar las paredes de su gabinete de libros en
dieciseisavo. Ésta era en aquella época su aspiración
suprema, y compraba tomos sin otro objeto. Pero un
día se encontró con que el fin de su vida estaba realizado. El cuarto se hallaba ya lleno de libros. Era
lógico suponer que se encontraría satisfecho; pues
nada, le sucedió todo lo contrario. Salió a la calle y
se encontró sin saber qué hacer. «¿Qué otra ocupación puede tener un hombre que no sea la de comprar
libros?», se preguntó. Las librerias de viejo le atraían;
ellas eran el imán; él, el acero, o al contrario. ¡Allá
estaban! ¡En dieciseisavo! Pero no, no; don Avelino
tenía voluntad y se marchó a su casa. Al día siguiente

experimentó otra vez la imantación. Se fue acercando al puesto de libros. Tenerlos allá y no poderlos comprar, ¿no era una pena?

Se decidió por fin, se fue a un rincón, se dio explicaciones a sí mismo, accionó, y viendo que el *otro* no se convencía, le llamó imbécil, y cogiendo dos o tres tomos de la librería y pagándolos se marchó con ellos. Colocó los libros aquel día y los siguientes en la mesilla de noche, luego en un baúl, después debajo de la cama.

Como aquello no podía seguir así, don Avelino pensó seriamente en formar una biblioteca. Tenía un caserón en la carretera de Extremadura; lo iba a utilizar. Mandó arreglar la casa, y gracias a su dirección inteligente, los techos se cayeron, los suelos se quedaron sin embaldosar, las ventanas sin poner, y se entraba y se salía en el piso alto por la ventana.

El cuarto de lectura, eso sí, quedó magnífico; había tirado previamente con ese objeto tabiques, tapiado ventanas y abierto otras en distintos sitios. Un carpintero le hizo hermosas estanterías, y ya arreglada la sala para biblioteca, metió los libros que tenía en la casa de huéspedes en un carro y se los llevó al caserón. ¡Qué de cavilaciones no le costó el idear un plan para ordenar los libros! No encontraba, no encontraba la marcha. No tenía plan.

Mientras tanto empezó a colocar los libros de una manera provisional en los estantes, en la mesa, en las sillas...

Lo malo era que se formaba tal baturrillo en el cuarto, que no se podía sentarse allí, ni escribir, ni hacer nada. Él trataba de convencerse a sí mismo de que no tenía la culpa, y le decía al *otro*:

—Pero si no tengo plan, ¿qué quieres que haga? ¿Que hay desorden? Eso es lo de menos. Cuando tenga un plan, en un momento lo arreglo.

Y en el suelo de la biblioteca se mezclaban libros, periódicos, listones, tablas.

Un día a don Avelino se le perdió la llave de la biblioteca. Al día siguiente se encontró con la puerta cerrada; quiso descerrajarla, pero luego pensó y dijo:

—¿Para qué? Hay una cosa más sencilla.

El cuarto tenía un montante. Don Avelino ató sus libros, siempre de dieciseisavo, con un cordelito, y como quien dispara una piedra los tiró al interior de la biblioteca.

—Allí los encontraré —murmuró, y todas las mañanas, de vuelta de sus compras, hacía lo mismo: ataba los libros con un bramante, y ¡adentro!; porque es lo que pensaba él: «Cuando tenga un plan, en un momento lo arreglo todo.»

Por aquel tiempo don Avelino conoció a Paradox y éste le convenció de que la filatelia, la numismática, la paleontología y la bibliografía eran juegos de niños, pequeñeces, minucias, en comparación de la mecánica y de las ciencias físicas.

Don Avelino se convenció, y a consecuencia de esto no compró más libros. Una vez quiso entrar en la biblioteca; descerrajó la puerta, pero se había formado detrás de ella un montón de tomos tan grande, que era imposible entrar. Entonces todas las mañanas desde el montante pescaba unos cuantos libros, y entre él y Paradox hacían un espurgo, quemando en el corral todo lo que fuera literatura, filosofía, historia y demás inutilidades insulsas y repulsivas.

Lo malo fue que don Avelino, entusiasmado con los proyectos que a cada momento escapaban del cerebro de Paradox como fuegos fatuos de un cementerio, quería llevar las ideas a la práctica y empezó a gastar dinero ensayando industrias, de las cuales no habían fracasado más que todas.

Silvestre, que a veces tenía la intuición de que sus proyectos no eran prácticos, trató de convencer de esto a don Avelino; pero don Avelino, que en el fondo sentía una gran admiración por Paradox, defendió como si fueran suyos los proyectos de su amigo, y de aquí se originó entre los dos una discusión muy agria. Silvestre echó por tierra todos sus proyectos y demostró ce por be cómo la fabricación de gaseosas, en la forma que él había indicado antes, era un desatino, y la elaboración del pan integral otro, y concluyó diciéndole a don Avelino que no era práctico.

—Bien, bien —contestó don Avelino—; otra vez, para hacer algo práctico, le consultaré a don Silvestre Paradox, ya que este señor tiene la honra de haber presentado más patentes rechazadas por absurdas en el ministerio de Fomento.

Silvestre palideció.

Don Avelino había dado en el punto doloroso. Desde aquel día las relaciones entre ambos se enfriaron de tal manera, que Silvestre no volvió por la casa de su socio. Sin embargo, Paradox aquella tarde fue a comer a casa de su ex amigo y creyó que volverían a entenderse; pero al ver la conducta desdeñosa de don Avelino prometió no volver.

Seguido de su perro echó a andar hacía Madrid. Iba anocheciendo; en la ciudad, los vidrios de algunas guardillas parecían incendiarse con la luz del sol poniente. El río se deslizaba turbio, negruzco, malsano; de unas hogueras encendidas en la orilla cerca de los lavaderos subía un humo espeso, que se depositaba sobre el cauce del río, formando una niebla blanca e inmóvil...

# VI

## [SILVESTRE SE DEDICA A TRABAJAR Y ARREGLA SU GUARDILLA]

Cuando se tiene la honra de dedicarse al estudio de las ciencias fisiconaturales se simpatiza con el orden. Ordenar es clasificar. Este gran pensamiento ha sido expresado por alguien, cuyo nombre en este momento, desgraciadamente para el lector, no recuerdo, Silvestre era ordenado, aun dentro del mismo desorden. No en balde se pasa un hombre la vida estudiando la clasificación de Cuvier.

La guardilla de Paradox, aunque bastante sucia, mal blanqueada y llena de telas de araña, era grande y tenía condiciones por esto para servir de museo y conservar los tesoros zoológicos, geológicos y mineralógicos que Silvestre guardaba. Paradox empezó el arreglo de su habitación por el fin. Sólo los grandes hombres son capaces de hacer esto. En el fondo de la guardilla había un cuarto muy chico, que había servido de gallinero. Silvestre rascó las paredes, y al hacer esto halló una agradable sorpresa: una puerta condenada, que por una escalerilla comunicaba con una azotea pequeña. Silvestre inmediatamente la destinó para observatorio.

—Aquí pondré —dijo— un magnífico anteojo astronómico de cartón, construido con hermosas lentes de *flin* y *crownglass* traídas, de Alemania, y el verano me dedicaré a contemplar las constelaciones en las noches estrelladas.

Después de saborear la sorpresa empapeló con papel continuo el cuarto que había servido de gallinero, y lo destinó para alcoba. Después hizo un biombo con listones y telas de sacos y dividió la guardilla en dos partes: una pequeña, que serviría de cocina, comedor y despacho; la otra grande, para los talleres, museos y bibliotecas.

Hecho esto se dedicó de lleno al arreglo de los talleres, y sus primeras ocupaciones fueron los previos y científicos trabajos preliminares para la iluminación.

Entonces entraron en juego los pedazos de carbón y de cinc, que tanto habían preocupado al señor Ramón el portero, y se utilizó el bicromato potásico, y el ácido sulfúrico, y los vasos porosos. Silvestre formó dos baterías eléctricas de veinte pilas. Una lámpara puso en la alcoba, otra en el despacho-comedor-cocina y las demás, hasta seis, colgando del techo.

Ya resuelta la cuestión importante del alumbrado comenzó la clasificación de sus colecciones. En medio del taller colocó su gran estantería. Ciertamente era ésta un tanto primitiva y tosca, pues estaba formada con tablas de cajones, y además tenía el inconveniente de que, como no estaba muy segura, solían caerse los estantes; pero a falta de otra cumplía bien su misión. En las paredes fue colocando tablas a modo de aparadores, sujetas a la pared, una con palomillas y otras con cuerdas.

En la estantería central puso su admirable colección mineralógica, zoológica y geológica, formada en sus viajes. Aquí el trozo de plata nativa de Hiendelaencina, allá la eurita de la Peña de Haya, ahora el *ammonites cycloides* recogidos en el valle de Baztán, y la

*annularia brevifolia* hallada en la falda del monte La-
rrun.

Los ejemplares zoológicos más notables, todos disecados por Silvestre, eran: una avutarda, un gran duque, un gipaeto barbudo, un hurón, un caimán, varias
ratas blancas y una comadreja.

Silvestre tenía ideas propias acerca de la disecación.
Creía buenamente que disecando animales era el número uno en España.

—Porque disecar —decía Paradox— no es rellenar
la piel de un animal de paja y ponerle después ojos
de cristal. Hay algo más en la disecación, la parte del
espíritu; y para definir esto —añadía— hay que dar
idea de la actitud, marcar la expresión propia del animal, sorprender su gesto, dar idea de su temperamento, de su idiosincrasia, de las condiciones generales de
la raza y de las particulares del individuo.

Y como muestra de sus teorías enseñaba su búho,
un bicho huraño, grotesco y pensativo, que parecía
estar recitando por lo bajo el soliloquio de Hamlet, y
la obesa avutarda, toda candor, pudor cortedad, y su
caimán, que colgaba del techo por un alambre, con su
sonrisa macabra, llena de doblez y de falsía, y sus ojos
entornados, hipócritas y mefistofélicos.

En el centro de la estantería expuso Silvestre los
modelos de sus trabajos de inventor, y en medio de
todos ellos colocó un cuadro, en el cual se veía una
figura alegórica de la Fama, coronando con laureles
su retrato. A un lado de la figura se leían los dieciséis
inventos hechos por Paradox hasta aquella época en
el orden siguiente:

La cola de cristal.

El salvavidas químico.

El torpedo dirigible desde la costa.

El pan reconstituyente (glicero-ferro-fosfato guiti-
noso).

El pulsómetro Paradox

El disecol (el mejor compuesto para la conservación de las pieles)

La caja reguladora de la fermentación del pan.

La mano remo y el pie remo (aparatos para nadar).

La anti-plombaginita (borrador universal).

La contra-tinta (ídem, íd.).

El biberón del árbol (aparato para alimentar el árbol sin mover para nada la tierra próxima al pie, por medio de la inyección del guano intensivo).

La ratonera Speculum.

El refrigerador Xodarap (para enfriar en verano las habitaciones).

La melino-piróxilo-paradoxita (explosivo).

La fotografía galvano-plástica (para obtener fotografías de relieve), y

El cepo langostífero.

En los estantes de las paredes fue colocando Silvestre los ejemplares de su modesta colección de especies fluviátiles recogidos en España, entre los cuales se distinguían: un *Acipenser sturio* pescado en el Arga, un *Ciprinus carpio* de la Albufera y un *Barbus bocagei* del Manzanares, tan bien disecados, que estaban pidiendo la sartén.

En el suelo, debajo de la estantería, estaban los minerales de gran peso, hermosos trozos de galena argentífera y de piritas de cobre.

Junto a la ventana de la pared, en cuyo alféizar colocó jacintos en cacharros llenos de agua, puso su mesa de escribir, muy ancha y grande, de pino sin pintar, y al lado de ésta un banco de carpintero con su tornillo de presión. La mesa tenía su misterio: levantando la tabla aparecía que no era tal mesa, sino un acuarium de cinc y de portland con ventanillas de cristal, sostenido por cuatro tablones gruesos.

El acuarium era un océano en pequeño. Allí había manifestaciones de todos los períodos geológicos, acuáticos y terrestres; grutas balsáticas con estalactitas

y estalacmitas, rocas minerales brillantes... En el suelo
del acuarium, sobre una capa de finísima arena, se
veían conchas de mar de los más esplendentes colores,
tales como helix, rostelarias, volutas, olivas y taladros.
Esta aparición de moluscos de mar en agua dulce no
tenía más objeto que dar un aspecto pintoresco al fondo del abismo.

El acuarium era interesante, sobre todo por los an-
fibios que guardaba. El anfibio interesaba mucho a
Paradox; aquí estaba el axolote, allí el *menobranchus
lateralis* y los interesantes tritones que solían andar
cuando hacía sol alrededor del acuarium, cazando
moscas y cantando tiernas e incomprensibles ende-
chas; allá se encontraban también algunos moluscos de
agua dulce, como el *neritina fluviátilis*, el *ampullaria
cornu arietis*, que es como un caracol, con unos cuer-
nos muy largos y muy estrechos, y dos o tres clases
de *Limneas*.

Los peces interesaban muchísimo a Silvestre; los había estudiado a su manera; estaba convencido de muchas cosas que no son del dominio común. Primeramente sabía que los peces, a pesar de la brusquedad
de sus movimientos, son inteligentes y susceptibles, no
sólo de fácil domesticación, sino de afecciones, como
dice muy bien H. de la Blanchere.

Silvestre había conseguido domesticar a una rana;
pero estos instintos de sociabilidad reconocidos en los
batracios no llegó nunca a comprobarlos en los peces.
Sin embargo, creía poder alcanzar su amistad.

Estos dos casos, citados en una Historia Natural,
mantenían su confianza. Desmaret dice que el pez que
ha sido durante largo tiempo conservado en un acuarium acude algunas veces al oír la voz del amo, con
el fin de recibir la comida que le acostumbran a dar.
Y luego expresa el siguiente hecho, cuya gravedad no
podía pasar inadvertida para un espíritu científico como
el de Silvestre. «Debemos decir que tenemos una an-

guila que saca la cabeza a flor de agua al ver a las
personas que conoce, con un fin desinteresado, porque rehúsa habitualmente el alimento que se le ofrece.» ¡Loor al reconocimiento y al desinterés de las an-
guilas, tan poco frecuentes en animales más perfeccio-
nados, como el hombre!.

Silvestre, cuando trabajaba en su mesa, lo hacía sobre un mar.

Víctor Hugo le hubiese envidiado.

—¡Hay tempestades en los acuariums! —decía.

Cuando Paradox concluyó de arreglar su guardilla
se encontró satisfecho. La hija del señor Ramón el
portero, casada con un guardia, le subía todos los días
lo necesario para hacer la comida; Paradox cocinaba
en un hornillo de barro; hacía unos guisados y adere-
zos fantásticos, inspirándose en sus recetas de cocina
escritas en vascuence.

En lo que tenía Silvestre una exactitud matemática,
digna de sus difuntas tías doña Tadea y doña Pepa,
era en el café. Lo tostaba todos los días sobre una
placa de acero, luego lo molía, después pesaba la cantidad necesaria en una balanza de precisión, la ponía
en la cafetera rusa, esperaba el número necesario de
minutos, tiempo fijado con el objeto de que en el
agua caliente se disolviera la cafeína y no la cafeona,
y daba vuelta.

Silvestre gozaba en aquellos días tibios de otoño del
placer de vivir; el sol, algo pálido, entraba alegre y
dorado en su cuarto.

Se levantaba temprano, se desayunaba y se ponía a
trabajar; luego, a las diez, iba a la parada de Palacio
y volvía detrás de los soldados, llevando el paso, seguido de *Yock*, al compás de una marcha alegre, de
ésas con las que el más tristón se siente con sangre
torera, al menos en sus actitudes y movimientos; después comía, se dedicaba nuevamente a la ciencia, y al

anochecer salía de casa para no gastar mucho sus pilas
iluminando la guardilla.

Era su vida una nueva infancia candorosa y humilde. Paseaba por las calles llenas de luces, como esos
señores viejos que han retornado a la infancia y sonríen sin saber por qué; miraba los escaparates, leía los
carteles de los teatros, veía la gente, las hermosas señoras, los caballeros elegantes, las lindas señoritas;
tranquilo, sin rencores, sin deseos, como un aficionado que contempla un cuadro, el alma serena llena de
piedad y de benevolencia, las ilusiones apagadas, los
entusiasmos muertos.

Por las noches encendía la luz y leía. Su biblioteca
literaria constaba de cuatro tomos: la Biblia, obras de
Shakespeare, las comedias de Molière y el *Pickwick*
de Dickens.

De una comedia de Molière había sacado Silvestre
el nombre de su perro. Cuando éste era pequeño y
aún no tenía nombre, leía Paradox en voz alta una
escena de *Le Bourgeois Gentilhomme*.

Era ésta:

«EL MUFTI.—¿Dice, Turque, qui star quista? ¿Anabatista? ¿Anabatista?
LOS TURCOS.—Yoc.»

El perro de Silvestre, al oír Yoc, enderezó las orejas.

«EL MUFTI.—¿Zuinglista?
LOS TURCOS.—Yoc.
EL MUFTI.—¿Coffita?
LOS TURCOS.—Yoc.
EL MUFTI.—¿Husista? ¿Morista? ¿Fronista?
LOS TURCOS.—Yoc, Yoc, Yoc.»

El perro acompañó con un ladrido los Yoc de Silvestre, y comenzó a dar unos alaridos tan sentimentales con los últimos Yoc, que Silvestre determinó lla-
marle de esta manera, cambiando la ortografía en
Yock, con lo cual le daba al nombre de su perro un

carácter que a él se le figuraba estar más en armonía con el color y la calidad de sus lanas.

Cuando no quería leer, Silvestre se paseaba de un lado a otro de su guardilla y departía amigablemente ya con su perro, ya con su culebra.

Había prohijado la culebrilla en una de sus excursiones. Unos leñadores la encontraron enroscada en una rama, e iban a matarla cuando Paradox la cogió, la involvió en un pañuelo y la trajo a Madrid. Viendo por experiencia que mordía, se le ocurrió ponerle unas bolitas de cola cristal en los colmillos, y como la culebrilla se hipnotizaba fácilmente con sólo pasarle la mano por el dorso, todos los meses, después de darle de comer, Paradox le colocaba las bolitas de cola de cristal en los colmillos.

Silvestre estaba tan acostumbrado a la soledad, que hablaba solo a lo más con el perro, con la avutarda disecada o con la culebrilla. Sus observaciones, aun en la calle, las hacía a media voz, no con la idea de que le oyesen, sino para discutirlas. Había notado que las ideas de uno mismo, expresadas en palabras, suenan a ideas de otro y dan ganas sólo por eso de no aceptarlas y discutirlas.

Silvestre experimentaba por todo lo humilde una gran simpatía; amaba a los niños, a la almas candorosas; detestaba lo petulante y lo estirado; tenía un gran cariño por los animales. Esas conversaciones de personas serias acerca de la política y de los partidos le exasperaban.

Le repugnaba la prensa, la democracia y el socialismo. Creía que si un senador necesariamente no suele ser siempre un imbécil, en general, a la mayoría les falta muy poco para serlo, y entre hablar con un salvaje de la Tasmania o con un diputado, un académico o un periodista, hubiera preferido siempre lo primero, encontrándolo mucho más instructivo y agradable.

Paradox era casi cristiano. Por lo demás, el mismo

trabajo le costaba creer que los hombres se transformaron de monos antropopitecos en hombres en la Lemuria, como opina Haeckel, que suponer que los habían fabricado con barro del Nilo.

La metafísica le parecía un lujo, la ciencia una necesidad, la religión una hermosa leyenda; no era precisamente ateo, ni tampoco deísta.

Un Dios en su sano juicio, preocupado en construir la Tierra con sus montoncitos y sus arbolitos y sus bichitos, y su sol para iluminarla y su luna para ser cantada por los poetas, le parecía un poco cándido; pero una humanidad tan imbécil, que teniendo una conciencia admirable como la de un Dios que se hace niño, la destruye y la aniquila para sustituirla por estúpidas leyendas halagadoras de la canalla, le parecía idiota, mezquina y repugnante.

Silvestre reconocía el progreso y la civilización y se entusiasmaba con sus perfeccionamientos materiales, pero no le pasaba lo mismo respecto a la evolución moral; veía en el porvenir el dominio de las fuertes, y la fuerza le parecía, como cualquier jerarquía social, una injusticia de la Naturaleza.

«¿Qué van a hacer el débil, el impotente —pensaba él— en una sociedad complicada como la que se presenta; en una sociedad basada en la lucha por la vida, no una lucha brutal de sangre, pero no por ser intelectual menos terrible?

»¡Tener el palenque abierto y acudir a él y ser vencido en condiciones iguales por los contrarios, volver otra vez, y otra vez quedar derrotados! ¡Estar en continuo sobresalto, conquistar un empleo a fuerza de inteligencia y de trabajo y tener que abandonarlo porque otro más joven, más fuerte, más inteligente, tiene más aptitudes para desempeñarlo!

»Nunca como en ese tiempo de progreso habrá mayores odios ni más grandes melancolías. El consuelo de achacar la culpa a algo, a algo fuera de nosotros, de-

saparecerá, y el suicidio tendrá que ser la solución
única de la humanidad caída.»

Y a él le molestaba esto: las grandes capacidades
orgullosas, y más aún la vanidad de la masa imbécil
hoy dominadora, que tantas cosas destruye por el desdén, por el abandono, por el desprecio. En cambio,
se entusiasmaba con todas las grandes virtudes de la
gente pobre, de la gente humilde; pero no era demó-
crata; lo hubiera sido sólo de una manera; siendo muy
rico y siendo muy noble.

# VII

## [SILVESTRE ENCUENTRA
UNA AMIGUITA]

Como Silvestre no tenía más amigo que don Avelino y había reñido con él, no recibía ninguna visita.
Cambiaba algunas palabras con la hija del señor Ramón el portero cuanto ésta le traía la comida, y a
veces se pasaba días enteros sin hablar con nadie.

Los inquilinos de las otras guardillas le miraban con
prevención a causa de la culebra y de los bichos disecados; podía, sin inconveniente alguno, dejar la
puerta de su habitación abierta, que a nadie se le ocu-
rriría entrar.

Algunas mañanas, en vez de subir las vituallas para
la comida la hija del portero, las traía la nieta, una
niña de cinco o seis años, con los ojos muy vivos, el
pelo negro y una cara de vieja muy graciosa.

Un día la sorprendió Silvestre mirando con curiosidad por la abertura de la puerta de su guardilla.

—¿Qué quieres? —le preguntó Paradox—. ¿Quieres
entrar?

La chica se quedó mirando atentamente a aquel señor tan serio, con sus ojos descarados y vivarachos, y
sonrió.

—Anda. Pasa si quieres —añadió Paradox.

La chiquilla entró despacio, con encogimiento, miró a todos lados como un pájaro que estudia una pared para hacer su nido, inspeccionó los talleres, contempló las herramientas, cogió en su mano los punzones, los taladradores, los buriles, una bobina; miró la alcoba, abrió la puerta que daba a la azotea, y cuando se enteró de todo se acercó a Silvestre, que estaba renovando los elementos de una pila. No dijo una palabra; no hizo más que mirar.

—¿Cómo te llamas? —le preguntó Paradox.

—Cristina.

—¿Y qué más?

—Borrego.

—¿Ya sabes leer?

—Sí, señor.

—¿Y escribir?

—Todavía no.

—A ver si puedes leer lo que pone en la etiqueta de este frasco.

—Bi...cro...mato de po...tasa.

—Muy bien. ¿Quieres ayudarme?

—Sí, señor.

Silvestre la mandó traer un poquillo de agua de la fuente y después que recogiera y fuese haciendo un ovillo con unos alambres tirados en el suelo. Mientras tanto, él probaba si sacaban chispas los electrodos de una pila, y después, para entretener a la chica, unió los dos alambres, que comunicaban cada uno con su polo a un electroimán, el cual atraía los pedazos de hierro con gran asombro de Cristinita, que por más que forcejeaba y tiraba de ellos no los podía desprender.

En este entretenimiento les sorprendió el señor Ramón el portero, que buscaba a su nieta.

—¿Estabas aquí, renacuajo? Bienes a dar la lata a don Silvestre, que estaba trabajando.

—Ca..., señor Ramón —dijo Paradox—. No molesta nada. Es una buena chica.

—Hum. Qué quiere usted que le diga. ¿Y la bicha?

—En la jaula.

Después de asesorarse de esto, entró el señor Ramón en la guardilla.

—Pues sí, señor Ramón —le dijo Silvestre—; tiene usted una nietecilla muy lista.

—Diga usted traviesa y hasta si bien se quiere descarada —repuso el portero.

En seguida, aunque la cosa no venía a cuento, comenzó a hablar de política: el país marchaba a la ruina, los extranjeros nos llenaban de vituperios y las más viles calumnias *omitían* de nosotros, lo cual era el caos, como decía él, y toda la culpa de la monarquía, y aquí para *inter nos*, como dice el francés del segundo (esto repuso en voz baja), los republicanos no nos podemos entender; no hay unión, y la unión es la fuerza. Hay que quedarse *sumergido* —murmuró, por último—; yo, que vengo hace tantos años *explotando* y *explotando* los secretos de la política, no veo más que el caos, la anemia lenta y hasta la *axfijia*, si bien se quiere...

—¿Mañana vendré? —preguntó Cristina, mirando a Paradox y a su abuelo, interrumpiendo el discurso de este último.

—Si quiere don Silvestre... —dijo el señor Ramón.

—Sí, sí..., que venga..., me ayudará.

El señor Ramón trató de reanudar su interrumpido discurso; pero como Paradox no le hacía caso, el portero se marchó con su nieta refunfuñando.

Al día siguiente muy de mañana ya estaba la chica en la guardilla de Silvestre. Entró sin avisar, y dejó las provisiones de la compra sobre la mesa del comedor-cocina-despacho. *Yock* le hizo un recibimiento muy cariñoso; pero al ver que su amo cogía a la niña en brazos para darle un beso se abalanzó sobre Silvestre, ladrando con furia.

Luego la chica recorrió la casa, miró los animales disecados y estuvo largo rato contemplando a la culebra, y como, al parecer, no tenía el miedo de su abuelo a los ofidios, metió los dedos por entre los alambres de la jaula y trató de agarrar la cola del animal.

—Déjala, déjala —dijo Silvestre—. Mira que pica.

—¿De veras? ¿Pica? —preguntó la niña.

—Sí.

Entonces ella empezó a agitar la mano en el aire, haciendo visajes como si le hubiera picado ya, y luego a reírse con unas carcajadas claras y argentinas.

Silvestre notaba que en compañía de la niña se le pasaban las horas rápidamente.

La chiquilla al lado de Silvestre aprendía, y en su casa estaban muy satisfechos porque no alborotaba la portería ni se pegaba con los chicos.

Algunas veces Cristina pasaba horas enteras sentada en una caja, mirando un dibujo iluminado hecho por Silvestre, que representaba un elefante marino. El animal, con unos enormes colmillos un tanto exagerados, nadaba en un mar azul lleno de inmensos bloques de hielo de forma perfectamente regular y geométrica; debajo del dibujo ponía: *Trichechus rosmarus*, con letras grandes, y con letras más pequeñas y entre paréntesis (Linneus). Había otro dibujo que representaba un mono antropoide, al cual Cristina miraba de reojo y le llamaba:

—¡Feo! ¡Feo!

Aquella alegría que irradiaba la niña en la vida de Silvestre le llenaba a veces de tristeza al pensar en su existencia sin objeto, en el gran error suyo y en su gran cobardía de no haber constituido una familia.

Quizá su vida se hubiese encarrilado al tener la santa preocupación del hijo, la noble misión de educarlo.

Algunas veces, cuando la chica se propasaba, Silvestre se ponía a mirarla con fingida severidad; ella entonces le observaba atentamente, y con su intuición comprendía lo ficticio del enfado y comenzaba a gritar y a dar vueltas alrededor de Paradox, aturdiéndole los oídos, enroscándose en sus piernas, la gran loca, que sabía que aquella cara adusta era tan sólo la careta de un pobre hombre bonachón y sencillo.

Aquella alegría duró poco, como todas las alegrías. El señor Ramón el portero riñó con su yerno, un guardia de un genio infernal; los padres de Cristinita se marcharon de la casa y Silvestre dejó de ver a su compañera. Empezó a sentirse triste.

Además, el invierno se iba echado encima, los días eran negros y lluviosos.

Silvestre se sentía solo, viejo y triste. Iba a cumplir los cuarenta y cuatro en aquel año, el día de Inocentes; había tenido la inocencia de nacer un 28 de diciembre. Para otro aquella edad era casi la juventud; para él la vejez decrépita.

Don Avelino tampoco se presentaba en casa; no tenía Paradox con quién consultar sus dudas científicas y abandonó sus trabajos. Asomado a la ventana solía mirar distraído los paisajes de tejas arriba, las chimeneas que se destacaban en el cielo gris, echando el humo sin fuerza, débil, anémico, en el aire plomizo de las lúgubres tardes de diciembre. Las tejavanas y las guardillas parecían casas colocadas encima de los tejados, que formaban pueblos con sus calles y sus plazas, no transitados más que por gatos. Entre todas aquellas ventanas de tabucos, de miserables sotabancos, de hogares pobres, sólo en una se traslucía algo así como una lejana y pálida manifestación de alegría de vivir: era en una ventana en cuyos cristales se veían cortinillas, y en el alféizar dos cajones de tierra que en el verano habían tenido plantas de enredaderas y guisantes, que aún quedaban como filamentos secos y negruzcos colgados de unos hilos.

Al anochecer, sobre todo cuando el cuarto se llenaba de sombras, le acometía a Silvestre una amargura de pensamiento, que subía a su cerebro como una oleada, náuseas de vivir, náuseas de la gente y de las cosas, y se marchaba a la calle y le disgustaba todo lo que pasaba ante sus ojos, y recorría calles y calles tratando de mitigar lo sombrío de sus pensamientos con la velocidad de la marcha.

Cuando el sol brillaba en los cristales de las guardillas y en las tejas llenas de musgo, su tristeza tomaba a veces un matiz de ironía.

—La humanidad me molesta —solía decir—, no quiero tratar a la materia viva, ni a la materia pensante; mis simpatías están por lo inerte.

Y la inercia iba apoderándose de él. Empezó a no salir de casa y concluyó no saliendo de la cama; todo le era indiferente: sus trabajos, sus animales disecados, hasta la culebra. *Yock*, también triste, le miraba a los ojos con melancolía.

«Siempre las mismas preocupaciones —pensaba Silvestre—, los mismos trabajos, el cansancio eterno de la eterna imbecilidad de vivir. ¿Para qué vivir tanto? Además, una sociedad bien organizada debía tener un matadero de hombres; allá irían los fracasados, las perdidas desesperadas, los vencidos, a que la piedad de los demás les eliminara de un mundo para el cual no tienen condiciones. El matadero se imponía; un matadero que fuese un edén en donde se saborearan en una hora todas las voluptuosidades, todos los refinamientos de la vida y se entrara después en la muerte con el alma saciada de un emperador romano de la decadencia.

»¡Sí, era indispensable un matadero de hombres!»

Y como a todo el espíritu de Silvestre necesitaba darle un carácter de fantasía y de arte, se representaba un palacio, un verdadero palacio de hadas, lleno de toda clase de refinamientos. Unas cuantas señoras

y otros tantos señores serían los encargados de cumplir tan altruista misión de llevar gente al matadero.

Ya se figuraba una marquesa joven, elegantísima,
guapísima, con un perfume de esos enloquecedores,
que entraba en aquel momento en su guardilla y le
decía, hablándole de vos:

—Venid, amigo mío; mi coche os espera.

Y Silvestre le rogaba que le aguardase un momento,
mientras hacía su *toilette*, y, concluida ésta, ofrecía el
brazo a la linda señora para bajar la escalera, y en la
puerta se encontraban un coche, subían los dos, y a
cada paso, tomando él la mano de la marquesa, le
decía:

—Oh, marquesa; estáis encantadora.

Y el coche se deslizaba suavemente por avenidas
cubiertas de arena, hasta que llegaban al palacio: el
Matadero. Allí, en un salón exquisitamente adornado, en cuyas paredes sonreían las vírgenes de Vinci,
las damas de Ticiano, las místicas doncellas de Ros-
setti, se sentaban los dos a una mesa, provista de
manjares dignos de Lúculo, y bebían en copas cince-
ladas por Cellini, mientras se oía a lo lejos una música
deliciosa y los más extraños perfumes subían al
cerebro.

Entonces la voz, llena de caricias, de la marquesa,
que no veía que Paradox era viejo, ni que era triste,
ni que era enfermo, animada por una sublime piedad,
decía: «Te amo», y al mismo tiempo Silvestre sentía
una descarga eléctrica de unos cuantos miles de voltios
en su cuerpo y saboreaba la suprema voluptuosidad
de la muerte, sumergiéndose y derritiéndose delicio-
samente en la nada. Pensaba que hasta las hojas secas
unidas en montón debían gozar al ir ardiendo y des-
haciéndose en humo negro.

—¡No! La sociedad no está bastante adelantada
para establecer un matadero, que si lo estuviera, ¡qué
agradecimiento el nuestro, el de los parias, el de los

golfos, el de todos los tristes, enfermos, miserables y abandonados! —decía Silvestre.

El señor Ramón, viendo a Paradox tan decaído, creyó que se encontraba realmente enfermo y le recomendó que fuera a la casa de huéspedes del tercero, en donde podrían cuidarle. Silvestre opuso resistencia al traslado, pero el señor Ramón insistió.

—¿Por qué no quiere usted ir abajo, don Silvestre? —le dijo—. Es usted terco como una mula, y perdone usted la comparación.

—Y usted ¿por qué no se reconcilia con su hija? —le replicó Paradox.

—Es que yo tengo motivos, o sea razones.

—Bueno, pues yo también tengo razones.

—Usted, no señor, don Silvestre. ¡Si sabré yo por qué me dice usted eso! Usted lo que quiere es que venga mi nieta.

—¡Yo!

—Le ha tomado usted cariño a la chiquilla.

—Sí, es verdad. No lo niego.

—Pues vendrá la chiquilla con el animal de su padre, pero usted bajará a vivir a la casa de huéspedes.

—Nada. Está dicho —murmuró Silvestre.

—Sí, hombre —repuso el portero—; usted no puede estar solo; no es usted ordenado, y hasta si *bien se quiere*, y perdone usted la frase, es usted un poco marrano. En vez de cinturón usa usted una corbata vieja, las camisas se las ata usted con brabante, y ya he visto que al chaleco le ha abierto usted unos ventanillos en el sitio de los botones y se los ata usted como las mujeres el corsé. Eso no está bien; abajo le cuidarán.

—Bah —repuso Paradox con el desdén que los hombres de ciencia tienen por la indumentaria.

—Sí, hombre —añadió el portero—. Ya verá usted cómo se divierte allá. La patrona es una viuda cartagenera con dos hijas, una mujer con pupila, porque sí. Una de las chicas, aquí para *inter nos*, como dicen los franceses, es un pinguillo, corista; ha tenido un hijo con el jefe de la *clá*. ¡Cosas de la vida! La otra, ¿sabe usted?, es más fea que un demonio; pero la mujer estaba *enarbolá* porque nadie la hacía caso, hasta que ha engatusado a ese tío viejo que está en el Gobierno civil, y, ¡no crea usted!, la ha dejado embarazada…, je…, je…, je…, y él es casi tan viejo como yo. Pues no se figure usted, la mujer está la mar de satisfecha y el viejo también, como que se van a casar, y están siempre en el pasillo jugando los dos al mus.

El portero arregló la cuestión del pago con la patrona y Silvestre se trasladó a la casa de huéspedes.

A los dos días vio a Cristinita, y después de charlar con ella se sintió mejor. A la mañana siguiente, haciendo un esfuerzo de volundad, se levantó de la cama y fue al taller; pero no tenía gana de trabajar. Le faltaba un compañero con quien poder discutir las grandes cuestiones de mecánica y electricidad; entre los que estaban en la casa de huéspedes no había ninguno entusiasta de esta clase de estudios; le faltaba a Silvestre la amistad de don Avelino Diz de la Iglesia.

Con sus terquedades y su inteligencia pesada, Diz era indispensable para el espíritu de Paradox. Éste tenía esa oscilación de ideas de los que viven en un medio exclusivamente intelectual; le faltaba voluntad y dejaba muchas cosas sin concluir. En cambio, Diz era obstinado.

Silvestre se entusiasmaba pronto y se desentusiasmaba con la misma facilidad. Diz era para Silvestre como un freno, algo así como lo que es el pnumogástrico para el corazón. Era una frase suya.

A Paradox, vivir la vida normal le aplanaba; para su espíritu, el discernimiento entre lo útil y lo inútil era una caída; adquiría el sentido práctico, el sentido de la realidad a costa de la energía del pensaniento y del brillo de su fogosa imaginación de inventor.

Su cerebro era como un arco voltaico, cuyos carbones se alejaban y se acercaban: en algunos momentos brillaba de luz, en otros se hacía la oscuridad absoluta,

Silvestre comprendía que don Avelino le era indispensable para volver a sentir nuevamente entusiasmos científicos; pero no quería darle a entender que imploraba su amistad, y encontró para esto un intermediario: don Eloy Sampelayo y Castillejo, profesor auxiliar de la Universidad, uno de los hombres más chiflados del mundo.

Don Eloy era chiquitín y delgaducho, de genio muy desigual, hombre de ocurrencias extrañas; tan pronto previsor y lleno de buen sentido como fatuo y presuntuoso.

Como Silvestre sabía las horas de clase de don Eloy, le esperó en la calle Ancha de San Bernardo y se reunió con él.

Don Eloy estaba escribiendo un libro que un editor publicaba lujosamente, un libro que al mismo Silvestre, hecho ya a fantasías dislocadas, le pareció disparatado. Se trataba nada menos que de una explicación de la formación de las palabras de cada idioma, no por su etimología, sino por la imitación del canto de los pájaros y de los gritos de los animales.

Así, el lenguaje de los hombres de una nación tenía su causa en la fauna de su territorio. Un país con muchos pájaros era preciso que tuviera en su idioma muchas sílabas, como *pi, pi*, y otro con muchos gatos tendría que poner la sílaba *miau* como raíz en gran número de palabras.

Charlando por la calle, don Eloy, después de dar algunas explicaciones de esta pintoresca teoría, comenzó a denigrar rabiosamente el sistema métrico, y trató de probar que había cierta relación entre las ganas de comer de un hombre y las unidades antiguas de peso para el pan. Media libra o una libra de pan, según él, expresaban con más claridad y mejor lo que una persona necesita para satisfacer su gana de comer, que doscientos gramos, cuatrocientos gramos, unidades éstas que son para el estómago entes de razón, mitos o entelequias.

—¿Y Diz de la Iglesia? —preguntó Silvestre a don Eloy aprovechando un momento en que el hombre se calmó.

—¡Diz! Está muy incomodado con usted. Me dijo que habían reñido ustedes.

—Sí, tonterías; yo sigo estimándole siempre.

—Pues a él le pasa lo mismo. No sólo le estima a usted, sino que le admira. Me dice repetidas veces: «Paradox tiene mucho talento, pero está desorganizado. No tiene instintos prácticos.»

—Sí, es una manía. Cree que los demás están chiflados, y quien lo está es él.

—Yo creo que los dos... —murmuró sonriendo don Eloy, quien se creía el hombre más equilibrado del mundo; pero luego temió haber ofendido a Silvestre y le preguntó—: Y usted ¿no sale de casa?

—Sí, casi todas las mañanas voy a la parada de Palacio. Por la tarde no salgo, tengo en estudio unos proyectos.

—¡Hombre! ¿De qué se trata?

—Nada. Una cuestión de electricidad.

Siguieron hablando don Eloy y Silvestre y se despidieron.

Con aquella alusión a la electricidad, Silvestre creyó que don Avelino se entusiasmaría, y a la mañana siguiente Paradox fue a la parada pensando en encontrarle allí; pero no le vio. No se conquistaba a Diz de la Iglesia fácilmente.

Aburrido Silvestre entró en la portería a charlar un rato con el señor Ramón. La oratoria del portero comenzaba a preocuparle seriamente. El señor Ramón hablaba siempre con alusiones de tercera y hasta de cuarta intención. Se deslizaba, no se apoyaba nunca. Era un discípulo del poeta Mallarmé sin saberlo.

—¿Qué hay, señor Ramón? —dijo Paradox, sentándose.

—¿Qué quiere usted que haya, don Silvestre? —murmuró el portero raspando sus palillos con el cortaplumas.

—¿Cómo va esa política?

—Pchs... Nada... Lo de costumbre... El uno dice una cosa, el otro otra; hay para quedarse sumergido. ¡Y luego pasan unas cosas!

—Pues ¿qué pasa?

—Nada, hombre; que va uno a una tienda, por ejemplo, y pide una cosa. Es un suponer. Y dice uno que es caro, ¿y qué? Lo compra uno y está falsificado, vamos al decir —mirando el palillo que tenía en la mano atentamente—. Porque, al parecer, hay cosas que son buenas y luego resultan...

—Sí, ya no se puede fiar uno en nada —añadió Paradox hundiendo sus miradas en la cabeza del señor Ramón.

—En nada, hombre, en nada. Ya ve usted lo que quiso hacer con los porteros el alcalde, ya ve usted. Pues eso es bueno y es malo. Es bueno, porque se pueden evitar disgustos, y es malo, porque también, si bien se quiere, perjudica .

—Es natural —siguió Silvestre—, porque al fin y al cabo... Ustedes también...

—Pues claro, es lo que yo digo —repuso el portero agarrando aquella sombra de idea en el espacio y dejando el palillo pulimentado en un plato de madera roja—. Aquí, crea usted, todos son unos, y el que no tiene pupila, ¿eh?, y no está siempre al file..., para que usted me comprenda, se ha fastidiado.

—Sí, es verdad; porque todavía con ciertas personas...

—Con ciertas personas puede haber corresponden-

cia y hasta, si se quiere, trato... Porque hay gente,
sabe usted, que merece todas las mercedes y hasta todos los coloquios que se le dispensen...

—Pero con otros...

—Con otros —y el señor Ramón se sonrió con ironía y se puso a rascar furiosamente el palillo—, con
otros hay que andar despacio y hasta tentarse la ropa.
Porque uno no sabe lo que se las trae el otro; va uno
sin malicia, y el otro a lo zorro, a lo zorro, y cuando
uno se fija, ¡vaya usted a pescarle!

—¡Claro! —murmuró Paradox.

—¡Y que vale más no hacer nada! —repuso el portero después de maduras reflexiones.

—Después de todo, para lo que hemos de vivir
—añadió Silvestre haciendo un gesto de desaliento.

—Y que es verdad lo que dice usted. Toda la vida
dale que dale. Bueno. Es un suponer. Y viene un
cura, ¿y qué? Nada, nada y nada. Porque ya se sabe:
en la vida suceden cosas...

—Calle usted, hombre. Que pasan unas cosas...

—¡Si no se puede hablar! Porque va usted por la
calle, o está usted en un café, en una casa particular,
o domicilio, o en un sitio cualquiera, es un suponer,
y ve usted una persona a su lado, y, si bien se quiere,
aquella persona parece un caballero. Y luego resulta...
cualquier cosa, hombre, cualquier cosa.

En aquel momento entró en la portería, embozado
en la capa, Juan Moncó, el prendero de la vecindad,
un hombre feo, afeitado, aspecto de sacristán, con la
cabeza enormemente larga, la frente grande, la nariz
chata y la boca innoble, que venía a hablar de negocios con el señor Ramón. Silvestre, abandonando la
portería, subió a su guardilla.

# VIII

## [LAS PRUEBAS OFICIALES
## DE UN BARCO SUBMARINO]

Dos días después, Silvestre se encontró en la plaza de la Armería con don Eloy y con Diz de la Iglesia. Al principio, entre los tres hubo un momento de frialdad, que se disipó en seguida cuando Paradox habló de un artículo de Echegaray publicado en *El Imparcial* acerca de las aplicaciones del aire líquido. Para don Eloy, Echegaray era un gran sabio y un gran escritor; para Diz, era tan ilustre dramaturgo como físico mediano, y para Silvestre, era mal físico, mal dramaturgo y en su tiempo mal político. Además, él, Silvestre, había indicado todas aquellas aplicaciones en su proyecto de refrigerador Xodarap, antes que el sueco Ostergren, y nadie le había hecho caso.

Don Eloy y Diz confirmaron el aserto de Paradox, pero se creyeron en el caso de replicar y de abrumar con sus objeciones a Silvestre. ¡Objeciones! Para todas tenía contestación Paradox, y si no, cuando quisieran les enseñaría los planos de su motor de aire líquido, de su salvavidas de aire líquido y hasta de su barco submarino, sí —porque tenía esperanzas de hacerlo también—, de aire líquido.

—¿Y las pruebas de todas sus afirmaciones? —pregutó Diz.

—Mañana en el taller las tendrán ustedes.

—¿Mañana?

—Mañana.

Se despidieron los tres como conspiradores que se dan una cita.

Al día siguiente estaba reunidos en la guardilla.

Ninguno de ellos era hombre previsor, y se encontraron sin fósforos. Como hacía una hermosa mañana de sol, Silvestre tomó una lente y trató de encender el cigarro concentrando los rayos de sol en un punto. Al mismo tiempo Diz sacó orgullosamente otra lente del bolsillo, la abrió como una navaja y se puso también a encender el cigarro.

—¡El sol! ¡Padre de la vida! —dijo Silvestre.

—Zeus Olímpico —murmuró don Eloy— que lanza sus rayos de fuego.

—¿Usted no cree en Zeus? —preguntó Silvestre a Diz, viendo un gesto de desdén en su amigo.

—Soy haeckeliano —murmuró éste.

—Es una razón —replicó Paradox moviendo la cabeza en señal de asentimiento, a la que Avelino contestó con un ceremonioso saludo.

Después, invitado Silvestre a hablar, habló. El motor de aire líquido no convenció a don Eloy ni a don Avelino. Decían que no era lo mismo que otro cualquiera de gas. Silvestre protestaba, marcando las diferencias; pero los otros se empeñaban en sostener que aquella cuestión era de detalle y no tenía importancia. En cambio, a los dos amigos les entusiasmó el proyecto de un barco submarino. Silvestre no conocía ni de oídas los ciento y tantos buques para navegación submarina que se han proyectado en este siglo, pero daba como bueno que ninguno de los ciento y tantos se basaba, como el suyo, en el estudio atento y severo de la dinámica de los peces. De la observación de estos animales había deducido que un barco submarino necesitaba: primero, un motor de poquísimo peso y de gran fueza: el aire líquido; segundo, un sistema de aletas, movido por un motor: aire líquido; tercero, una vejiga natatoria colocada sobre el casco del barco, y que se puede llenar inmediatamente por el aire líquido; cuarto, una atmósfera respirable: el aire líquido. El porvenir estaba en el aire líquido. Se discutió el proyecto. Silvestre encontraba contestación para todo. Aunque tenía más confianza en el motor de gas que en el submarino, poco a poco, hablando y hablando, se le subío el submarino a la cabeza y se entusiasmó y se entusiasmaron todos. Era admirable. Las calvas de don Eloy y de Silvestre brillaban de entusiasmo; hasta las antiparras de don Avelino centelleaban de júbilo. Lo llevarían a cabo entre los tres. ¡Ya lo creo!

A veces a alguno de ellos se le ocurría hacer una objeción; pero allá estaba Paradox al quite para resolver el conflicto; entonces se agarraban los tres gravemente del brazo, en el colmo del entusiasmo, y se paseaban por la guardilla de arriba abajo. De cuando en cuando, Silvestre, poniendo una mano sobre el hombro de Diz, le decía, imitando a la Dinarzada de *Las mil y una noches*:

—Amigo mío, ¡qué cuento más maravilloso!

Y seguían paseándose por la guardilla, haciendo esfuerzos para no entusiasmarse demasiado, saludándose ceremoniosamente entre burlas y veras, con un tácito reconocimiento de sus talentos respectivos, respetando cada uno el mundo de ideas y de representaciones que cada compañero llevaba bajo el cráneo.

Desde aquel día Avelino no salió del taller de Silvestre. No veía en todas partes más que submarinos, sistemas de aletas, vejigas natatorias. En cambio, días después don Eloy se mostró reacio. Se le desdeñó. Era un hombre vulgar. Ni Avelino ni Silvestre se ocuparon para nada en ver si existía proyecto igual o parecido al suyo. Pusieron manos a la obra con entusiasmo y empezaron a construir un submarino de juguete. Para las primeras materias recurrieron a la prendería de al lado, tienda que disimulaba su verdadero carácter con un letrero nuevecito: «El Mundo Eléctrico», que se destacaba triunfante entre los letreros de las tiendas de muebles viejos, buñolerías, prenderías, contructores de jaulas, lecherías, peluquerías, zapaterías, tahonas y demás establecimientos honran la calle de Tudescos.

«El Mundo Eléctrico» tenía un escaparate bastante grande y una puerta. Junto a la puerta se leían estos dos letreros, escritos con tinta en unas cartulinas. En uno : «Se compran pan, plomo, cinc, metal, estaño, cobre, muebles usados y otros comestibles.»

El letrero más grande estaba puesto en forma de cuadro sinóptico, y decía así:

COMPRO

|  | Kilo | Cts. |
|---|---|---|
| Trapo blanco limpio a ................... | » | 22 |
| Id., id. color a ......................... | » | 12 |
| Id., id. color a ......................... | » | 7 |
| Retal de sastre (nuevo) a ............... | » | 40 |

Silvestre y Avelino se dirigieron a «El Mundo Eléctrico», recomendados por el señor Ramón el portero.

El escaparate de «El Mundo» era digno de llamar la atención. Había allí una porción de cosas interesantes, perfectamente clasificadas y puestas en cajitas de cartón, tales como fichas de ajedrez, monedas romanas, sellos, botones, fósiles, miniaturas, conchas, sortijas, medallas y relojes. Luego, en un rincón se veía un microscopio, en otro lado un puñal japonés, aquí un barómetro, un anteojo, una caja de bisturíes, allá una bobina, un yatagán. En el centro del escaparate había un grupo de figuritas de porcelana que representaba un viejo dormido junto al tronco de un árbol y varias damiselas que le echaban flores. En el centro del grupo había un letrero en francés que decía: *Sagesse et vertu ont ici le meme prix qu'a silence*. Silvestre y Avelino pasaron al interior de la prendería. Lo que se veía al entrar en la tienda eran dos bustos, el uno de Niobe, el otro del general Espartero, encima de una cómoda desconchada. Un joven moreno estaba en el mostrador comprando a una vieja unas lámparas incandescentes usadas. Avelino y Silvestre explicaron lo que deseaban; el joven les rogó que esperasen, y mientras tanto inspeccionaron la tienda. Vieron varios cuadros bastante medianos, un grabado que representaba la *Toma de la Bastilla*, y otro, interesantísimo, uno de los episodios de la historia de Cortés con la explicación en castellano macarrónico, que decía así: «La Conqueta de México.» Y debajo : «Ferdinando Cortez, al grande estupor de los indianos, ordegna de quemar su flota para defender todo medio de retreta.»

Cuando el joven moreno concluyó el trato con la vieja les enseñó a Silvestre y a Diz un barco hecho de madera negra con todos los accesorios de hueso por si les servía. Luego, al saber que eran vecinos y recomendados por el señor Ramón el portero, les hizo pasar a la trastienda.

Allí estaba el padre del joven, que les invitó a sentarse, y charlaron un rato. Moncó padre era viudo y tenía dos hijos: el joven moreno y una muchacha que estudiaba para maestra. Moncó hijo resultó que poseía conocimientos de electricidad. Era él el que comenzó a explotar la electricidad de lance, lo que producía beneficios mayores que la venta de muebles y trastos usados, y el muchacho aspiraba a emanciparse de la prendería y a dedicarse exclusivamente a la instalación de lámparas eléctricas y timbres; tenía tanta habilidad en estas cosas,, que había construido un motor eléctrico de un caballo de fuerza.

A Silvestre y a Avelino, en aquel día y en los siguientes, les fue tan simpático el hijo como repulsivo el padre. Éste tenía un catarro pulmonar crónico, y desde el otoño hasta el verano se pasaba la vida metido en la trastienda, envuelto en la capa, con una gorrilla que no le llegaba a cubrir la mitad de la cabeza, tosiendo y escupiendo continuamente. Lo único que le sacaba de su estado de estupidez crónica a Moncó padre era la presencia de una mujer guapa.

Silvestre y su socio decidieron acudir a la prendería cuando necesitaran algo, y el primer día se llevaron planchas de cobre muy delgadas y un máquina de reloj para hacer con ella el motor para el modelo del submarino. Claro que en el barco sería de aire líquido, pero para el modelo era más cómodo que se le pudiera dar cuerda.

Silvestre y Avelino se pasaban los días trabajando. Habían nacido para entenderse. Avelino tenía una paciencia obstinada, y para los trabajos finos de limar y pulimentar era una especialidad; en cambio, Silvestre, que no poseía esta aptitud, ideaba mejor y más pronto. Diz, con la modestia de un hombre de conciencia, lo manifestó varias veces y le dijo a Paradox:

—Usted es la cabeza, yo soy el brazo.

Y por más que Silvestre quiso protestar, Avelino no se convenció.

El barquito no se hizo así como así; se tardó mucho tiempo en construirlo, para lo cual hubo que resolver serios problemas. Se le dio forma aproximada a la de un cigarro puro, y como no se podía cambiarle al juguete la posición de las aletas en el fondo del agua, se le colocaron cuatro a los lados, inclinadas de atrás adelante, para que al ser el barco impulsado por la hélice se fuera hundiendo.

Como la vejiga natatoria no se podía llenar, tal cual

lo harían ellos cuando viajasen en el submarino de verdad, con bidones de aire líquidado, discurrieron hacer una vejiga de caucho con un agujero pequeño por donde pudiese entrar una cantidad escasa de agua. Dentro de la vejiguilla pondrían una mezcla de ácido tártrico y bicarbonato de sosa.

El ácido tartárico descompondría el bicarbonato de sosa en presencia del agua, formando tartrato de sosa, y el ácido carbónico desprendido llenaría la ampolla y haría subir el barco a la superficie. Esto era provisional, pues Silvestre buscaba otras dos sustancias que se descompusieran más rápidamente para resolver el problema de su salvavidas químico.

Después de grandes trabajos el modelo quedó concluido, y con verdadera ansiedad los dos socios inventores fueron a ensayarlo en un estanque de la Moncloa un tarde que hacía un tiempo malísimo. Tomaron el tranvía de la plaza de Oriente, que les dejó junto a la Cárcel Modelo.

Se bajaron del tranvía; soplaba un viento que no dejaba ni andar. Afortunadamente, ni Paradox ni Avelino llevaban capa, y agarrándose los sombreros se dirigieron hacia la Moncloa. Al llegar frente a la verja del Instituto Agrícola se suscitó una cuestión: según Silvestre, el estanque estaba arriba; según Avelino, estaba abajo.

—Preguntaremos —dijeron los dos.

Y volvieron hacia atrás, entraron en un portal y les salió al encuentro una niña que, en contestación a la pregunta que le hicieron, les dijo que el estanque en donde se bañaban a los perros estaba hacia abajo, hacia el Caño Gordo.

Silvestre y Avelino tomaron una senda y empezaron a caminar hacia abajo; afortunadamente, el viento les daba de espaldas y les favorecía en la marcha.

Pasaron los dos inventores a toda vela por delante de una tapia en donde se leía este rótulo: «Merendero

de la «Raza Latina», y bajaron hasta llegar a un estanque rodeado de altos árboles. Se acercaron a él;
estaba seco.

—Quizá esté más lejos el otro —se dijeron.

Atravesaron la vía y salieron al camino de El Pardo.

Silvestre debía de tener razón: el estanque estaba
arriba. La subida no fue tan agradable, ni mucho menos, como la bajada; el viento daba de frente, y en
las cuestas había que agarrarse para no caer. A Diz
una ráfaga de aire le llevó el sombrero; el hombre
preocupado con el submarino, no hacía caso de nada,
y, gracias al mismo ímpetu del viento, que lo aplastó
contra el suelo, Paradox pudo cogerlo.

Llegaron, tras de muchos trabajos, reventados, sin
bríos, faltos de aliento, como si hubieran escalado un
pico del Himalaya, a la parte alta de la Moncloa, y se
dirigieron hacia el sitio que antes había indicado Paradox.

Efectivamente, allá estaba el estanque que busca-
ban. Como en aquel paraje no azotaba tanto el viento, descansaron un rato, muy corto, porque Diz tenía
una gran impaciencia por probar el submarino,

En seguida dio Avelino vueltas a la llave de la máquina del barco, y agachándose dejó el barquichuelo
entre las procelosas aguas. El submarino, majestuosamente, fue hundiéndose poco a poco; se notó una li-
gera agitación en la superficie del agua y después
nada.

Hubieran podido contarse los latidos de los corazones de los dos socios, que palpitaban en sus pechos
con la fuerza de un martinete. No se atrevían a respirar con amplitud. Y los minutos pasaban largos,
¡ay!, muy largos.

Empezaba a llover, pero ninguno de los dos se fi-
jaba en esto, sino en el barco, que no aparecía por
ninguna parte; se cambiaban entre ambos inventores
tristes miradas de desaliento.

—¿No volverá a aparecer? —se preguntaba con desesperación don Avelino.

En la superficie cuadrada de agua amarillenta del estanque no se advertía más que el choque de las gruesas gotas de lluvia que caían.

Pero ¿qué era aquello?... Sí, allí estaba junto a la orilla. ¡Oh placer! La vejiga natatoria salía triunfante fuera del agua, la hélice seguía girando todavía, aunque muy despacio.

Avelino no dijo nada; cogió la mano de Silvestre y se la apretó contra el pecho; luego se acercó, tomó el barco en sus manos y lo secó con un pañuelo, con el cuidado de una madre; tenía barro en las aletas. ¡Barro en las aletas! Sin duda del fondo del estanque, ¡qué triunfo! Luego abrió la escotilla y salió el tripulante del barco, un ratoncillo que había metido Diz de la Iglesia en casa.

Silvestre, con su audacia, hubiera querido hacer otra experiencia, pero Avelino no se lo permitió; tenía miedo de que la segunda saliese mal.

Y mientras tanto, arreciaba la lluvia; hacia el lado de Carabanchel se veían grandes nubarrones negruzcos: la Cárcel Modelo iba tomando un color amarillento con el reflejo de las nubes de la tempestad; grandes gotas de lluvia caían en el suelo y sonaban en las copas de los pinos. De repente empezó a caer del cielo una verdadera catarata. Avelino y Silvestre echaron a correr. Cuando llegaron a poder guarecerse en un portal estaba calados hasta los huesos y se decidieron a seguir andando hasta llegar a casa. Silvestre se acostó y esperó en la cama a que se le secara la ropa.

El éxito de la prueba produjo dos resultados distintos: en Avelino, ocasionó un entusiasmo loco; en cambio, a Paradox le llenó de dudas. Creía éste que antes de intentar nada en grande era mejor consultar con algunas personas competentes; a Diz le pareció la idea absurda hasta la exageración, pues consultar con alguien era exponerse a que le robaran el pensamiento. Para él era mejor y lo más práctico intentar en segui-

da la construcción de un submarino en que pudieran
ir los dos.

—Pero primero hay que encontrar el motor —dijo
Silvestre.

—Ponemos uno cualquiera —replicó Avelino.

—Pero eso no es tan fácil; tenemos que calcular su
fuerza para el tamaño del barco. Hay un sin fin de
problemas que resolver.

Diz no quería oír nada de esto. La cuestión del motor la resolverían luego; el tamaño del barco lo resolverían luego; todo lo resolverían luego. Lo cosa era
construir el submarino con sus aletas y su vejiga natatoria y probarlo en una costa cualquiera.

—Y moverlo, ¿con qué lo vamos a mover sin motor? —preguntó Paradox.

—Lo movemos nosostros con una rueda.

—Bien, admitido. Ponemos la hélice en movimiento
con una rueda. Pero ¿sabe usted lo que nos costará el
casco de hierro de cuatro o cinco metros?

—¿Cuanto?

—Lo menos veinte o treinta mil pesetas.

—Entonces hagámoslo de madera.

—Y flota y ya no es submarino.

—Lo llenamos de lastre. Eso costará poco.

Echaron sus cálculos después de consultar con casas
constructoras, y resultó un gasto de cinco mil pesetas.

Don Avelino escribió a su hermano, que vivía en
Valencia, pidiéndole diez mil pesetas. El hermano le
contestó diciéndole que se fuera allá y que se dejara
de inventos, porque era muy bruto para inventar
nada. Entonces Diz de la Iglesia se echó a la calle,
creyendo encontrar a la vuelta de una esquina aquel
dinero, y vio, con gran asombro suyo, que todo el
mundo se reía de él.

Paradox escribió a don Eloy Sampelayo contándole
las pruebas que habían hecho, y éste le dijo que, con-
sultado un profesor de física por él, había dicho que

todo lo inventado por Paradox estaba ya inventado;
que los submarinos con aletas se consideraban por los
técnicos primitivos e inferiores a todos los demás; que
la vejiga natatoria se sustituía con ventaja por otros
procedimientos. La carta fue un desencanto para Silvestre y para Diz. Pero éste, sin embargo, no se convenció del todo.

—Si alguna vez tenemos dinero, ya lo veremos
—murmuró.

# IX

# [LOS ESQUEMAS DE LA FILOSOFÍA]

Tras del fracaso del submarino, Diz de la Iglesia dejó de frecuentar la guardilla de Paradox y se dedicó a pequeñas industrias, que seguramente le producían más gastos que utilidades.

Silvestre volvió a encontrarse nuevamente solo y, lo que es peor, sin un cuarto. El primo, el boticario de Arbea, no se daba prisa en mandar dinero. Aún no había enviado en totalidad el producto de la venta de las propiedades que Silvestre tuviera en el pueblo. Paradox no sabía a punto fijo lo que le había pagado ya su primo, ni lo que le restaba por pagar.

—El se figurará que soy un hombre ordenado y que hago mis cuentas.

Esto le tranquilizaba.

—Después de todo, para encontrarme con el resultado desagradable de que he gastado mucho y de que me queda por cobrar muy poco, vale más no hacer números.

La realidad sobrepasó a sus cálculos; aunque tarde, llegó la carta tremenda con la liquidación y una letra de setecientas pesetas. Era el último plazo que le enviaba su primo. Allá estaban los comprobantes. La noticia dejó a Silvestre estupefacto, pero después se tranquilizó.

—He pasado toda mi vida a salto de mata y sin un cuarto —dijo—; no debo de asustarme, sino estar muy satisfecho por verme en posesión de una cantidad tan respetable como ésta.

En la carta, el primo, después de darle la poco agradable noticia de la terminación del crédito, le encargaba que se enterase por la *Gaceta* de una ley acerca de capellanías y le enviase un resumen de ella.

Silvestre estuvo pensando en no tomar en cuenta la comisión de su primo; pero, sin embargo, un día fue a la Biblioteca para pasar el rato, pidió tomos del periódico oficial, no encontró lo que buscaba y los dejó. Al día siguiente fue de nuevo y dio el encargo a un amigo suyo, bibliotecario, de que se enterase de aquello.

Mientras tanto, Silvestre pedía el *Diccionario Filosófico* de Voltaire y se entretenía con su lectura. Así estuvo varios días frecuentando la Biblioteca, hasta que su amigo el bibliotecario le dijo que había encontrado ya en la *Gaceta* la ley de capellanías. Silvestre hizo el extracto de ella y se lo envió a su primo; pero como había tomado la costumbre de pasar el tiempo en la Biblioteca, en donde se estaba bastante fresco en el verano, se le ocurrió entregarse a la lectura, y después de pensar y discurrir a qué clase de libros se dedicaría con más asiduidad, decidió dedicarse a la lectura de obras filosóficas. Encontraba a la filosofía muchas ventajas; primeramente, la de no servir para nada, ventaja de las más grandes, y, además, la de no exigir experimentos ni pruebas de gasto.

Era una clase de estudios ésta a la cual nunca se había dedicado Silvestre; es más, sentía siempre cierto desprecio por las especulaciones puras. Pero cuando entró de lleno en ellas, después de leer a Kant, a Hegel y a Schopenhauer, comprendió que la filosofía era un abismo y que las antiguas reflexiones suyas, que constituían el armazón de sus soliloquios, no habían pasado jamás de lo fenomenal, transitorio y, por lo tanto, sujeto a las leyes de una mezquina casualidad. Vio claramente que no había llegado hasta entonces al *noumeno*.

El trabajo de Paradox, al irse orientando en el laberinto de las ideas filosóficas, fue agradabilísimo, sólo comparable al de Livingstone al penetrar en las ignotas regiones del África Central; casi tanto gozaba cuando descubría la clave con la que un filósofo oscuro encubría a los profanos sus pensamientos, como al llevar a la práctica uno de sus inventos de la importancia, por ejemplo, del refrigerador Xodarap, o de la mano-remo.

Hallada la clave, Silvestre se sintió tan audaz que llego a desdeñar a Krause. Comparaba la filosofía de este filósofo con cualquier tienda de muebles usados de la calle de Tudescos, y consideraba también como saldos procedentes del desvalijamiento y del pillaje los sistemas de la mayoría de los filósofos franceses y de muchos de los alemanes.

Al cabo de tres meses de lectura Silvestre se convenció de que Kant era Kant y Schopenhauer su profeta. Pasado el verano Silvestre, que no tenía más ocupación que la de dar dos lecciones de francés, se persuadió a sí mismo de que todas las verdades enunciadas por sus filósofos favoritos debían agruparse formando un sistema o cuerpo de doctrina en armonía con los hechos y con los descubrimientos de la ciencia moderna.

Pero a Silvestre le parecía vulgar y anticuado escribir sus ideas, y encontró más pintoresco, más jovial, exponerlas por medio de esquemas. Y lo hizo así. Luego, poco a poco, vio que todos sus equemas se podían agrupar en dos partes. En la primera, todo lo correspondiente al origen del yo; en la segunda, lo relativo a la voluntad y al reflejo. [La primera lámina representaba una serie de circulitos, en cuyo interior se leía NY (no-yo), y uno con la letra Y (yo), y esta leyenda: «El yo procede del no-yo.»

Silvestre no se paraba en barras; su metafísica era contundente. ¿Se podía probar que el cosmos era anterior al hombre? Sí. Pues para él no había duda. El hombre procedía del cosmos. Pero como el hombre lo primero que afirmaba era su personalidad, de ahí que el nombre filosófico del cosmos era lo que no es yo.

De los esquemas siguientes se iban desprendiendo graves consecuencias filosóficas. La deducción que se obtenía del segundo esquema era que en el principio existió una X primitiva, origen de todo, con una voluntad: el Verbo.

La idea del Verbo se había aferrado en la inteligencia de Silvestre al meditar acerca del primer versículo del Evangelio de San Juan. «En el principio era el Verbo, y el Verbo era con Dios y el Verbo era Dios.» Esto y el ver un día una patata llena de brotes en el fondo del armario de la cocina, al mismo tiempo comedor y despacho, le decidió a creer en el Verbo.

—Esta patata —se dijo Silvestre con el tubérculo en la mano— echa raíces por alguna causa, y las echa como todas las patatas, en la misma forma y en la misma época. Si tuviera un poco de tierra esas raíces crecerían y los tallos echarían hojas; luego esa patata tiene dentro una idea, un plan de lo que va a ser, una especie de inteligencia, el instinto del devenir, lo que llaman los alemanes el Werden.

En el tercer esquema se advertía un cataclismo; la materia única, representada por puntos, se había separado de la fuerza única, indicada por rayas.

La consecuencia de este esquema era que toda materia es igual; el oro, idéntico al oxígeno; que toda la fuerza es igual; el calor, idéntico al pensamiento.

En los esquemas siguientes iban marcándose clara-

mente varias hipóstasis y diferenciaciones; la materia
única del sistema anterior ascendía en su evolución, y
era átomo; se volvía a transformar, y era materia vital, y ésta misma, evolucionando aún más, era materia
pensante; la fuerza única tomaba aspecto correspondientes a los cambios sufridos por la materia y se
transformaba en fuerza atómica, en vida y en pensamiento.

La fuerza vital, forma nada más de la fuerza única,
tenía, según Silvestre, dos aspectos: el de Voluntad-nouménica, que él llamaba en griego *Dynamis*, por encon-
trarlo más pintoresco, y el de Reflejo nouménico.

La Voluntad-nouménica o Dynamis tenía formas
distintas, según sus causas determinadoras. Determinada por necesidades instintivas, era inconsciente; determinada por deseos, voluntad; determinada por deseo y examinada por un Reflejo, volicionidad inferior;
determinada por una imagen del Reflejo, volicionidad
superior.

El Reflejo nouménico presentaba, según Paradox,
distintos aspectos: En su primer grado, inconsciente,
era la cenestesia, o yo sensitivo; en su segundo grado,
consciente, era la sensibilidad; en el tercer grado, reflejo de esta sensibilidad, era la memoria; en el cuarto
grado, reflejo de la memoria, la Phantasmasia. El reflejo de la Phantasmasia era el Yo. Aquí terminaba la
primera parte de los esquemas.

En el segundo tratado de la obra de Silvestre, que
tenía por nombre «Voluntad y Reflejo», se esquema-
tizaba primero la formación de las ideas por la elimi-
nación en las imágenes sensoriales de lo accidental y
transitorio. Después se pasaba a exponer el conflicto
de la Voluntad y el Reflejo por un esquema un tanto
complicado.

En este esquema las influencias cósmicas, represen-
tadas por guiones horizontales rojos, iban entrando en
la Phantasmasia (llena de guiones azules verticales), y

al salir de ella se convertían en cruces griegas, con un trazo azul y otro rojo: motivos. Los motivos llegaban a los territorios de la Dynamis (llenos de puntos negros), y cada cruz griega salía llevando a cuestas uno de los puntos, y a causa de esto se transformaba en deseos. Los deseos volvían a la Phantasmasia y se cargaban con otro guión y eran voliciones. Las voliciones pasaban nuevamente a la Dynamis, de aquí al centro motor y salían del centro motor convertidas en actos y erizadas de puntos, de comas y de guiones.

Paradox era, por tanto, determinista. Entre el concepto de causa, base la más firme del conocimiento, y la libertad, que se afirma por un vago testimonio del yo, estaba por la afirmación del concepto de causa.

Sin embargo, aunque creía que todo acto humano tenía su razón determinadora fuera de hombre, encontraba una solución práctica y esquemática para el conflicto.

Si a un polígono X se le añade un gran número de lados, se va acercando poco a poco a una circunferencia. Si se le añade un número infinito, el polígono ha realizado su ideal; es una circunferencia. Según Paradox, en el espíritu hay un polígon de representaciones puras. Ahora, cuanto mayor sea su número, se aproximará más a la circunferencia. Esta circunferencia será la conciencia absoluta, en la cual podrá darse únicamente el libre albedrío.

Dado el polígono de las representaciones, si entre el deseo y la representación pura hay conformidad, el deseo se convertirá en acto; si existe disparidad, esta misma será motivo para que el acto no se ejecute.

La consecuencia de esto era: que cuantas más representaciones existan menos deseos se convertirán en actos; cuantos más deseos sean rechazados, la casualidad exterior obrará menos y el hombre será más libre.

Cada ideal será un lado más del polígono; la circunferencia, la libertad absoluta; pero al mismo tiempo la absoluta abstención.

Después de este segundo tratado, Silvestre se creyó en el caso de señalar algunas consecuencias de su sistema y augurar para el porvenir una época de la desaparición del egoísmo agresivo, en que el hombre tendría un máximum de libertad, de alegría, de vida y de luz; un mínimum de dogma, de ley, de tristeza y de oscuridad.

Llegado a este período de perfección, la Humanidad, superior, iría desapareciendo de la Tierra, y su espíritu formaría parte de la conciencia del Universo, que ascendiendo y ascendiendo llegaría a tener Voluntad, a individualizarse y a ser Dios].

Silvestre terminó su obra con entusiasmo. A veces le asaltaba la idea de que el resultado de su filosofía no era lo bastante halagüeño, y se le ocurría pensar si no sería mejor introducir alguna pequeña mixtificación en sus esquemas que cambiando el giro de los argumentos, hicera más agradable sus conclusiones; pero otras veces pensaba que no debía engañar a los hombres de aquella manera.

Como Paradox pensaba buenamente que además de despertar la curiosidad de la gente podría proporcionarle la obra algunos cuartos, con sus esquemas bajo el brazo visitó algunos editores y libreros, los cuales, al enterarse de la proposición de Silvestre y al conocer la índole de su trabajo, sonreían maliciosamente, mirándole con cierta mezcla de ironía y de lástima.

Viendo Silvestre que nadie quería editar su obra se decidió a editarla él; fue a una imprenta, y de aquí le dirigieron a la litografía de un hombre a quien llamaban Gazapo, no se sabe si de apellido o por apodo.

El tal Gazapo era el más alegre, chistoso y ocurrente de los litógrafos. Él mismo le advirtió a Paradox que no debía gastarse el dinero en litografiar los esquemas, porque le costarían mucho y no vendería nada.

—Pero si usted quiere yo lo hago —concluyó diciendo—, y me paga cuando pueda.

Silvestre se convenció, porque los argumentos de Gazapo fueron concluyentes, y cuando iba a marcharse de la litografía, con la intención de, al llegar a casa, pegarle fuego a su obra filosófica, se encontró con que entraba en el taller del litógrafo un compañero de la casa de huéspedes, bohemio empedernido, Juan Pérez del Corral, con otros dos señores.

El bohemio, al ver a Paradox y al enterarse del objeto que le llevaba por la casa de Gazapo, le dijo, hablándole de vos, como era su costumbre:

—¡Ah, señor Paradox; el encontrarnos ha sido providencial! Precisamente estos señores —y señaló a los que le acompañaban— van a fundar una revista, una cosa mostruosa..., inaudita...; ochenta mil suscripciones seguras...; subvención de todos los Casinos, Ateneos, Academias, corporaciones científicas.

—Bueno —interrumpió Silvestre—. ¿Y que pito voy a tocar yo en esa revista?

—En ella podéis publicar vuestros esquemas. El campo está abierto a todas las doctrinas y a todas las opiniones. Pero permitidme hacer vuestra presentación. —Y en un aparte, dicho con el único y exclusivo objeto de que le oyesen precisamente aquellos de quien al parecer no quería ser escuchado, añadió—: Este señor, el más bajo, es don Braulio Manresa..., un capitalista... acaudalado..., un Mecenas. El otro es Amancio Ramírez..., escritor de talento...; lo conoceréis de nombre.

—No.

—Sí, hombre, sí. Conocidísimo.

El bohemio hizo las correspondientes presentaciones, y Silvestre habló un rato con aquellos señores.

Don Braulio Manresa era un señor cincuentón, regordete, muy currutaco, de levita ceñida, sombrero de copa, chaleco blanco y ademanes de conquistador. Su cara insignificante, no tenía más valor que el que le daba su sonrisa, tan impregnada de vanidad y petulancia como su bigote entrecano y cosmético.

Amancio Ramírez era hombre de unos cuarenta años, alto y forzudo, de frente despejada, tanto que avanzaba por su cabeza y le llegaba al occipucio; su cabeza parecía una rodilla; su nariz, remangada e innoble, casi siempre enrojecida, se presentaba en su cara barbuda como el botón de una rosa sin abrir entre las hojas de un rosal.

—Y usted ¿es también literato? —preguntó don Braulio a Silvestre.

—Inventor, caballero. Sólo en mis ratos de ocio escribo.

—Contamos con usted para nuestra revista —dijo Amancio.

—Si puedo serles útil en algo.

—¡Sí puede! —replicó con ironía Pérez del Corral, dirigiéndose a don Braulio—. ¡Un hombre que sabe veinte idiomas!

—¡Veinte!

—No os hagáis el modesto, señor Paradox —añadió el bohemio, y en un aparte teatral murmuró—: Es un tío de un talento formidable. Si yo no fuera quien soy, quisiera ser este hombre. Tiene una obra de filosofía maravillosa.

—Las publicaremos en la revista —dijo Amancio.

—Se publicará —y don Braulio, al decir esto, pegó con su bastón un golpe en el suelo para remachar sin duda su afirmación.

Don Braulio y Amancio se pusieron a hablar con Gazapo acerca de un cartel que necesitaban como anuncio de la revista, y Silvestre se despidió de todos para marcharse a su casa.

Por la noche, al encontrarse en el comedor de la casa de huéspedes con Pérez del Corral, hablaron nuevamente de la revista.

—Y ese señor don Braulio Manresa, ¿quién es? —preguntó Paradox.

¡El llamado Manresa! Un antiguo comerciante de paños... ¿No habéis oído hablar...?

—¿De los paños de Manresa? Creo que sí.

—No hagáis chistes, don Silvestre.

—Bueno, pero ¿quién es?

—¿Don Braulio? Un imbécil, pero de lo más imbécil que os podéis imaginar. Ya veis, este empleado, el querido de la hija de la patrona, si es bruto; pues creedme es un Séneca al lado de don Braulio.

—¿Y el otro, el director, Amancio Ramírez?

—¡Oh! Ése es un golfo —respondió el bohemio con su sonrisa petulante, y añadió—: El llamado Ramírez es francamente cochino.

# X

# [«LUMEN», REVISTA LITERARIA]

No habían pasado ocho días cuando Silvestre recibió un volante firmado por Amancio Ramírez, en el cual le citaba a las dos de la tarde en su casa, Ave María, 28, cuarto piso, para constituir la Junta directiva y el Consejo de administración de *Lumen*. Así se llamaba la revista que se trataba de dar a luz.

Silvestre acudió a la cita con retraso, como siempre le ocurría. Subió las escaleras de la casa de Ramírez, llamó en el cuarto piso y le hicieron pasar por un corredor estrecho y oscuro al cuarto en donde celebraban su reunión los individuos de la Junta directiva.

Ramírez, después de reprochar la tardanza a Paradox, le presentó a los socios de la Junta, que no conocía. Éstos eran: un hombre de barba y pelo negros, de ojos tristes, que fumaba gravemente en su pipa, llamado Betta; el anarquista catalán Grau, pesadote y lento como un buey cansino; Media-pica, el novillero semiliterato, y don Braulio Ramírez y Pérez del Corral, a quienes conocía ya.

El cuarto del director era apenas suficiente para las siete personas reunidas. El moblaje era caprichoso; se componía de una mesa consola que se utilizaba como mesa de escritorio, cuatro sillas de paja, destripadas, y un sofá lleno de eminencias y de depresiones recubierto con una tela de colchón. En las paredes, cuyo papel estaba desgarrado por varios sitios, se veían unos cuantos grabados, sujetos con tachuelas negras, y una copia al óleo de un cromo detestable, pero que tenía el mérito de ser más detestable que el original. Representaba una mujer rubia vestida de máscara, con traje de estudiante, que iba bajando una escalera de mármol. En la parte alta de la escalera se veía un señor de frac; no le separaba a la máscara y al caballero más que tres o cuatro escalones, pero, a pesar de esto, la perspectiva las alejaba tanto de las dos figuras, que el caballero no llegaba más que a la rodilla de la máscara.

La luz entraba en el cuarto del futuro director de la revista por una ventana colocada a la altura del techo. La conferencia de los socios fundadores estaba al concluir. Amancio, resumiendo las ideas de todos, había redactado las bases definitivas del periódico, que leyó una por una. Se trataba de influir en la vida artística, de llevar la literatura y las artes por nuevos derroteros, de llenar el vacío, en fin.

—No queda más que hacer sino que cada uno aporte lo que pueda —dijo Ramírez.

Al escuchar una cosa tan atrevida, Silvestre respingó, pero no dijo nada.

—¿Para qué? —pensó—; más sencillo que oponerse es no volver por aquí.

Tal era su idea; sin embargo, cuand vio que se marchaban cuatro de los socios de la Junta directiva y no quedaban más que Ramírez y Pérez del Corral, Paradox murmuró:

—Les advierto a ustedes que yo no pienso pagar nada.

—Ni nosotros tampoco —contestó Pérez del Corral.

Amancio hizo un gesto de disgusto, pero sin decir

nada desapareció por una puerta de cristales que daba
a un cuartucho oscuro con una cama sin hacer.

—¡Ah! ¿De modo que ustedes?... —añadió Paradox.

—Nada, hombre —siguió diciendo el bohemio—; de
los siete que nos hemos reunido aquí, don Braulio y
Media-pica serán los únicos que paguen. La cosa es
que se funde el periódico y se sostenga.

—El periódico se sostiene —dijo Ramírez de mal
humor, asomándose a la puerta, abrochándose el chaleco.

—¡Vaya si se sostiene!

—Ya lo creo. Mañana mismo voy a buscar el local.

—¿Sabéis por qué quiere buscar local? —murmuró
Pérez del Corral de oído de Silvestre—. Porque le han
despachado de aquí y va a ver si toma otra cosa; con
el pretexto de poner la redacción le servirá ésta para
vivir.

—¿Cree usted?...

—Vaya.

Amancio sorprendió el aparte y se hizo el desenten-
dido.

Salieron los tres a la calle, y como Pérez del Corral
se marchara, Amancio empezó a hablar mal de él, diciendo que era lo más insolente, vanidoso y majadero
que podía ser un hombre. Paradox se hacía el asombrado, y Amancio, que pensaba habérselas con un
hombre ingenuo, sintió la necesidad de hacer confidencias, y se pintó a sí mismo como un Cristo marti-
rizado por aquellos a quienes había protegido.

—Yo les perdono a todos —añadió—. Me odian,
me han perjudicado, me han arruinado. ¿Qué importa? Les perdono.

Silvestre, que sabía por Pérez del Corral algunos de
los antecedentes de Amancio, se admiraba de que éste
en aquel momento se sintiese piadoso y creyera en las

cosas que contaba, las cuales nunca habían existido más que en su imaginación.

A los tres días de la entrevista, Amancio fue a buscar a Paradox para que le acompañara a buscar local de redacción para *Lumen*. Salieron los dos, y después de ver algunas casas, Amancio se decidió por alquilar un piso bajo de la calle de Silva, que tenía una sala bastante grande, pero oscura, que daba a la calle, y varios cuartos interiores.

—Esta sala me parece lóbrega para redacción —dijo Silvestre.

—¡Pchs! Después de todo ¿qué importa? —repuso Amancio—. Aquí no ha de venir nadie a escribir.

—Y esos cuartos interiores ¿para qué se quieren? —añadió maliciosamente Paradox.

—Toma…, para mí. No se va a dejar sola la redacción. Yo pagaré la mitad del alquiler.

Silvestre sonrió; Amancio comprendió el significado de la sonrisa, pero no dijo nada; pagó de antemano el alquiler de la casa con el dinero de don Braulio, y al día siguiente trasladó de su casa de la calle del Ave María los pocos muebles que tenía. Por la noche ya ocupaba la nueva casa con su familia; cuando Silvestre fue a la redacción le abrió la puerta la mujer de Amancio, que venía con los zapatos en chanclas, un chiquillo en brazos y otro de la mano.

Silvestre pasó a la sala, iluminada por una candileja, en donde vio al director arrodillado en el suelo y armado de un martillo componiendo la pata de un sillón.

—¿Qué hay, Ramírez? ¿Se trabaja?

—Aquí estoy con este condenado sillón a ver si lo compongo. Le he pegado la pata con cola y se me ha soltado en seguida. Ahora quería sujetarla con un clavo, y ¡que si quieres!, se rompe la madera. No sé lo que voy a hacer con ella.

—Póngale usted un vendaje de cuerda; es lo más sencillo.

—Es verdad. Voy a hacer eso.

—Luego lo fortifica usted con una capa de cola.

—Admirable. Usted, amigo Paradox, ¿no tendrá en casa algunos muebles?

—Yo... ¿qué he de tener?... Pero ¿no le pidió usted ayer a don Braulio dinero para muebles y se lo dio?

—Sí, cuarenta duros. ¿Qué va usted a comprar con eso? Nada, hombre.

—Sin embargo, en una prendería...

—No me hable usted de eso. En las prenderías se venden muebles podridos, y vaya usted a saber de quién son.

—Sí. Eso es verdad.

Amancio comenzó a vendar la silla con cuerda y después encargó a gritos a su mujer que hiciese la cola.

—Pero ¿usted no conoce a nadie que tenga muebles viejos? —preguntó a Silvestre.

—¿Para vender?

—¡Toma? Para vender..., para eso también conozco yo.

—Vamos, usted quiere que se los regalen.

Amancio no consideró necesario contestar a esta pregunta, y se puso a silbar mientras seguía dando vueltas a la guita.

—Hombre. Ahora recuerdo... —dijo Silvestre.

—¿Qué?

—Que conozco yo quien se desprendería de muebles viejos. Eso sí, del año dos.

Aunque sean del tiempo de Matusalén, nos convendrían.

—No va usted a saber a quién pertenecieron.

—¡Bah! Eso qué importa.

—¿No decía usted antes...?

—¿Quién no cambia de opinión alguna vez? Con
que dígame usted: ese señor filántropo...

—No es un señor, son dos hermanos que tienen una
guardilla atestada de trastos, que ni saben a punto fijo
de quién son ni por qué están en su casa. Esta noche,
de una a cuatro de la mañana, les podremos ver.

—¡De una a cuatro! ¡Qué horas más raras! De día
¿no están visibles?

—De día duermen.

—Pues qué ¿son serenos?

—No.

—¿Ladrones?

—Tampoco.

—¿Algunos honrados monederos falsos?

—No acierta usted; son panaderos.

—Hombre, panaderos. Tiene miga eso.

—Una barbaridad. Pero no hay que olvidarse de la
corteza.

—¿Cuándo los vemos? ¿Esta noche?

—Esta noche, si usted quiere.

—Nos reuniremos antes en cualquier sitio; ¿le parece a usted en Fornos?

—Ese café donde van los señoritos a echárselas de
calaveras no me es simpático —replicó Silvestre.

—En el Oriental.

Se reunieron en el café por la noche, y a eso de las
dos o dos y media Silvestre creyó que era hora para
ir a visitar a sus panaderos. Salieron juntos; tomaron
por la calle de Preciados y, por una de sus bocacalles,
entraron en una callejuela en cuesta, y Silvestre se
detuvo al lado de una ventana colocada al ras del suelo. La ventanuca aquella tenía primeramente por dentro maderas, luego barrotes y después una alambrera.
En ésta había un boquete, por el cual, después de
tantear, introdujo Silvestre su bastón y empujó una de
las maderas, que se abrió y dejó pasar una bocanada
de humo y de vapor de agua. Luego se vio en un

sótano, iluminado fuertemente por las llamas que salían de un horno, a un hombre en camiseta, calzoncillos y con los brazos desnudos.

—¡Caabanela! —gritó Silvestre alargando la primera a para imitar el tonillo de los panaderos gallegos.

—¿Qué hay, don Silvestre? —respondió el hombre acercándose a la reja.

—¿Han venido ésos?

—Si vinieron.

—A ver si abren.

—Eh tú, Choto —gritó el hombre a un muchacho—, *¿qué haces o?* Ve a abrir la puerta. Ya va, don Silvestre.

Paradox y su compañero dieron la vuelta a la casa y se detuvieron frente a un portal grande que daba a una plaza solitaria y silenciosa.

Estos Labartas, así se llamaban los dos panaderos —dijo Silvestre a Ramírez mientras esperaban—, son tipos bastante curiosos: uno es pintor; el otro, médico. Tienen esta tahona, que anda a la buena de Dios, porque ninguno de ellos se ocupa de la casa. El pintor no pinta; se pasa la vida ideando máquinas con un amigo suyo; el médico tiene, en ocasiones, accesos de misantropía y entonces se marcha a la guardilla y se encierra allí para estar solo. Les conocí a estos dos hermanos —concluyó diciendo Paradox— cuando traté de hacer un pan medicinal, gliceroferro-fosfatado-glutinoso. Al principio tomaron mi proyecto con entusiasmo, pero se cansaron en seguida. No tienen constancia.

Se abrió la puerta, interrumpiendo la charla de Silvestre, y apareció un muchacho medio desnudo, con una lamparilla en la mano. Precedidos por él cruzaron el anchísimo zaguán de la casa, lleno de cajones puestos uno encima de otros, y pasaron a un patio grande como una plazoleta, un antiguo claustro de convento con sus arcos, en el cual se veía un cobertizo de cinc agujereado y medio caído, que debió de servir en sus buenos tiempos para preservar de la lluvia a la leña amontonada debajo, y que ya no servía de maldita la cosa.

Cruzado el patio entraron en un largo pasillo iluminado por un mechero de gas, con las paredes y el techo ennegrecido por el humo; lo recorrieron; a un lado había una puerta, y al abrirla Silvestre vieron diez o doce hombres trabajando medio desnudos.

—¿No andan por aquí estos? —preguntó Paradox.

—Están arriba —contestó uno de los trabajadores.

Silvestre y Amancio Ramírez volvieron a desandar lo andado, y desde el portal comenzaron a subir por una ancha escalera. En el primer piso se detuvo Paradox y dio varios golpecitos en la puerta. Abrieron de dentro, y un hombre les hizo pasar a un cuarto que tenía aspecto de sacristía.

Un grande y pesado pupitre lleno de cajoncitos, varias mesas, unos sillones y un sofá de gutapercha negra componían el moblaje. En las paredes, recubiertas con papel amarillento, había una porción de cuadros; sobre todo grabados y fotografías de obras del Greco. Del techo colgaban pedazos de papel despegados.

Silvestre presentó a Ramírez a Labarta el médico —un tipo con una calva que más parecía una tonsura de fraile, de edad indefinible, huraño, sombrío y triste, vestido con un chaquetón raído y un pañuelo en el cuello—, que estaba escribiendo a la luz de un velón convertido en lámpara eléctrica.

Se sentaron los tres; Paradox explicó lo que quería, y Labarta, después de oír la petición de Silvestre, dijo que no tenía ningún inconveniente en que se llevaran lo que quisieran del desván, porque todo lo que había allí no valía nada.

La frase recordaba un tanto el ofrecimiento del labriego que le decía al obispo: «Puede su eminencia comer todas las frutas que quiera. No sirven más que para los cerdos.»

Silvestre interrumpió la explicación.

—¿Y su hermano de usted? —preguntó a Labarta.

—Está ahí dentro. Le voy a llamar.

Labarta salió del cuarto.

—¡Qué gente más rara! —dijo Amancio a Silvestre.

—Sí —añadió Paradox—; a mí esta casa me hace el efecto de una cueva de búhos. Luego, estas paredes llenas de grabados de santos y de vírgenes; son bichos raros estos dos tipos...

Entró Labarta el pintor, hombre alto, flaco, macilento; oyó lo que le contaba Paradox con una sonrisa irónica, se echó en el sofá y dijo con indolencia:

—Mañana, a la hora que ustedes quieran, pueden venir por los muebles. Y pensar, amigo Paradox, que me he levantado a las cuatro de la tarde y no puedo con el sueño.

Y el hombre se desperezó y extendió los brazos.

El médico calvo se puso a hacer sumas con lentitud, leyendo los números en voz alta.

—Bueno, señores —dijo Paradox levantándose—, hasta mañana.

—Adiós, don Silvestre; ya sabe usted que se le quiere —dijo el pintor desde el fondo de su sillón.

Amancio hizo un saludo ceremonioso a los dos hermanos y salió con Silvestre, algo incomodado de la actitud misantrópica de los panaderos.

Al día siguiente fue Paradox a llamar a Labarta el pintor, y ambos subieron a la guardilla, que estaba en el tercer piso, y que era un salón enorme y abandonado.

—¿Usted conoce a ese señor que vino con usted ayer noche? —le dijo el pintor a Silvestre.

—Le conozco así, superficialmente.

—Me parece un pingüino completo —murmuró Labarta, que había adoptado la palabra de Silvestre.

—Pingüino de mal género —replicó Paradox.

Silvestre y Labarta saltaron en el desván por encima

de barricadas de trastos, entre los que se veían un violoncello sin cuerdas, armarios, varias mesas, montones de libros de comercio y relojes descompuestos, y Silvestre eligió, entre unos cuantos muebles rotos y deteriorados, lo que le pareció mejor, y lo separó en un rincón.

—Ahora hay que escribir el contrato —dijo Labarta riéndose.

—Contrato, ¿de qué?

—De venta. Yo le vendo a usted estos muebles por diez reales, pero con la obligación mía de pagar el carro.

—¿Y para qué quiere usted que hagamos eso?

—Para molestar un poco al señor Ramírez.

—Es usted una mala persona.

Labarta estaba empeñado en hacer el contrato y se hizo.

Bajaron los dos al despacho y redactaron el acta, precedida de un inventario de todos los tratos vendidos a *Lumen*, entre los cuales se distinguían una silla de reps, verde veronés, en mal estado de conservación; un sillón rebajado por las patas para mayor comodidad, de rojo Saturno, y un facistol caprichosamente torneado.

Amancio se picó un tanto cuando vio el contrato burlón que habían escrito entre Labarta y Silvestre; habló de los imbéciles que no comprendían que *Lumen*, con el tiempo, iba a ser la gran revista española, y dijo que le daban ocurrencias de tirar a puntapiés a la calle los trastos viejos traídos de la casa de Labarta, pero no lo hizo; fue poniendo los muebles empolvados y rotos en la sala de redacción, y quedó convencido, poco después, de que estaban nuevos y eran de moda.

Luego de estos arreglos se ocupó Amancio en llenar las paredes de la redacción de grabados y dibujos; se puso un cartel en la puerta señalando las horas de

oficina y un letrero pintado por Silvestre en la ventana, donde se leía:

## ¡LUMEN!

*Gran revista semanal*
*Redactada por los mejores literatos*

# XI

# [BOHEMIOS]

Salieron varios números de la revista, se publicaron
*Los Esquemas de la Filosofía*, sin figuras, es decir,
esquemas que no lo eran, y, a pesar de los felices
augurios de Amancio Ramírez y de Pérez del Corral,
no llegaron a venderse arriba de cincuenta ejemplares
de cada número, en Madrid y provincias, contando
venta y suscripción.

Don Braulio Manresa estaba desolado al ver que los
miles de ejemplares que le dijeron que se colocarían
habían bajado hasta cincuenta. Amancio tranquilizó a
don Braulio, diciéndole que eso sucedía con todas las
revistas serias e importantes del mundo, y para esti-
mular el entusiasmo de Manresa llegó a prometerle
que le publicaría unos versos que antes se los había
rechazado y que además le nombraría redactor-jefe y
administrador de la revista.

Con promesas tan lisonjeras el ex comerciante de
paños olvidó los cincuenta ejemplares y cobró nuevos
bríos.

Ramírez cuidaba su caballo blanco como seguramente no hay chalán que lo haga; ejercía sobre don

Braulio un gran dominio por el terror. Tenía a su caballo blanco domesticado.

Cuando Amancio mandaba alguna cosa a don Braulio, el pobre hombre temblaba de espanto. No se atrevía a hacer la menor objeción; si Amancio le pedía dinero, a lo más que se aventuraba era a mirarle pidiendo misericordia para su bolsillo.

Y Ramírez, impertérrito, no hacía más que presentar cuentas y más cuentas: el papel, la imprenta, el timbre, el correo, había también que pagar al mozo, porque el director, con el pretexto de que sirviera para los recados de la redacción, trajo un chico que, en realidad, servía a su mujer para hacer la compra y cuidar de los niños.

El muchacho aquél, que, a pesar de sus dieciséis años, no representaba doce, era graciosísimo; le tiraba el toreo y se dejaba su miaja de coleta, y esto lo hacía —eran sus palabras— por si alguna vez llegaba a ser algo en el mundo.

La charla del aprendiz de torero se celebraba muchísimo en las reuniones que por la tarde se daban en la redacción, porque había reuniones, con sus rondas de aguardiente, que siempre pagaba don Braulio. En ellas Amancio iba presentando a Manresa, como escritores de gran mérito y porvenir, a unos cuantos andrajosos, la mayoría de ellos solemnísimos golfos de profesión.

Don Braulio, en presencia de aquella tribu harapienta, no hablaba; no hacía más que pagar el aguardiente.

—Y usted no habla nunca —le preguntaron un día.

—He sido siempre y soy muy respetuoso con los genios —respondió.

—Al oír esto le abrazaron todos, hasta el chico de la redacción.

Para don Braulio, todo el que hablaba a gritos de su talento y de sus obras era un genio. Oía además opiniones que al buen señor le admiraban. Cuando discutían aquellos bohemios desharrapados cuál de sus *posas* (habían admitido en su vocabulario esta palabra francesa) era la más elegante, don Braulio se quedaba estupefacto.

—Mi *posa* —decía Pérez del Corral— está entre la de Chateaubriand y la de Pierre Loti.

—La mía —murmuraba Corona, un joven recién llegado de París, con melenas rubias y aspecto de charlatán o fotógrafo de feria— es más amplia que la de Óscar Wilde. Si no fuera Corona, quisiera ser Tsar Peladan.

—¡Oh! —añadía Rams con una sonrisa amable de señorita de mostrador y unos ojos de loco—. Yo soy narcisista; mi *epsicología* es muy complicada. De no ser lo que soy, quisiera ser confesor de princesas.

En un rincón se oía decir:

—Pero ¿tú no crees que soy yo el único escritor español que tiene talento? ¿Hay alguno capaz de hacer mis *Nelumbos*?

Por la noche se reunían los que iban a la redacción y otros que no iban a ella, en un café, y se entretenían en inventar camelos a costa de don Braulio.

Adaptando otra palabra del francés al castellano, decían que iban a *epatar* a don Braulio.

De entre toda aquella gente, el que más se distinguía por sus camelos, por sus ocurrencias, por todo, era Juan Pérez del Corral, el compañero de casa de huéspedes de Silvestre.

Era Juan Pérez hombre de unos treinta y tantos años; alto y flaco, el bigote negro levantado hasta los ojos, el cuerpo rígido como un tarugo, la cara chupada, los ojos turbios detrás de los lentes, la nariz larga y encarnada en la punta, la boca grande, de oreja a oreja, que sonreía con la sonrisa dura de una careta sonriente.

Su aspecto tenía algo de matón; sus ademanes eran

de una petulancia inaudita; su indumentaria, fantástica. Gastaba chambergo de alas anchas, que le daba la
apariencia de un mosquetero; su traje no correspondía
a la marcialidad de su sombrero, pues sus chaquetas
y gabanes eran de un color tan extraño, que no
se podía comprender tan fácilmente cómo serían de
nuevos.

Pérez del Corral mentía con una tranquilidad admirable, y se creía un discípulo aventajado de Maquiavelo y del divino César Borgia. Ése era el adjetivo
que empleaba al hablar del célebre príncipe.

Tenía una memoria admirable, una petulancia de
damisela, una soberbia satánica y a veces rasgos de un
desprendimiento y de una generosidad de gran señor.
A don Braulio le volvía loco cuando hablaba de los
escritores contemporáneos; decía: «El llamado Echegaray. Ese pobre desgraciado de Sellés... El llamado
Picón, que se dedicaba a fabricar cuerda», y así iba
calificando a unos y otros.

Algunas noches, cuando salía del café la tribu harapienta, Pérez del Corral arrastraba a las masas a la
plaza de Oriente y allí arengaba a los reyes de piedra,
o acercándose a un árbol, para dar pruebas de sus
facultades de actor, gritaba —no se podía decir que
declamaba—, un parlamento de *Don Juan Tenorio* o
de *Los amantes de Teruel*. Sobre todo, de este último
drama, aquello de: «Infames bandoleros, que me habéis a traición acometido», lo decía de una manera, y
la *o* final de bandoleros la vocalizaba de tal modo,
que una vez había hecho salir la guardia de Palacio a
enterarse de lo que pasaba.

Otra de las figuras importantes del café era Betta,
que se pasaba la vida alcoholizado, siempre impasible
con su bello rostro árabe, de barba y pelo negrísimos,
la pipa en la boca.

Admirador muchas veces de las salidas de algunos

de los bohemios, era un poeta notable, hombre calla-
do, cara de cerdo triste.

Con las salidas de Pérez del Corral se entusiasmaba.

—¡Admirable! ¡Admirable! —decía a cada paso.

El que se retiró pronto, con gran escama, de las
reuniones de café y quiso inducir a don Braulio Manresa a que se separase de los bohemios, fue Amancio;
pero don Braulio, aunque respetaba a Ramírez, admiraba a Pérez del Corral, a Betta y a sus amigos.

Silvestre, que vio que de la revista no se podía sacar
nada más que disgustos, dejó de aparecer por la redacción. En la mesa de la casa de huéspedes sabía por
Pérez del Corral las luchas homéricas que había entre
Amancio y los del café por ver quién conquistaba la
amistad de don Braulio. Éste se lamentaba de que
hombres con tanto talento como ellos no se entendie-
ran bien y hablaba enternecido del Arte, flor suprema
de la vida, como había dicho Betta. Tras de uno de
estos discursos los abrazos menudeaban.

Amancio había prometido a Manresa hacer lo que
quisiera en la revista; pero entonces Pérez del Corral
y sus amigos neutralizaron el efecto del ofrecimiento,
enviando a don Braulio una orla dibujada por un
aprendiz de pintor, en la cual nombraban a Manresa
jefe de la juventud intelectual de España; además, en
la orla adornaban a Manresa con el título de conde..

Ante aquel agasajo, don Braulio se inclinó definitivamente hacia la bohemia de café y comenzó a dejar
de ir por la redacción de *Lumen*.

Un día le encontró Amancio acompañado de Pérez
del Corral, y le recriminó y le dijo:

—Parece mentira que un hombre serio como usted
se deje burlar de esa gente.

Don Braulio se abroncó; pero Juan Pérez del Corral, que se sentía siempre digno y caballeresco, acercándose a Ramírez exclamó:

—Caballero, el conde de Manresa es un amigo mío,

y no permito que nadie le insulte. Mañana recibireis
sus padrinos.

Al oír Manresa que se trataba de llevarle a un desafío, protestó.

—Pero señores —dijo por la noche en el café—, ¡si
Ramírez no me ha insultado!

—¡Cómo decís que no os ha insultado, señor conde!
—replicó Pérez del Corral—. Cuando os trató, a un
caballero como vos, de hombre sin seriedad.

—Sí, es cierto, pero...

—¡Nada, nada! Silencio, señor conde. Conocemos
vuestro valor. Mañana Betta y yo iremos a ver a Ramírez y le exigiremos, o una satisfacción, o una repa-
ración por las armas.

Por más que protestó Manresa, no tuvo más remedio al último que aceptar. La vanidad pudo más que
su miedo. Cierto que el hombre pensaba huir en el
caso en que el desafío fuera a realizarse.

Este asunto entretuvo a los bohemios durante unas
cuantas semanas. Dijeron a don Braulio que Ramírez
tenía miedo, y que le habían dicho sus padrinos que
no quería batirse, porque del ojo izquierdo no veía
bien.

Entonces Pérez del Corral y Betta obligaron a Manresa a andar con una venda en el ojo izquierdo, para
que así, perdiendo la costumbre de mirar con él, pudiera presentarse en condiciones iguales ante su adversario.

El final del desafío fue un acta honrosísima para
Manresa, en la cual varias veces se le adjudicaba el
título de conde.

Silvestre, a quien hacían gracia las ocurrencias de
los bohemios, pero que al mismo tiempo sentía alguna
compasión por aquel pobre hombre de quién se reían
de un modo tan claro, insinuó la idea a don Braulio
de que estaban tomándole como cabeza de turco para
sus diversiones; pero él, con un tono desdeñoso y al-

tivo, propio de un hombre que no rehúsa acudir al terreno del honor cuando le retan, le dijo a Silvestre que no fuera majadero y que no se entrometiese en asuntos ajenos, en donde nadie le llamaba.

Paradox se encogió de hombros y no se ocupó más de él. Seguía teniendo noticias de don Braulio por Pérez del Corral.

—Le tenemos loco —decía el bohemio—; cada día fingimos un desafío entre cualquiera de nosotros y le nombramos padrino. E hombre cree que está rodeado de matones y de espadachines. A la menor cosa, ya se sabe, cuestión personal; el conde de Manresa es el que las arregla todas, y después, para celebrar el arreglo, hacemos que nos convide; luego, le llevamos a la plaza de Oriente por la noche, y allí, en broma, le pegamos una paliza. Nos abalanzamos todos sobre él con los bastones, y don Braulio con el suyo se defiende. Le damos tres o cuatro palos cada uno y echamos a correr. Entonces él nos persigue gritando: «¡Venid aquí, cobardes!» Luego nos damos por vencidos, nos reunimos con él y nos decimos unos a otros, alto, para que nos oiga: «¡Pero qué valiente es el conde!» «¡Bah! ¡Bah!», dice él. «Es que es usted terrible.» «¡Vamos, vamos, señores!» «El conde de Manresa es formidable. No hay otro como él.»

Todas las noches llora de emoción.

Otra vez Pérez del Corral contó que habían seguido una noche a don Braulio hasta su casa dándole vivas, y como él pidiera por favor que se retirasen, y no accedieran a ello, se había marchado sin querer entrar en su casa. Mientras tanto, Pérez del Corral obturó el agujero de la cerradura de la puerta de la casa de don Braulio metiendo pedazos de papel y atacándolos con un lápiz, y al volver el buen señor se encontró con que no podía abrir la puerta y se tuvo que estar en la calle hasta las seis de la mañana. Una noche los bohemios avisaron a un médico de la Casa de Socorro,

diciéndole que fuera a reconocer a un loco llamado
don Braulio Manresa; el médico fue, como es natural,
y entre él y don Braulio hubo un altercado que por
poco se pegan. Al día siguiente enviaron a todos los
amigos a preguntar en la portería de la casa de Manresa si era verdad que éste se había vuelto loco.

De esta broma se pasó a otra tan mal intencionada
o más que ésta, y que fue llenarle la badana del sombrero de papeles y hacerle creer que tenía hidroce-
falia.

—Pero, ¿qué le pasa a usted en la cabeza? —le decían.

—Le crece a usted eso de una manera enorme.

—Cuídese usted, don Braulio. Esto debe de ser
muy grave.

—Debía usted hacerse la punción.

Don Braulio, al principio lo tomó a risa; pero viendo que cada día le costaba más trabajo ponerse el
sombrero, se alarmó, e iba a llamar al médico cuando
su criada sacó de dentro de la badana interior del
sombrero más de tres periódicos puestos en tiras. Entonces los bohemios discurrieron otra barbaridad: un
desafío simulado, que iba a verificarse entre dos de la
reunión, y en el cual a don Braulio —que, contagiado
por las fantasías de los demás, aseguró entender de
esgrima— habían nombrado juez de campo.

El desafío era a sable, a todo juego; se verificaría
en el estudio de un pintor, y como don Braulio empezaba a sospechar de los desafíos por las disputas del
café siempre concluían en actas, le habían dicho que
aquél tenía una causa grave, puesto que mediaba una
dama.

La escena estaba ya dispuesta. Uno de aquellos bohemios, que era médico, ejercería su cargo y llevaría
en la mano un tubo de pintura roja. Al darle uno de
los contendientes a otro una estocada, el médico se

abalanzaría sobre el falso herido, apretaría el tubo de
pintura con los dedos y le mancharía la camisa de
rojo. Silvestre estaba invitado al acto. Paradox pensó
no ir, pero le pareció que don Braulio no podía ser
tan infeliz que cayese en el lazo, y por curiosidad fue.

El día fijado se reunieron en el estudio del pintor
más de veinte personas. Don Braulio, con la levita
abrochada, pálido de emoción, se paseaba de un lado
a otro, armado de un sable. Uno de los contrincantes
estaba allí.

La gente se reía de medio lado; se hacían alusiones
terribles a un detalle fúnebre. La media puerta de la
casa del estudio estaba cerrada porque había muerto
alguien en la vecindad.

—Mala señal es ésa —dijo uno.

—A ver si hoy hay dos muertos en la casa —añadió
otro.

—¡Señores, por Dios! —tartamudeó don Braulio.

La hora fijada para el encuentro eran las tres y media.

Uno de los que iba a batirse, un muchacho alto,
esbelto, con los ojos femeninos y graciosos, se paseaba en camiseta, haciendo gala de la fuerza de sus bí-
ceps.

De repente, después de hacer un guiño a sus amigos, dio un grito, extendió los brazos y empezó a pegar patadas en el aire.

—¡Ay madre mía! ¡Madre mía! —gritó—. ¡Tener
que morir tan joven! ¡Ay!

La gente empezó a reírse a carcajadas, y don Braulio asustado y escandalizado al mismo tiempo de la
bárbara crueldad de los espectadores, fue a socorrer
al joven y recibió unos cuantos puñetazos del socorri-
do, el cual hasta después de algún tiempo no se pudo
calmar.

Cuando ya empezaba a calmarse el del accidente,
Pérez del Corral hizo otra mueca, dio otro grito se-

mejante, y tirándose de una cama que había en el estudio del pintor, con la cara oculta en las dos manos, se entregó a una muda y sombría desesperación; cuando se le pasó el arrechucho apareció con los ojos encarnados, envuelto en un jaique que un amigo cariñoso le había puesto para que no se enfriase y con una gorrilla del pintor en la cabeza, suspirando y gimiendo.

En esto se abrió la puerta y se presentó el otro adversario: un hombre vestido de negro, de color cetrino, con unos bigotes negrísimos formidables y un sombrero cómico. Parecía un búho, un pájaro de mal agüero. Uno de sus padrinos se desembozó, y con ademán sombrío enseñó un par de sables que traía envueltos en unos periódicos, escondidos bajo la capa.

El médico se puso una blusa blanca, y en una silla colocó una caja de sobres cerrada, que hacía de arsenal quirúrgico, y un fórceps, que dijo, entre las risas contenidas de los presentes, que era para extraer las puntas de los sables. Después trajo un cubo y una escupidera. Luego desinfectó las armas, mojándolas con una bola de algodón empapada en agua de Colonia. Don Brulió tomó los sables, los midió cuidadosamente y se los presentó a los adversarios, que estaban frente a frente mirándose con odio; cada uno cogió el suyo.

—Salúdense —dijo don Braulio.

Los enemigos se saludaron con el sable.

—Ahora, un momento —dijo don Braulio, y sacó un papel del bolsillo y se lo entregó a Pérez del Corral para que lo leyese.

Éste, sin poder contener la risa, que según decía, era un fenómeno nervioso, leyó, interrumpiendo la lectura con intempestivos arrullos:

«Señores: si sólo es una cuestión de amor propio la que os hace venir al terreno del honor a exponer vuestras preciosas vidas (dos o tres soltaron la carcajada al llegar aquí, Pérez del Corral siguió leyendo); si en vuestro corazón no hay rencor ni odio, que todo el enojo caiga a vuestros pies, y daos mano de amigo; pero si hay otras causas más graves que os impulsan a batiros, entonces cumplid vuestro deber.»

Los enemigos no se dieron la mano; y al revés, se miraron iracundos.

—En guardia —murmuró don Braulio, que había ido durante tres días a una sala de armas para saber lo que tenía que hacer.

Los sables chocaron uno contra el otro.

Ahora... —balbuceó Manresa—. Adelante y sin rencor.

El de los bigotes empezó a repartir cintarazos con su sable en el del contrario; éste, algo amilanado, aunque la cosa era de broma, retrocedía. Se iba echando la noche encima; por los altos ventanales del estudio entraba la claridad triste y gris de un anochecer de otoño; uno de los circunstantes había encendido una vela; la cosa tomaba un aspecto fúnebre. Al segundo asalto el joven imberbe dio un sablazo en un costado del joven bigotudo. Éste tiró el sable y entornó los ojos; el médico se abalanzó hacia él; entonces se vio a la luz de la vela una mancha roja que se extendía por la camisa del herido, y el médico enseñó su mano llena de sangre.

Hubo un momento de confusión en todo el mundo; algunos que estaban en el secreto creían que la cosa era de veras; el pobre don Braulio estaba lívido.

Uno de los testigos del joven de los bigotes le gritaba:

—Conde, sois un asesino. Esto no es legal. Es un asesinato.

Silvestre estaba admirado de la perfección con que había ejecutado la comedia aquella cáfila de bárbaros. Transportaron al fingido herido a la cama. El médico mandó que todo el mundo se retirase. Iba a hacer la primera cura. Temía que estuviese interesado el peritoneo. Don Braulio, seguido por una comitiva de diez o doce, salió a la calle; se refugiaron todos en un café. Silvestre quería decirle que no se apurara, que todo era una farsa; pero a don Braulio no le dejaban sólo; iba rodeado y seguido por diez o doce que le ovacionaban por la calle de cuando en cuando con los gritos de «¡Viva el conde! ¡Viva el jefe de la juventud intelectual!».

A los dos o tres días Pérez del Corral contó a Paradox que le estaban dando la gran matraca a don Braulio, diciéndole que el herido había muerto a consecuencia del sablazo. Luego le dijeron que le perseguía la policía porque la estocada que había recibido el de los bigotes en el duelo no era legal, y a consecuencia de esto no se hablaba en el café más que de tercias y cuartas, quintas, fintas del'ochi de la escuela italiana, y coupés de la francesa.

Una noche, en que el mozo del café, por indicación de los bohemios, le dijo a don Braulio que el delegado había preguntado por el conde de Manresa, don Braulio sintió tanto miedo, que huyó del café inmediatamente, se mudó de casa y no se volvió a saber nada de él.

Amancio Ramírez, desolado, le buscó por todas partes; pero no lo pudo encontrar.

El borrego a quien tan admirablemente esquilaba había huido.

Entonces Amancio trató de seguir sólo con Lumen; la transformó en revista nobiliaria, con el objeto de ver si la sostenía dando sablazos a los aristócratas, y como no le resultara la combinación, visitó a algunos anarquistas amigos suyos, con los cuales no se pudo entender; tras de esto trató de avistarse con el padre Jurado —un jesuita que tenía fama de inteligente—, y como no le pudo hablar en su casa, lo esperó en el confesionario y allí le propuso cederle su revista, o hacer en ella una campaña a favor de los jesuitas. El padre Jurado lo único que le dio a Amancio fue la absolución.

Amancio, defendiendo la revista que era su cocido, estuvo heroico; dio largas al impresor, al almacenista de papel, al dueño de la casa, a todo el mundo; pidió dinero, respondiendo con su revista, y al cabo de ocho o diez meses de lucha homérica, los acreedores embargaron el periódico; los trastos de Labarta, puestos en la calle por el Juzgado, se vendieron a un trapero, y Amancio volvió a caer en la ignominia de la vida de golfo.

# XII

## [HISTORIA DE UNA VIEJA, DE UNA DENTADURA POSTIZA Y DE UNA GATA]

En el comedor oscuro y maloliente de la casa de doña Rosa, la patrona, estaban todos los huéspedes sentados a la mesa.

—¿Que le pasa hoy a don Silvestre? —preguntó Lamela, un estudiante de Medicina, gallego, a la patrona, en voz baja.

—Nada; que le han salido tres lecciones de francés al buen señor, y está muy contento.

—Yo creo que las agarra, doña Rosa —dijo Rogales, el periodista.

—¡Bah!

Doña Rosa era una mujer de cuarenta a cincuenta años, natural de Cartagena, viuda, afortunadamente, como decía ella. *Porque, hijo, no sabe ugté lo diguto que me dio mi marío...* Tenía doña Rosa un desparpajo admirable en sus conversaciones y en sus actos. Hacía diabluras; como en tiempo de exámenes los estudiantes querían tener luz, pedían a doña Rosa que llenara los quinqués de petróleo, y la patrona los llenaba, la mitad de agua y la otra mitad de aceite mineral, que quedaba sobrenadando. Cuando esta parte de arriba se consumía, la luz del quinqué chisporroteaba y se apagaba. Pero es lo que decía la patrona:

—Yo lleno los quinqués.

Otra de las ocurrencias chistosas de doña Rosa con un muchacho hambriento que tenía de huésped, y con el cual no podía porque su estómago era un tonel sin fondo, fue la de convencerle que engordaba demasiado, para lo cual todas las noches apretaba un poco la hebilla de su chaleco y la del pantalón.

El huésped se convenció de que engordaba, pero no comió menos por eso.

De las dos hijas de doña Rosa, una era corista, muy guapa, y había tenido un desliz con el jefe de la claque de un teatro por horas, del cual resultó un chiquillo, enteco y descarado, que correteaba por la casa molestando a todo el mundo y que se entretenía en comerse todo el papel que encontraba a mano. Hubo días que se comió un *Imparcial* entero, periódico por el cual manifestaba cierta predilección.

La otra hija, que era muy fea, por no ser menos que su hermana, se había amontonado con un señor viejo, empleado en el Gobierno civil, huésped de la casa, y éste, que era una buena persona, trataba de casarse inmediatamente.

Doña Rosa tenía bastantes huéspedes, no precisamente porque los tratara bien, sino porque su casa era barata. Andaba siempre a la cuarta pregunta por mor de los micos que la daban.

Pero entre todos los huéspedes que había tenido, ninguno como Pérez del Corral.

Por más que doña Rosa quiso despedirle, al ver que no pagaba, no encontró ocasión; Pérez del Corral las eludió sabiamente. Por aquella época el bohemio sólo iba a casa a las altas horas de la noche, abría la puerta con su llave, se colaba en el comedor, tomaba alguna galleta o alguna fruta, se acostaba, y a las cinco o seis de la mañana, antes de que se levantara nadie, ya estaba en la calle. Tan decidido estaba Pérez del Corral a quedarse en la casa, que, por fin, la patrona no tuvo más remedio que dejarle.

Pero no todos los huéspedes eran de la misma calaña; el mismo Rogales, que era periodista, pagaba algunas veces. Los estudiantes lo hacían con relativa puntualidad.

Aquella noche, mientras venían los obligados garbanzos, se entabló, como todas, una discusión acalorada que, más que razones, se adivinaban los odios producidos por la vacuidad del estómago.

Don Nicolás, el empleado del Gobierno civil, amante de una de las hijas de la patrona, desentendióse de la discusión, empezó a contar confidencialmente a Silvestre la réplica que había dado a su jefe en la oficina al achacarle culpas que no eran suyas; una réplica respetuosa, pero enérgica.

Don Nicolás no tenía en la boca más que dos dientes, estrechos y pajizos, que le bailaban en las encías, y para oírle había que volver la cabeza y no mirarle nunca.

—¿No es verdad que he hecho bien? —preguntó don Nicolás, que deseaba obtener el asentimiento de Paradox.

—¡Indudable! ¡Indudable! —repitió éste con el pensamiento, sin duda, en otra cosa.

—¿Podía haber hecho más?

—Un poco más..., un poco más...

—¿Cree usted?

—Sí. Un poco más no hubiera estado de más —y Silvestre murmuró al oído del empleado con cierto misterio—: Ya sabe usted lo que dijo el poeta: *Tantaene anime celestibus irae.*

Don Nicolás asintió moviendo la cabeza y entornándo los párpados para manifestar que había compren-

dido la exactitud de aquella máxima; luego, para dar
una prueba de lo mucho que se interesaba por los trabajos de su amigo, le preguntó:

—Y dígame usted, don Silvestre, ¿en qué consiste
esa máquina que dicen que usted ha inventado? He
oído algo, pero no me han dado explicaciones claras
del invento. Ya sabe que yo guardaré el secreto... si
quiere usted comunicármelo.

—¡Oh, oh! ¡Basta, basta, don Nicolás! Ya sé que es
usted un amigo, y por más que Schopenhauer y otros
filósofos pesimistas, permítame usted esta palabra...

—Sí, hombre, sí, pues no faltaba más —repuso el
viejo empleado.

—Pues bien; por más que Schopenhauer y otros pesimistas digan que la amistad es un mito, yo sé que
usted es un amigo.

—Gracias, don Silvestre, gracias —y don Nicolás es-
trechó la mano de Paradox contra su pecho—. ¿Conque decía usted que el invento?

—Mi invento es sencillísimo. Figúrese usted un
eje... Veo que se lo ha figurado usted, y en el eje,
tras..., tras..., dos ruedas, ¿eh? Bueno. Supongamos
que este garbanzo es un piñón, un piñón placentario,
digámoslo así. Bien. Este tenedor es una biela y el
aro de la servilleta un inducido. Bueno. Ahora da usted la corriente y ¿que pasa? Nada; que la fuerza se
transforma en movimiento, y ya tiene usted el aparato.

—Sí, es verdad. Claro, la fuerza se transforma en
movimiento —murmuró don Nicolás, asombrado, y al
mismo tiempo satisfecho, de la confianza que en él
depositaba Silvestre y de los conocimientos que le suponía.

—Seguían los demás huéspedes discutiendo cuando
Pérez del Corral sacó una peseta del bolsillo, falsa por
más señas, y poniéndola encima de la mesa dijo de
repente:

—Señores, encabezo con este capital una suscripción para comprar una dentadura postiza de lance, de esas que vende el prendero de abajo, para adornar la boca de nuestro amigo don Nicolás, que nos está molestando con la presencia de los dientes pajizos que tiene.

—Yo doy diez céntimos —dijo un estudiante.

—Yo cinco —añadió otro.

—Yo la papeleta de empeño de un gabán.

—El señor Corral —dijo don Nicolás— es muy poca cosa para molestarme a mí. Como le he dicho muchas veces, no debía salir de su apellido.

—¡Ah! ¡Ah! ¡Ah! ¡Bien, don Nicolás!

—¡No sea usted terrible, don Nicolás!

—¡Lo ha pulverizado usted, don Nicolás!

—¡Que ironía la de don Nicolás!

El empleado sonrió, creyendo de buena fe que había achicado al bohemio.

Entonces Pérez del Corral, empezó a hacer pucheros, se levantó, sacó de un bolsillo los restos de un pañuelo de cuadros, se tapó la cara con él y se mojó previamente los ángulos de los ojos con saliva y empezó a hacer como que lloraba.

Don Nicolás, que tenía tan buen corazón, fue a consolar a Pérez y, entre la algazara de todos, le llevó nuevamente a la mesa.

Rogales, el periodista, que se las *traía* con Paradox, le preguntó con tono irónico:

—Y nuestro ilustre inventor, ¿cómo no ha defendido a su amigo?

—¡Pst! —repuso Silvestre—. Ya ve usted que se ha defendido solo.

—Usted siempre con su filosofía, ¿eh?

—¡Pst! A mi edad no se pueden tener las diversiones que se tienen a la suya. Hay que tener alguna chifladura.

—¿Y se puede saber cuál es su filosofía? Porque nosotros todos tenemos interés en saberlo.

—Pues nada —repuso Silvestre—. Es una filosofía de un hombre que se resigna. Pérez del Corral dice que los literatos todos son unos imbéciles (echando un terrón de azúcar en el café). ¡Pst! Me resigno. Ustedes dicen que los políticos son unos bribones (echando otro terrón de azúcar en la taza). Me resigno también. Ahí tiene usted mi filosofía.

—Esto es una gansada —replicó el periodista, exasperado con la tranquilidad desdeñosa de Paradox.

—He aquí un epifonema de mal gusto —murmuró Silvestre sonriendo con amabilidad.

—El mal gusto es una de sus cualidades, sabio profesor.

—Efectivamente, tengo el mal gusto de oir sus..., digámoslo en francés *platitudes*.

El periodista se calló y Silvestre siguió tomando su café; preparó su pipa, mezclando el tabaco con pedacitos de hojas de eucaliptus glóbulus, y se puso a fumar.

—Pues sí, don Nicolás —añadió, dirigiéndose al empleado y señalándole con la boca—. En serio. Debía usted decidirse a que le arrancasen esos dientes y le pusieran otros postizos.

—Crea usted, no me atrevo; se me figura que con dentadura postiza no se debe comer bien. Me han dicho que hay algunos que tienen una *vávula*. Pero ¡Qué sé yo! No creo que se coma bien.

—¿No? Sí, hombre; no se ha de comer. Admirablemente. Si le oyera a usted míster Philf se hubiera indignado. Éste aseguraba que tener una buena dentadura postiza, colocada por él, valía más que todos los incisivos, caninos y molares que la madre Naturaleza pone en los alvéolos dentarios.

—¿Y quién era ese señor? ¿Algún chiflado? —preguntó don Nicolás.

—Si era amigo de don Silvestre, no sería extraño —dijo Rogales.

—Joven, joven. Se desliza usted por el camino resbaladizo de la injuria —murmuró Paradox—. Pues sí, míster Philf era un dentista inglés, alto, grueso, entusiasta de su arte, serio, muy serio, humorista a veces y aficionado al camelo en sus ratos de ocio. El pobre creo que murió en El Cabo —y Silvestre movió la cabeza tristemente.

—A mí las bromas de este tío me hacen la pascua —dijo Rogales en voz alta, y, levantándose de la mesa, se marchó del comedor.

—¿Y qué iba usted a decir de ese inglés? —preguntó Pérez del Corral, que tenía muchos puntos de contacto, en su manera de ser, con Paradox.

—¡Ah! Sí. El pobre Philf —siguió Silvestre—. Un día me dijo enternecido: «¡Los dientes postizos! Gracias a ellos conservo yo la vida.» «¿De veras, le pregunté yo?» «¡Oh, yes! —replicó él, y me contó lo siguiente—: En una ocasión, en la India, me encontré rodeado de unos cuantos fanáticos adoradores de la diosa Kali.»

—¿Se habían escapado de *Las hazañas de Rocambole?* —interrogó Pérez del Corral.

—Eso mismo le pregunté yo, pero no; me aseguró que eran auténticos. «Me rodearon —siguió diciéndome—, se pusieron a bailar alrededor de mí y prepararon el arma homicida. Yo intenté convencerles de que no se mata a un súbdito de Su Graciosa Majestad como a un cualquiera nacido en una nación débil; pero al dirigirles mi *speech* se me trabó la lengua, y los dientes se me escaparon de la boca y cayeron al suelo sin romperse.» Sin romperse, repetía el inglés, y decía: «Esto no era nada extraño; la dentadura la había hecho yo... La limpié y la coloqué en su sitio. Los indios, al ver aquello, quedaron admirados. Yo, aprovechándome de su estupefacción, repetí la suerte; di un paso hacia adelante, luego una palmada, con la mano izquierda indiqué un momento de pausa y de atención, agarré nuevamente la dentadura, hice un terrible gesto de dolor y la mostré triunfante a los fanáticos. Entonces, a una, todas las cabezas se inclinaron, y desde el gran sacerdote hasta el último de aquella tropa de bárbaros me adoraron como a un señor sagrado. Allá estaba yo perfectamente; ¡oh, *yes*, perfectamente!»

—¿Y por qué se marchó el inglés de allá? —preguntó el bohemio.

—¡Ah, amigo! Míster Philf estaba aburrido de enseñarles su dentadura para imponerles respeto.

—Efectivamente, debe ser molesto y poco agradable estar todo el día con la dentadura postiza en la mano —murmuró Pérez del Corral.

—De manera que las dentaduras de ese señor —preguntó don Nicolás— no se rompían nunca?

—Yo —dijo Silvestre— le he visto a él tirarlas al suelo, patearlas, darlas con un martillo... Nada. No sé qué caucho tenían. He oído decir que era de una mina especial.

—¡Quizá de esa mina del Asia de caucho vulcanizado —añadió el bohemio.

—Quizá. Lo que es cierto es que las dentaduras de Philf tenían un no sé qué de extraño. Él aseguraba que daban a la cara una sonrisa agradable.

—¿Y ese señor, murió?

—Sí. En el Cabo de Buena Esperanza. ¡Lástima de hombre! Era un perfecto *gentleman*, un poco borracho, eso sí, pero un perfecto *gentleman*. Y un hombre de talento. Yo, cuando me contó eso de su salvación de la muerte por la dentadura, le relaté un caso curioso, algo macabro; el de una dentadura sonriente:

«Fue también un inglés —le dije—, no recuerdo su nombre, el que colocó la dentadura a una vecina mía, cuando yo estaba en Burgos. La señora, que se llamaba doña Justa, y era vizcaína, habitaba en el principal de la casa. En la vecindad se la conocía por la señora del gato.

»La dentadura de esta señora es una dentadura magnífica, reluciente, de esas neumáticas que hacen *clac* cuando se fijan al paladar; una dentadura que le había costado la friolera de seis mil reales.

»Cuando se posee una dentadura de seis mil reales que hace *clac* como aquélla, se contrae la obligación de cuidarla, y doña Justa la cuidaba con *amore*... Nunca había tenido hijos; su marido había muerto; ¿qué de particular tenía que hubiese depositado todos sus cariños en su dentadura y en su gata?

»Por lo demás, este animal era merecedor de tan cariñosa solicitud. Era una gata blanca y amarilla, sobona y mimosa. Tenía en la cabeza una combinación de manchas tan regulares, que parecía estar peinada con raya, una raya tan bien trazada, que para su cabeza le hubiera querido un gomoso.

»Doña Justa se enternecía al ver al animal y temblaba..., temblaba, sí, porque la gata se iba haciendo vieja y no tenía ni una cría con aquella combinación de manchas en la cabeza.

»Doña Justa hubiese deseado otro gato igual; así que cuando la gata empezaba a maullar por los pasillos, la buena señora ponía su nariz ganchuda en el cristal de la ventana del patio y observaba los gatos que por allí andaban, y discurría y pensaba quién de todos aquellos animales podría ofrecer, en su unión con la gata, más garantías para perpetuar las deseadas manchas.

»Cuando hacía su elección iba a la cocina y decía a las muchachas, en estilo de Geraudel, el de las pastillas para la tos:

—»*Digáis* a Patricio que coja el gato pardo y lo suba.

»—Pero, señora —decía la muchacha—, si ese gato debe ser hembra.

»—No —aseguraba la otra—; pero debe de estar capado.

»Se discutía la cuestión. Se pesaba el pro y el contra, y por fin, si se decidía, se le daba a Patricio el encargo de que subiera el animal. Éste, que era bastante bruto, traía al gato, y después de asegurar bajo su honrada palabra de asturiano su integridad, la del gato se entiende, lo dejaba en la casa.

»El recién venido y la gata amarilla se repartían sendos arañazos e iban a ocultar sus amores tras de algún mundo, que quizá les parecía pequeño, como a tantos amantes, y al cabo de algunos días se presentaba ella maullando hipócritamente, y al galán se le enviaba a la escalera con viento fresco y un par de puntapiés de regalo.

»Pasado el tiempo reglamentario, a la gata se le hacía una mullida cama en la parte baja del armario del comedor, y el día en que los signos de probabilidad se convertían en signos de certeza, doña Justa se sentaba en su poltrona, junto al armario, y esperaba el supremo momento, llena de emoción, con el corazón palpitante.

»De cinco en cinco minutos gritaba:

»—*Fransisca*, Petra, *miréis* a ver si hay algo.

»Francisca y Petra miraban una vez y otra. Hasta que, ¡aleluya!, allí estaban.

»—A ver, a ver —decía doña Justa con ahogada voz.

»E iban apareciendo, a medida que los sacaba la muchacha a la luz del día, gatillos como lagartijas, agarrados de la piel del cuello. La gata asomaba la cabeza por la puerta del armario y miraba con sus ojos pálidos lo que hacían con sus crías.

»—Pero qué, ¿no tienen el *peinado*? —preguntaba doña Justa con verdadera consternación.

»—No, ninguno —decían las muchachas.

»Doña Justa se quedaba pensativa, y después, resignada ante aquel golpe del destino, se metía los dedos en las narices y decía con voz triste a la Francisca o a la Petra, señalando a los cuatro o cinco engendros de la pobre gata vieja:

»—*Echéis* eso por la alcantarilla.

»A fuerza de hacer pruebas con su gata, ésta se debilitó y murió. La pobre doña Justa no pudo resistir al fallecimiento de su animal querido, y sintió tal melancolía, que enfermó de una pasión de ánimo gravísima. Luego, de tanto pensar en las crías de su gata, se le metió en la cabeza que, a pesar de sus setenta y ocho años, se había quedado embarazada, aunque no se figuraba de quién, y mandaba a sus sobrinas preparar los pañales y las gorritas para el recién nacido, con gran algazara de todos.

»Se tomaban a chacota las palabras de la pobre vieja, y los sobrinos andaban por la casa revolviendo armarios y husmeando los rincones para encontrar algo que meterse en el bolsillo.

»Una noche doña Justa se agravó tanto, que se llamó al canónigo gordo de la casa de huéspedes del piso de arriba para que confesara a la enferma, [el cual dijo que la buena señora se encontraba en el exclusivo y crítico momento en que una untura en los pies y en las narices, sirve para que el alma de los hombres suba a las celestes regiones, siempre, como es natural, de que el untado tenga alma].

»Mientras llegaba el vicario, el canónigo, [que tenía las facies estúpidas de un animal cebado y] que se pasaba la vida jugando al tute con la hija de la patrona, sacó un libro del bolsillo y se puso a leer las oraciones de los difuntos, equivocándose a cada palabra.

»Un cura vino con la Unción y se marchó en seguida. El canónigo gordo seguía equivocándose y mirando de reojo a doña Justa para ver si había concluido, y viendo que no, sacó un escapulario de la Virgen del Pilar y lo acercó a los labios de la enferma.

»[Aquello fue de una eficacia inaudita,] al momento doña Justa torció la cabeza y dejó de alentar. Entonces el canónigo gordo se guardó el libro en el bolsillo y se volvió a su casa.

»En seguida las vecinas comenzaron a vestir a la muerta, tirando de aquí, rasgando de allá, hasta que lograron ponerla un hábito negro.

»Luego, a la sacristana, también vecina de la casa y que no tenía dientes, le pareció muy mal que la pobre doña Justa pasara a presencia de Dios sin herramientas en la boca. La dentadura postiza, aquella hermosa dentadura que hacía *clac*, se le había escapado al morir de entre los labios y había ido rodando hasta el suelo.

»La sacristana, viendo que las vecinas eran de su opinión, metió con mucho cuidado, como quien hace una delicada operación quirúrgica, los dedos en la boca de la muerta, introdujo después la dentadura y... *clac*. Luego le puso en la cara un pañuelo negro para sujetarle la mandíbula y adelantó la capucha del hábito para que no se viese el pañuelo.

»¡Nadie sabe los instintos artísticos que hay en el alma de una sacristana!

»Al día siguiente los labios de doña Justa se habían contraído de una manera tan notable, que parecía que estaba sonriendo. Era una sonrisa la suya tan alegre, tan alegre..., que daba miedo.

»Todos los amigos y parientes, cuando la vieron, decían:

»—¡Pobrecilla! ¡Está sonriendo!...

»Míster Philf —concluyó diciendo Silvestre al terminar su relato— sonreía también.

»—¿Qué le pasa a usted? —le dije—. ¿No cree usted en mi historia?

»—¡Oh..., *yes..., yes...,* seguramente..., seguramen-

te! —me dijo—. ¿No he de creer? ¡Si la dentadura de
doña Justa la hice yo! Esto no tiene nada de extraño.
Mis dentaduras son siempre joviales; sonríen lo mismo
antes que después de la muerte.»

—¡Conmovedora historia! —murmuró Pérez del Corral llevándose el pañuelo de cuadros a los ojos.

—¡Triste, triste en verdad! —repuso Silvestre.

—Pero ¿es cierto? —preguntó don Nicolás.

—El hecho existe —dijo Silvestre—. Ahora, el
cómo no me lo explico.

Y después de hecha esta aclaración, dio las buenas
noches y se marchó a su guardilla.

# XIII

## [UNA CONQUISTA DE DON JUAN PÉREZ DEL CORRAL]

La noticia se comunicó con una rapidez vertiginosa; no se hablaba en toda la vecindad más que de los repetidos escándalos que se producían a causa de las relaciones de Pérez del Corral con la sobrina del administrador de la casa, Elvira Bardés.

Los hombres se indignaban contra el marido, de quien decían que era de los predestinados apacibles; las mujeres de la vecindad se sentían ofendidas, no por el hecho de los amores adúlteros, sino porque no comprendían la condescendencia de Elvira por un hombre tan feo como el bohemio.

Pérez del Corral, con toda la jactancia de hombre de ilustre prosapia, despreciaba las hablillas y se pavoneaba, tomando ante los demás huéspedes posturas académicas de olímpico desdén.

Elvira, la sobrina del administrador, vivía en el piso segundo de la casa. Era mujer de unos treinta años, alta, morena, esbelta, con la mirada oscura, sombreada por las cejas o por las pestañas; sus ojos de cerca eran claros y verdosos, aunque daban la impresión de ser negros; la boca algo grande, de labios pálidos y finos.

Su marido, Narciso García Ortí, empleado en Gobernación, era hombre grueso y sonrosado, de barba rubia, frente ancha y espaciosa y aspecto de sabio; pero, a pesar de su aspecto, el caudal de sus ideas era tan escaso y tan corto el número de sus palabras, que tenía que repetir y parafrasear todo lo que oía a los demás, porque a él no se le ocurría nunca nada.

Cuando hablaba, su mujer le miraba con un afectuoso desdén. Elvira le elogiaba siempre en su presencia y en su ausencia; podría haber un marido tan bueno, ordenado y económico como él, pero más, imposible. Luego era hombre que todo lo hacía con acierto; hasta para expulsar el sobrante de la bebida, como diría Sganarelle, tenía acierto su marido, según aseguraba Elvira, cualidad que no era obstáculo para que le engañase, y, lo que era más notable y monumental, para que tuviese celos de él.

Nadie hubiera sospechado las relaciones de Elvira y Pérez del Corral si Elvira, dando prueba de poco talento o de una gran despreocupación y desahogo, no hubiese tenido la ocurrencia de despedir de mala manera a una criada, que descubrió, a todo el que quiso oírle, el nefando contubernio.

La muchacha contó que cuando bajaba el señorito Juan, Elvira la enviaba con los niños a dar una vuelta a la plaza de Santo Domingo. Pero, aunque de pueblo y alcarreña, no se mamaba el dedo. ¡No que no! ¡Hizo cada prueba! Llegaba a casa y veía a su señorita pálida y ojerosilla. «¡Oh Jesús!», decía, y se marchaba a la cocina y rompía los oídos de su ama cantando unas coplas que concluían con este espiritual estribillo:

Flor y guin dingui,
flor y guin danga.

El conejito
de finas lanas...

Luego, la condenaba alcarreña estudiaba la cama;
unas veces veía en ella barro... de las botas del gran
cochino Del Corral, como le llamaba ella; otras, ponía
intencionalmente la colcha con el lado de los pies a la
cabecera, y por la noche inspeccionaba la cama y veía
que la colcha estaba bien puesta, con lo cual suponía
que habían deshecho la cama y la habían vuelto a hacer, sin fijarse en el detalle. Con este motivo volvía a
darle unos repasos a la estúpida cancioncilla.

Y no sabía cómo aquel Corral, o demonios, le gustaba a la señorita. Gracias que el amo era muy bueno,
demasiado bueno, un *pagüé*, y no hacía una barbaridad por amor de los niños.

Las indiscreciones de la muchacha se comentaron en
toda la casa; los huéspedes comenzaron a dar bromas
a Pérez del Corral, que no negó nada.

—¿Para qué negarlo? —dijo.

Y como le hicieran reflexiones morales, dijo:

—Cada uno tiene su moral. La de Maquiavelo o la
del divino César Borgia no va a ser la misma que la
de un patán cualquiera. Esa moral de los burgueses a
mí me parece *francamente cochina*. Mi moral es la de
los hombres superiores.

El triunfo aquel engrió de tal modo a Pérez del Corral, ya que se creyó en el caso de contar como cosas
a él ocurridas todas las fantasías que le venían a la
imaginación. A ser ciertas la mitad de las cosas que
contaba de su vida, fuera hombre más emprendedor
que Pizarro, más cínico que el marqués de Sade, más
aventurero que Cellini, más seductor que Lovelace o
Don Juan. ¡Los crímenes que había cometido! Empezó su carrera de criminal envenenando de chico a su
tía con polvos para matar ratones, y después de matarla robó en la casa una bolsa llena de onzas. Luego

cometió algunos delitos de poca importancia: estupros, violaciones, secuestros, algún que otro asesinato de vez en cuando. Poca cosa.

—Comprendiendo que España no tenía bastante espacio para sus hazañas, dio en América, y allí, en un período de cuatro o cinco meses, se batió casi diariamente.

—Me baleé, como decimos en América, ¿sabe?

Tuvo cincuenta y cuatro desafíos, ni uno más ni uno menos: mató indios a montones; a Chucho el Roto, el bandido más terne del Yucatán, le robó la bolsa y el caballo y le perdonó la vida porque era un valiente. Después preparó una sublevación en una de las Repúblicas americanas, y le tuvieron que expulsar del territorio de la República como extranjero pernicioso.

—Si hubiera seguido allí —solía decir convencido—, a estas fechas yo sería coronel general —capitán general le parecía poco.

—Una vez —contaba— estábamos mi amigo Gorostiza, un antiguo capitán negrero vascongado, y yo en Colón. Gorostiza tenía una goletilla para el comercio de cabotaje y no hacía negocio. Entonces le dije yo: «¿Por qué no nos dedicamos, como otros, al comercio de chinos?» En el *ébano* ya no era fácil comerciar. «¿Con esta cáscara de nuez —me dijo—: Con esta cáscara de nuez se puede dar la vuelta al mundo —le contesté—: Usted se compromete a venir conmigo?» «Yo —le repliqué sonriendo— voy hasta el infierno.»

—Salimos para China y volvimos al Brasil con doscientos chinos. Ganamos en el viaje quince mil duros cada uno.

—Pusimos una casa de juego con aquel dinero, y al principio ganamos; pero luego perdimos el dinero y la casa de juego, de la cual se apoderó un catalán. Viéndonos sin un cuarto, un día nos dispusimos a robar la casa de juego. Se tallaban miles de duros. Gorostiza y yo y tres indios nos presentamos armados hasta los dientes.

Entramos en la sala. Yo me acerqué a la mesa, cogí el quinqué y lo estrellé contra el suelo. «¡Mueran los gachupines!» gritaron los indios, y empezaron en la oscuridad a acuchillar a todo el mundo. Gorostiza y yo metimos el dinero en dos sacos; teníamos dos caballos preparados en la puerta, montamos, y al galope, ¡hala, hala! Al cabo de poco tiempo notamos que nos seguían veinte o treinta hombres y nos disparaban; nosotros nos agachábamos, y pim, pam, y *tsin*, las balas que silbaban en nuestros oídos; iba a hacerse de día; a una legua o cosa así veíamos la pampa entre nieblas. Rendidos, muertos, llegamos a un bosque y pudimos escaparnos de nuestros perseguidores. Dos días después nos acercamos a un puerto y nos metimos en un barco italiano; al salir de la sentina, en donde nos escondimos, nos encontramos con que nos habían robado el dinero. El capitán nos insultó, yo le desafié, y entonces, él, por castigo, nos hizo desembarcar y nos abandonó en las costas de Guinea. Un misionero inglés que iba en el barco, y que llevaba varias cajas llenas de Biblias protestantes, nos rogó que repartiéramos los libritos entre los salvajes; le dijimos que sí, y Gorostiza y yo entramos en un bote, sin armas y con tres cajones de Biblias. Allí nos entendimos por señas con los salvajes, bonísimas personas, y a mí se me ocurrío, en el mismo momento de echar pie a tierra, una idea admirable. Las tapas de las Biblias eran de cuero y servían perfectamente para hacer sandalias. Pusimos un taller de sandalias y, cambiándolas por colmillos de elefante, que luego vendimos a un comerciante inglés, pudimos venir a Europa.

Entonces Pérez del Corral se sintió herido por la gracia divina, y entró en un convento de trapenses; pero no encontrando allí la calma y el descanso que buscaba se escapó del monasterio.

Pérez, en la esgrima, según aseguraba él mismo, no

tenía rival; desde la lanza y la flecha hasta la ametra-
lladora no había para él arma que no supiera manejar;
sólo él conocía la técnica de esas estocadas terribles
que se dan extendiendo las piernas hasta llegar a tocar
el suelo con el cuerpo; sólo él sabía dar aquellos gritos
terribles de *joló, joló*, gritos de la escuela italiana que
amilanan en un cuerpo a cuerpo al adversario más valiente.

Con las seducciones que desplegaba Pérez del Corral no eran de extrañar sus éxitos.

La conquista de Elvira la hizo en el teatro.

—Me encontré sentado cerca de ella, que estaba
con su marido —dijo—, y como la conocía de salu-
darla en la escalera, nos pusimos a hablar. Es una
mujer de muchísimo talento. A la salida del teatro los
acompañé a casa y les dije que si me permitían iría a
visitarles. Al día siguiente me enteré de las horas de
oficina del marido, y sin encomendarme a Dios ni al
diablo, a media tarde, cuando el otro no estaba, me
presenté en su casa. Ella, al verme, se puso seria; luego se echó a reír. Hablamos un rato.

—Y si yo ahora —le dije sonriendo— os diera un
abrazo, ¿qué haríais?

—No se atrevería usted —murmuró mirándome a
los ojos.

—Yo la agarré por el talle; entonces ella quitó mi
mano de su cintura, y con la gracia que tiene, me
dijo:

—¡Es usted más sobique! ¿No sabe usted que soy
casada?

—¿Y qué? —repliqué yo con esa arrogancia que me
caracteriza...—. Cedió... como todas..., no podía menos.

El escándalo fue tomando proporciones; Pérez del
Corral no dejaba un momento la casa de Elvira, en
donde comía. El marido no se daba cuenta de nada.
Pérez llevó su cinismo hasta el extremo de presentar
en casa de Elvira a Rogales, uno de los huéspedes de

doña Rosa, un periodista, con el objeto de que co-
nociera a una viuda llamada Isabel, amiga y confiden-
te de Elvira, por si la viuda y el periodista se enten-
dían.

La viuda parecía de buenas entendederas, y ella y
el periodista se entendieron fácilmente; la casa del pobre empleado de Gobernación empezó a convertirse
en un burdel. Elvira no se recataba ni aun delante de
gente; cuando estaba en presencia de algunas personas
y no podía temer ninguna acometida del bohemio, le
provocaba, le pisaba los pies, ponía una rodilla en
contacto con las suyas. Otras veces, cuando iba a arreglar los leños de la chimenea, se ponía de rodillas en
un trozo de cinc que había delante del hogar y, disimuladamente, rozaba con su pecho las piernas de Pérez del Corral, que, friolero como un gato, se calen-
taba en la chimenea.

El bohemio se estremecía con el contacto; la miraba
a sus pies y la veía con la cabeza inclinada hacia el
fuego, enseñándole la nuca, con los negros bucles
arremolinados en el cuello, blanco como la leche, y
sorprendía la mirada de Elvira, de abajo arriba, que
rozaba las cejas, una mirada burlona, llena de voluptuosidad, que a Pérez del Corral le hacía temblar
como si le cosquilleaban en la médula.

Rogales, el que se quedó con la viuda, era chiquitín, movedizo y dicharachero. Tenía la cabeza pequeña, los ojos de un azul verdoso, asombrados, enton-
tecidos; el pelo rubio y la expresión cínica; la voz
fuerte y ronca, que no se comprendía en un hombre
tan pequeño; la sonrisa banal, cuando no era insolente; el aspecto de un niño encanijado, de esos chicos
que vienen al mundo con vilipendio en la alcoba de
alguna horizontal, de padre desconocido y madre cla-
sificada.

Isabel, la viuda, tendría treinta y dos o treinta y tres
años; era gruesa, colorada, con los labios abultados,

sensuales, muy charlatana. «Mi difunto marido, que
fue gobernador de Filipinas. En Bitondo, en donde
solíamos dar bailes...»

La conversación de la viuda versaba siempre acerca
de cosas del Archipiélago. Isabel tenía una niña, Consuelo, a quien los de casa llamaban Nenita, una muchacha de unos catorce años, anémica, descolorida,
con cara de viciosa, impertinente como pocas, que
siempre estaba echando sangre por las narices.

Las dos parejas de enamorados se reunían por las
tardes en casa de la viuda, que vivía unos números
más abajo de la misma calle que Elvira; a Nenita, su
mamá la enviaba al colegio y los cuatro se quedaban
en un gabinete pequeño, adornado con un gusto pé-
simo, lleno de mantones de Manila con flores y pájaros bordados por todas partes y con algunos muebles
de pacotilla, cubiertos materialmente por *bibelots* de a
real y medio.

Isabel y Elvira se encontraban en sus glorias; cantaban tangos en voz baja, bailaban y jugaban a las
cartas. Elvira era una especialidad en los cantos populares, y más le gustaban y mejor los cantaba cuanto
más escandalosos eran. Había en su alma una necesidad de rebajamiento y de perversidad extraña. Con el
pretexto de ir a ver a su amiga, Elvira salía de su casa
aprovechando las horas de la noche en que su marido
tenía que estar en el Ministerio; se reunían las dos
parejas, y Rogales, que conocía a fondo todos los cha-
bisques madrileños, les llevaba algunas veces a cenar
a las tabernas, a algún gabinete reservado, a las buñolerías y a los cafés cantantes.

Rogales, que estrenó una zarzuela en un teatrucho,
acompañó a las dos a verla desde un palco. Isabel y
Elvira se divirtieron, según dijeron, la mar. Había en
la zarzuela de Rogales un papel de golfo, que el cómico que lo representaba lo hacía admirablemente.
Era cosa de verle, desharrapado, con el traje lleno de

remiendos, envuelto en una bufanda rota, los labios
contraídos por una sonrisa socarrona, mordiendo una
colilla con sus dientes negros. Representaba el tipo de
hombre haragán, desvergonzado, perezoso, indolente.
«¡Anda la osa!», decía a cada momento, y todo el público celebraba la gracia a carcajadas.

Era una verdadera creación aquel tipo, y al mismo
tiempo una apoteosis: la apoteosis de la bajeza, de la
desvergüenza, de la golfería; la encarnación de lo más
encanallado del arroyo madrileño.

Isabel y Elvira reían como locas al oír las enormidades que se decían allí, y aprendían frases. Aquel
tango que se cantaba en la zarzuela, comparando a la
mujer con un reloj, y en el que se decía:

> Al casarse se la da cuerda
> y la hora empieza a marcar
> aunque algunas tanto adelantan
> que hay que darlas dos bofetás

les pareció a las dos delicioso.

Rogales se regodeaba viendo el entusiasmo que producía su obra. Pérez del Corral, ofendido por el éxito
de su amigo, no encontraba ninguna gracia a la zarzuela, y lo manifestó así varias veces.

Desde aquella noche disminuyó la cordialidad de relaciones entre las dos parejas. Pérez del Corral creyó
que su amigo se había ofendido por sus observaciones;
pero no era ésta la causa. Rogales, enterado de que
la viuda tenía cuartos, empezó a tomar en serio las
relaciones con Isabel, y le propuso casarse con ella.
La viuda aceptó la proposición, y Rogales, que era un
burguesito a pesar de su envoltura de periodista des-
preocupado, hizo que Isabel, ya su novia formal, dejara de reunirse con Elvira.

—Una mujer casada, ¡Qué demonio!, no está bien
que haga lo que hace Elvira.

Elvira no perdonaba a su amiga el abandono. Seguía sus relaciones con Pérez del Corral, pero se iba ya cansando; en cambio, el bohemio estaba cada vez más enamorado de ella.

Iba pasando el escándalo al estado crónico; la vecindad comenzaba a olvidar al bohemio y a Elvira, y a medida que la indiferencia de los vecinos aumentaba, Elvira se manifestaba más indiferente. La llegada de su hermano Higinio, que la puso en un compromiso, avivó en ella por unos días el interés hacia su amante.

Higinio era hombre bajito, regordete, barbudo como un turco; viudo de estado y hasta de profesión, porque no era otra cosa. Tenía un aspecto tristón, cara de Cristo mal pintado en un cuerpo de Sancho Panza; su frente, con un surco profundo en medio, no medía dos dedos de alta; el pelo le bajaba formando en medio un pico hasta cerca del entrecejo; su color era verdinegro, y dos círculos negruzcos de color breva, rodeaban sus ojos tristes. Cuando tenía que pensar o recordar algo, el pico de su pelo casi se metía entre sus dos cejas; parecía que con este esfuerzo le debían de crujir y de crepitar los sesos. A llorón no le ganaba nadie; tenía las lágrimas tan a punto, que cualquiera hubiera dicho que las guardaba en el bolsillo del chaleco; la menor cosa que leía en los periódicos le daba ganas de llorar; el relato de una función patriótica, la acción heroica de un soldado. Cuando leía o escuchaba alguna cosa de éstas se quedaba mirando fijamente con ojos de carnero moribundo y la cara muy compungida, e iban apareciendo lagrimones, uno tras otro, en sus mejillas. Tenía Higinio condiciones de animal doméstico; sabía hacer la comida, pasear a los niños y cuidar enfermos. Era de esos mentirosos que creen en sus mentiras. Lo que él había visto no lo había visto nadie. Las cosas que sabía eran dignas de cualquier inspector de policía de Montepin o de Ponson du Terrail. El pobre de la esquina era dueño de tres casas; el barbero de la plaza abortador y masón;

el señor de enfrente, escapado de presidio; la viuda del coronel, echaba las cartas; el portero del 3, jefe de una sociedad secreta.

A pesar de su aspecto llorón, Higinio había sido un perdido, de esos perdidos en tonto, sin gracia ni travesura. Había pasado años y años escamoteando a su tío fardos de cuero en el almacén, hasta que hizo robos tan descarados, que don Policarpo Bardés le despachó de su casa, en donde estaba de dependiente.

De ahí había provenido la ruptura entre el sobrino y el tío.

El día en que Higinio se presentó en la casa de Elvira estaba Pérez del Corral de visita calentándose al fuego, hablando como marido y mujer. Ella presentó su hermano al bohemio; Higinio saludó friamente a Pérez y le alargó la mano; una mano húmeda y bastante sucia, como quien entrega una prenda para echarla a la colada; Pérez del Corral tomó la mano de Higinio y la dejó con rapidez.

—¿Cómo sigues? —preguntó Elvira a su hermano.

—Así, así; ¿y qué tal abajo? —dijo Higinio con voz sepulcral—. ¿Cómo está el tío?

—Bien.

—Me alegro mucho. Tengo que hacerles una visita.

—¿Has hecho algo? ¿Estuviste en esa casa de comercio que te recomendó éste?

Éste para Elvira, era siempre su marido.

—Sí.

—¿Y qué?

—Nada —e Higinio hizo un ademán de profundo desaliento.

—Pero, hombre —saltó Narciso removiendo con las tenazas la leña—, no seas embustero. ¡Si no hablaste con el principal! Me lo ha dicho. Todavía te está esperando.

—No pude ir —añadió Higinio sin turbación alguna al verse cogido en la mentira—. Mi suegra está mala.

—¿Y qué haces ahora?

—Cuido a la abuela y trabajo algo con mi suegro.

Esta aserción era falsa a todas luces. Higinio no había trabajado nunca; el trabajo no entraba en sus planes. Su vida se deslizaba plácidamente; se levantaba temprano y hacía las camas, dejaba a su hija en el colegio y se marchaba de casa a dar una vueltecita por el Retiro o por la Moncloa. Su suegro le miraba salir desde su carpintería, y, al verle, algunas veces decía entre dientes: «Lo que es este ganso no servirá nunca para gran cosa.»

Como Higinio no tenía dinero, solía ir a casa de su hermana a pedirle para tabaco, y entre lo que le daba ella y algunos negocios, como el de venderle las virutas de la carpintería a su suegro, iba pasando.

El día aquél, después de la petición de siempre, que no dio resultado, Higinio se marchó de mal humor. Al salir Pérez del Corral de la casa a la calle fue abordado por Higinio.

Hablaron los dos largo y tendido, y terminada la conferencia misteriosa, Pérez del Corral subió a su casa preocupado y en la mesa comenzó a hacer sus preparativos para dar un sablazo.

Los compañeros de hospedaje, al verle venir, se armaron de prudencia, y cuando Pérez del Corral hizo maniobrar su sable, con la técnica de la esgrima española, nadie se dio por aludido.

A Silvestre, que le pareció el más asequible, el bohemio le dio repetidos ataques al bolsillo, y le fue a ver a su cuarto. Allí le contó que el hermano de su querida le había amenazado con decírselo todo al marido si no le daba cuarenta duros. Pérez del Corral no los tenía.

—¿No tiene usted nada que empeñar? —le dijo Silvestre.

Pérez del Corral, con un gesto de arrogancia, metió la mano en el bolsillo del pecho de la americana y sacó un montón de papeles, que podían constituir un tomo.

—¿Qué es eso? —le preguntó Silvestre.

—Papeletas de casas de préstamos; ya veis si me quedará algo que empeñar.

Silvestre no tenía más que tres duros disponibles; pero esto no era óbice, como dijo Pérez del Corral, y fue bastante amable para guardarse aquel dinero. Luego añadió que si quería entregarle alguna alhaja o ropa la tomaría también. Silvestre entregó al bohemio unos pantalones, una *Historia de España* de Lafuente y unas revistas inglesas. Pérez del Corral e Higinio fueron a empeñar todo esto y encontraron quien les diera dinero. El producto del empeño lo jugaron y ganaron. Silvestre, al día siguiente, recibió una carta por el Continental Exprés firmada por el bohemio para que fuese a un colmado de la calle de Arlabán. En un cuarto encontró a Higinio y a Pérez del Corral, que ya se hablaban de tú, completamente borrachos los dos. Llegó a tanto la generosidad del bohemio, que al día siguiente le devolvió a Silvestre un duro, en la mesa, delante de todo el mundo, con su arrogancia principesca, el cual tomó Silvestre entre irónico y agradecido.

# XIV

## [REUNIÓN DE MEDIO PELO]

Narciso García Ortí, el marido de Elvira, tenía una hermana, hija del mismo padre y de distinta madre. La hermanastra se llamaba Gloria, y era una niña insoportable como ninguna, que estudiaba en el Conservatorio canto y declamación. La mamá de Gloria, madrastra de Narciso, cultivaba las facultades escénicas de la niña. La había llevado a que la probaran, así decía ella, los mejores literatos y autores dramáticos, y todos, todos, habían dicho, después de la prueba, que la muchacha tenía una verdadera disposición para las tablas y un gran porvenir en el teatro.

Gloria había aprendido con más gusto y entusiasmo poesías líricas que dramáticas; recitaba el *Vértigo* de una manera vertiginosa, y para la *Canción del pirata...*, ¡oh!, para la *Canción del pirata* y para otras poesías de Espronceda, de Núñez de Arce y de Campoamor no había otra cosa como ella.

—Di aquello de *¡Quién supiera escribir!* —decía a lo mejor su madre, mujer gorda y grasienta que hablaba con voz aguda y repulsiva, en una casa en donde estaba de visita.

—Pero, mamá. Ahora no viene a cuento —replicaba descaradamente la chica, con un ademán y gesto que trascendía a la legua a Conservatorio.

Pero como la gente de la reunión aseguraba, más o menos resignada, que tendría mucho gusto en oír la poesía, Gloria empezaba a recitar los versos de *¡Quién supiera escribir!,* diciendo unas cosas muy bajo, muy despacio, con una voz temblorosa y entrecortada, como si tuviera asma (ésta era la voz del cura); y luego, muy de prisa, con la boca en forma de corazón, haciendo pliegues en la falda y mirando al suelo, cuando hablaba la niña que quería saber escribir.

La chica tenía porvenir en el teatro. ¡Vaya! Había representado, con un éxito grandísimo, en el Salón Cervantes, *El gorro frigio y Niña Pancha,* en una función organizada por varios jóvenes del comercio a beneficio de una familia venida a menos. En aquella memorable velada la obsequiaron sus admiradores con tres palomas, adornadas con cintas, que volaron raudas por el anchuroso coliseo y sirvieron después de cena, desprovistas de sus adornos, a la familia durante tres noches consecutivas. ¡Palomas poéticas y al mismo tiempo suculentas! ¡Símbolo delicada y perfecto de las relaciones que existen entre la poesía y la vida!

La hermana de Narciso iba a figurar en la función de primero de año que daban unos comerciantes, y Elvira, que supo el favor que había hecho Silvestra a Pérez del Corral, creyó que le gustaría ver la fiesta y le invitó a ella y a que bajara a cenar a su casa.

Silvestre, que no sabía resistir cuando veía que trataban de agasajarle, se presentó la noche fijada en casa de Elvira con una fastuosa corbata blanca, arrancada de una cortinilla. Cenaron agradablemente el matrimonio, Pérez del Corral y Paradox.

Narciso estaba entusiasmado con el programa de la función, que le acababan de enviar, impreso en un papel muy fino.

—Hay que fijarse —le decía García Ortí a Paradox

de vez en cuando— que es un *pograma* completo ¿eh?
Un *pograma* completo—. Se puso a leerlo.

—Primera parte A.

—¿Cómo A? ¿Qué es eso de A? —preguntó Elvira.

—A es igual que primero.

—¡Ah! De manera que A es igual que primero;
pues podían haber puesto primero.

—Como el *pograma* lo ha escrito el chico que está
estudiando matemáticas ha querido lucirse —contestó
Narciso, y prosiguió—: Primera parte. A. Valses por
don Jerónimo Martínez de la Piedra.

—¡Hombre! ¿Ha estado ése en América? —preguntó Pérez del Corral.

Pérez del Corral tenía la chifladura de conocer a
todo el mundo de América, en donde seguramente no
había estado.

—No; si es el profesor de piano de Gloria —replicó
Narciso—. ¿Verdad?

—Sí —dijo Elvira—; uno calvo, colorado, lleno de
granos.

—B. Representación de la zarzuela *El gorro frigio*,
por las señoritas García Ortí (Gloria), Cerbó (Candelaria), y los señores Martínez (E.), Martínez (H.),
Bardón (M.) y Gil Verdegil.

—¿Verdegil? ¿Quién es ése? —preguntó Elvira.

—El que está de tenedor en casa de los Corderos.
¿No te acuerdas? Uno rubio, de bigote.

—¡Ah, sí!; aquel chato!

—El mismo.

—C. *Sobre las olas,* vals, por la señorita García Ortí
(Gloria).

Segunda parte. A. Carceleras de *Las hijas del Zebedeo,* por la señorita García Ortí (Gloria).

—¡Otra vez! —dijo Elvira—. En esta función parece
que sólo trabaja tu hermana.

—B. Romanza de *El cabo primero* —siguió leyendo

Narciso, haciendo como que no oía la observación—, por la señorita Cerbó (Candelaria).

—C. Sinfonía de *El anillo de hierro,* por don Gregorio Martínez de la Piedra.

—Tercera parte. A. Representación del apropósito cómico-lírico *Niña Pancha.*

—B. Sevillanas, bailadas por las hermanas Gil Verdegil.

—¿No hay más abecedario? —preguntó Elvira.

—Nada más. ¿Te parece poco? Pues es un *pograma* completo. ¿No es verdad?

—Suculento —dijo Paradox con un entusiasmo que estaba muy lejos de sentir.

Concluyeron de cenar, y a las nueve ya estaban todos preparados para la fiesta.

—Y los niños, ¿los vais a dejar en casa? —preguntó el Del Corral a Elvira antes de salir.

—No —replicó ella—; la pequeñita, sí; al mayor lo llevará la muchacha, que también quiere ver la función.

Pérez del Corral se calló. Salieron todos; cerraron la puerta de casa y, cuando bajaron la escalera, se encontraron con la hija del señor Ramón el portero, el marido de ésta y Cristina, a quienes Gloria había invitado a ver la función.

Narciso, su mujer y el bohemio torcieron el gesto por tener que reunirse con ellos. Entre todos eran nueve; primero iban: Narciso, con la niñera y la niña; después Paradox y el bohemio, llevando en medio a Elvira, y por último, el municipal con su gente. El Del Corral se mordía los labios pensando en que algún amigo le viera formando parte de aquella comitiva.

Recorrieron la calle de Tudescos, la de la Luna, la Corredera y siguieron luego por la del Pez. Como no tenían seguridad de cuál era la casa, leyeron a la luz de los faroles los números de la calle. Se detuvieron cerca de un portal oscuro, por indicación de Elvira.

Debía de ser allí. Paradox, siempre un tanto fantástico, encendió una larga cerilla de las que fabricaba él
mismo, la pegó encendida en la contera del bastón y
lo levantó.

—Éste es el número 75 —dijo a sus acompañantes.

Era allí. La escalera estaba a oscuras. Subieron uno
tras otro hasta el piso tercero. La puerta se hallaba
abierta y en el vestíbulo de la casa, mal iluminado por
un quinqué de petróleo colgado en la pared, con un
reflector de hojalata que se caía por un lado, había
tres jóvenes fumando. Llegaban de adentro murmullos
de voces y carcajadas.

Como no había mucho sitio y las doce personas estaban en el recibimiento en montón, hubo que pres-
cindir de ceremonias y de presentaciones.

—Por aquí... Por aquí... —dijo uno de los jóvenes—. Vengan ustedes a dejar los sombreros y los
abrigos.

Recorrieron un estrecho pasillo hasta el final, y en
una alcoba oscura dejaron sobre la cama y sobre las
sillas los abrigos.

—Ahora vamos a los salones —dijo uno de los jóvenes que les guiaba.

Los llamados salones eran dos cuartos que se comunicaban por una puerta central. En el más grande,
frente a la puerta, estaba el escenario, adornado con
franjas de tela amarilla y encarnada para lisonjear así
el patriotismo de los circunstantes. El telón del teatro
era una cortina de percal, de color verdoso, rameado.

En el cuarto grande estaban sentadas algunas señoritas con sus mamás y sus novios; en el pequeño, la
masa anónima, lo que un periodista hubiera llamado
las turbas del Aventino. El cuarto pequeño no tenía
más inconvenientes para el espectador que hubiese
querido ver la función que si le tocaba para sentarse
una de las sillas de los lados de la puerta, se estaba
toda la noche frente a la pared y sólo torciéndose y

estirando el cuello podía ver algo de lo que pasaba en un extremo del escenario por el hueco de la puerta.

Cuando entraron los nueve de la comitiva Paradox en el cuarto pequeño —el grande estaba completamente ocupado— fueron recibidos con algunos cuchicheos, no del todo cariñosos.

Silvestra corrió a meterse en un rincón; pero Narciso quería presentarle a su hermana y a su madrastra.

—Mi hermana Gloria... El señor Paradox.

Gloria se levantó de su asiento y tendió la mano; Silvestre alargó la suya, pero había un grupo de sillas de por medio y se quedaron los dos con las manos extendidas sin saber qué hacer.

—Encantado... —murmuró Silvestre inclinando la cabeza; y andando hacia atrás volvió a su rincón.

—La niña —añadió por lo bajo— es del género *crotalus,* orden de los ofidios; la madre creo que debe estar incluida entre los balenópteros, orden de los cetáceos.

Elvira se sentó al lado de Pérez del Corral; García Ortí se dedicó a cuidar de su niño. El yerno del señor Ramón el portero, guardia municipal, quedó muy ofendido porque no le habían reservado un buen sitio, y comenzó a decir a Silvestre, en voz alta, que cuando no se contaba con un local apropiado no se debía meter nadie a dar funciones; después, en son de protesta, sacó del bolsillo un periódico atrasado y se puso a leerlo. Cristinita, que no alcanzaba a ver nada, porque no había comenzado la función, empezó a subirse por las piernas de Silvestre, hablándole alto, con su vocecilla fresca y argentina.

Afortunadamente, los valses de don Jerónimo Martínez de la Piedra eran tan sonoros, tan pétreos como su último apellido, y no permitían que se pudiera destacar una voz en aquella barahúnda de notas.

Mientras el guardia municipal estaba enfrascado en la lectura del periódico, Cristinita se había subido sobre las rodillas de Silvestre, y agarrándole de las manos echaba el cuerpo para atrás.

—Te vas a caer. Te vas a caer —le decía él en voz baja.

—¡Que me haces cosquillas! —gritó la niña.

Todas las miradas se volvieron hacia el sitio en donde estaba Paradox, quien se ocultó tras de la espalda de una señora vieja y corpulenta. Un caballero, con la cara llena de manchas y el bigote por un lado carcomido, miró de hito en hito a Silvestre y tosió varias veces con una tos tan impertinente, que hacía el efecto de un insulto.

El guardia municipal dejó el periódico, cogió a la niña bruscamente por los sobacos y la sentó a su lado.

—¿Te estarás quieta?

La niña hizo algunos pucheros, y Paradox, en voz baja, le dijo:

—Si estás callandito te haré una pajarita y una rana de papel.

Sacó del bolsillo un cuaderno y le arrancó una hoja. Cuando terminó la rana y la pajarita las puso encima del cuaderno.

—¡Papá! —y Cristinita agarró al municipal de un brazo—. ¡Una rana, un pipí!

Se cansó de la rana y de la pajarita, las hizo mil pedazos, y luego, subiéndose a las piernas de su padre, gritó:

—Papá, yo quiero ver.

—¡Ver! ¿Qué vas a ver? —dijo el municipal—. Aquí no se puede ver nada. ¡Para ver cómo destrozan una obra!

En aquel momento Gloria García, vestida de soldado, con una chaqueta llena de cordones rojos y una corneta en la mano, cantaba y andaba de un lado a otro braceando mucho.

—¡Ver! ¿Qué se va a ver?

—De esta manera —dijo el caballero de las manchas y del bigote carcomido— no se oye nada.

—¡Ahora sí que nos ha jorobado el tío éste! —murmuró el guardia, dirigiéndose a Paradox—. No parece sino que va a oír cantar a la Montes... Sí. ¡Ni aunque fuera a oir cantar a la Montes! —y repitió su frase tres o cuatro veces en un irónico *crescendo*.

Silvestre se hizo el sordo y concluyó la representación de *El gorro frigio* entre bravos y aplausos. A la niña del municipal le entró el sueño y quedó dormida en brazos de su madre. El guardia seguía refunfuñando.

—No estaremos aquí hasta el último, no tenga usted cuidado —le dijo Silvestre.

—Lo mismo me da —replicó el guardia en voz alta—. Como si quieren marcharse ahora. Mejor.

Paradox se armó de paciencia para no decir al municipal que era un grosero y un bárbaro.

—Parece que no se divierten ustedes muchos —murmuró una voz al oído de Silvestre.

Volvió éste la cabeza y vio a un viejecillo, con la cara rojiza y la barba blanca y recortada, que le miraba sonriendo.

—Sí; nos divertimos —contestó Silvestre—. Esto está bien... animado..., hay mucha gente.

—Demasiada..., demasiada... Je..., je... A mí no me resultan estas funciones, y como no veo nada...

—Ni nosotros tampoco —saltó el guardia.

—Además —siguió diciendo el viejo, dirigiéndose siempre a Paradox—, a mí no me gusta la música.

—Ni a mí tampoco —repuso el guardia.

—Entonces, ¿para qué han venido ustedes? —les preguntó Silvestre.

—Pues ya ve usted —murmuró el viejo—. Compromisos. Ya ve usted, yo tengo la costumbre de ir al café de Correos todas las noches hasta las once. Ya ve usted que dejar aquello por venir aquí...

—¡Tremendo! —dijo Paradox.

—Sí —añadió el viejo con una sonrisa pálida en la que la ironía se mezclaba con la imbecilidad—. Suelo estar en el café hasta las once, porque me tengo que retirar pronto para levantarme temprano. Estoy de conserje en el palacio del Senado.

El guardia municipal se volvió a mirar atentamente al viejecillo, como si quisiera fijar para siempre en sus pupilas el aspecto exterior de un conserje del palacio del Senado.

El lloriqueo de un niño interrumpió la conversación del viejo; todas las miradas de los espectadores colocados en el cuarto pequeño se dirigieron hacia Narciso García y la niñera, la cual se mostraba bastante torpe para hacer callar al niño. Narciso se levantó de su asiento, tomó al chiquitín, que berreaba como un condenado en sus brazos, y se fue con él hacia el sitio en donde estaba Silvestre. Entretuvo al nene con los dijes de su reloj; pero Narciso se cansaba de tener a su retoño en brazos.

Había en el rincón un velador negro y sobre él varias ilustraciones con pasta roja y cantos de metal, en donde apoyaba el codo el conserje del Senado. Narciso puso al niño de pie encima de las ilustraciones para descansar un poco.

Al viejo conserje no le debió de hacer ninguna gracia la presencia del chico; pero, a pesar de esto, sonrió de mala gana, castañeteó los dedos y dijo:

—Es muy hermoso. Es muy hermoso —y volvió en seguida la cabeza a otro lado.

Narciso García Ortí hablaba en voz baja a su chiquitín.

—Aquí hay que estar quietecito con *papa,* ¿sabes?; porque si no este señor tan feo —y señalaba al conserje— te va a pegar.

El hombre sonrió forzadamente mirando al niño, y volvió la cabeza con un gesto que indicaba que tenía

tanta simpatía por la infancia como el rey Herodes.
Seguía lamentándose el viejo por haber tenido que dejar su tertulia del café, cuando sintió una humedad caliente que traspasaba la manga de su chaqueta, y retiró el brazo con verdadero pánico.

—¡Caballero! —le gritó indignado a Narciso—. Mire lo que hace esta criatura.

Narciso miró y vio un charco que se iba formando encima de la pasta lujosa de una ilustración.

Encendido, turbado, no supo qué hacer.

—¿Qué pasa? —preguntó Paradox.

—El niño..., que se está ensuciando —murmuró en voz baja García Ortí.

—¿Qué es? —preguntó una señora al guardia municipal.

—Nada —contestó groseramente éste sin abandonar su periódico. Cosas de niños.

El chiquitín miraba a su padre, al viejo y a Silvestre con una serenidad de filósofo, como diciéndoles: «¿De qué se extrañan ustedes? ¡Qué cosa más natural!»

Afortunadamente, don Gregorio Martínez de la Piedra, hermano del anterior Piedra, y Gloria García se habían puesto a tocar el piano a cuatro manos con una energía satánica que hacía fruncir el ceño a la dueña de la casa, que temía por las cuerdas de su aparato. Pero si el cencerreo del teclado protegía el oído de los concurrentes, García pensó, y con motivo, que no protegía el del olfato, y se le ocurrió abrir el balcón.

—¿Si *abriríamos* el balcón? ¿Eh? —se preguntó a sí mismo—. Sí. No hace frío.

—¿Qué va usted a hacer? —dijo el viejo del Senado lleno de indignación—. ¡Con un *temperamento* de tres grados bajo cero!

García Ortí, en la mayor de las perplejidades, no sabía qué resolución tomar; su mujer le hacía señas furibundas de que le diera el niño. ¿Pero cómo, con todo aquel cargamento?

La situación se iba prolongando. Terminaron su galimatías los pianistas entre aplausos atronadores, y una señorita comenzó a cantar una romanza. De pronto el chico, que se revolvía en contra de su papá, pegó un berrido y empezó rabiosamente a llorar. Narciso, que no podía dar a entender mímicamente la fechoría del niño, tuvo que decirlo con voz bastante alta para que le oyera su mujer.

Mientras tanto, el señor de las manchas y del bigote carcomido, que resultó ser el padre de la señorita Cerbó, que era la que en aquel mismo momento empezaba a cantar la romanza, se incorporó en su asiento, y volviéndose con rabia contenida, pero en voz baja para no interrumpir la romanza, dijo:

—¡A la calle los chicos!

Y después comenzó a acompañar con movimientos de cabeza afirmativos las notas que soltaba su pimpollo.

Elvira, al oir la exclamación del señor de los bigotes carcomidos, se levantó como una leona, se acercó a su esposo, tomó al chiquitín en brazos e hizo que todos les abrieran camino. Por el hueco pasaron detrás de ella, con gran desesperación de Cerbó padre, que veía sin lucimiento la romanza cantada por su hija, primero García Ortí, con el sombrero del niño en la mano, agarrado por la goma; luego, la niñera; después, el viejo del Senado; tras él, Paradox; últimamente la mujer del municipal, y cerrando la marcha, el guardia con su hija al hombro, lanzando en torno suyo miradas desdeñosas.

Pérez del Corral fue traidor, como Judas; se hizo el distraído.

Salieron todos del cuarto, y la señora de la casa fue conduciendo a la comitiva hasta la cocina, en donde había un perrillo de lanas, calvo por todas partes; al que habían encerrado allá para que no molestase con sus ladridos.

—¡Demonio de críos! —murmuró la dueña de la casa, y cerró la puerta de la cocina de golpe cuando penetró todo el séquito dentro.

—Vamos, vamos en seguida a casa —dijo García.

—¿Por qué? —replicó Elvira, y se sentó, y, levantándose la falda para no ensuciarse, comenzó a mudar al niño—. Sabido es que los niños...

—Pues por eso..., pues por eso...

Narciso García se puso a calentar el delantal blanco de la muchacha en la lumbre para envolver al chico. Mientras tanto, Silvestre, subido en el fregadero, inspeccionaba un depósito de agua que le intrigaba; el viejo del Senado se entretenía rompiendo a golpes de su bastón de hierro las baldosas de la cocina, y el municipal sacaba terrones de azúcar de un azucarero que había en la alacena y se los echaba al perrillo calvo, que los cogía en el aire con gran satisfacción de Cristinita, que se había despertado.

—Tiene hambre —dijo la niña.

—Es que no come —replicó su padre—. En esta casa no debe de comer nadie. Habrán perdido la costumbre.

No había concluido Elvira de mudar al rorro cuando entraron a hacer juegos malabares en el escenario.

—Te digo que ahora mismo nos vamos —dijo Narciso, en el colmo de la exasperación a su mujer—. Voy a buscar a la criada de la casa.

Salió y encontró a la maritornes en un grupo de horteras que la abrumaban a piropos, y le dijo lo que deseaba: recoger las prendas de vestir. La muchacha, de mala gana, encendió una luz, y todos los cautivos de la cocina salieron y, precedidos por la criada, fueron a la alcoba, en donde cada uno cogió su abrigo y su sombrero.

De repente la criada, que estaba junto al viejo del Senado, pegó un grito y empezó a decirle:

—¡Indecente! ¡Sucio! ¡Vuelva usted a tocarme! ¡Vaya con el viejo asqueroso éste!

—¿Qué? ¿Qué? —murmuraba el viejo—. ¿Qué es eso?

No hubo necesidad de dar explicaciones.

Ya arropados salieron al pasillo. Allá estaba Pérez del Corral con el gabán de verano al hombro.

—¿Qué, nos vamos? —preguntó.

—Sí —le dijo secamente Elvira.

El bohemio se puso el gabán y siguió a la comitiva humildemente.

Bajaron todos la escalera, iluminados por la luz de un candelabro que llevaba la criada; abrió ésta la puerta y salieron a la calle. La noche estaba muy fría, hermosa; el cielo lleno de estrellas. El viejo conserje se despidió del grupo, porque marchaba en dirección contraria. Los demás siguieron juntos.

Elvira iba incomodada en su fuero interno, toda la culpa la tenía su marido y Pérez del Corral, que ya había pasado a la categoría de marido segundo; García Ortí se asustaba de haber tenido alguna autoridad aquella noche; Pérez del Corral no se atrevía a hablar; la niñera estaba enfurruñada porque no había visto la función; el municipal y su mujer iban riñendo; el niño se había dormido. Cristinita también, y Paradox silbaba.

Como iban todos al mismo paso, Silvestre se puso a silvar la marcha de Boulanger, y, de común acuerdo, en protesta inconsciente, por no llevar el compás, unos empezaron a andar corriendo y otras más despacio.

Llegaron a la casa; en la portería se despidieron de muy mal talante el municipal y su mujer; luego quedaron en el piso segundo García con Elvira, el niño y la criada, y siguieron subiendo las escaleras Pérez del Corral y Paradox.

Pérez del Corral, cuando se encontró solo con Silvestre, se sintió petulante y contó con fruición algunas de las enormidades que había soltado a los horteras para *epatarlos*.

—¡Cristo! Pero aquí se habla de Cristo como si hubiera existido —le dije—. ¡Si Cristo es una leyenda griega! Eso todo el mundo lo sabe. Los he dejado aplastados.

Luego, después de decir que Horacio era un imbécil y Cicerón un orador tan vulgar y tan chirle como los nuestros, empezó a contar a Silvestre cómo se bailaba el jarape en América, un baile en el cual se echa un pañuelo al suelo y con los pies se hace un nudo y después se vuelve a deshacerlo.

A Silvestre se le asoció el recuerdo del jarabe con el azucarero de la cocina; luego se acordó del perro casi calvo, y le acometió una risa tan violenta, que tuvo que pararse y agarrarse a la barandilla.

—¿De qué os reís? —le preguntó extrañado el bohemio.

—Nada..., nada... En la cocina... el perro —y volvió a prorrumpir en una carcajada, precedida de una especie de relincho.

El bohemio no comprendía lo que quería decir, pero sintió también, sin saber por qué, la comezón de la risa y empezó a reírse con unas carcajadas que parecían arrullos.

Silvestre, al oírle, tuvo que sentarse en la escalera; Pérez del Corral hizo lo mismo, y los dos, a coro, sentados en los escalones en la oscuridad, siguieron riéndose hasta que, después de rendirse de fatiga con las carcajadas, pudieron entrar en casa.

# XV

## [SILVESTRE TOMA UN SECRETARIO]

Como parece, según los descubrimientos modernos,
que hay una Providencia protectora especial de los
golfos y de los abandonados, lo que no impide que de
vez en cuando los deje morirse de hambre para que
aprendan, no es de extrañar que esa Providencia se le
apareciera a Silvestre en la forma de un editor, conocido de Pérez del Corral, cuyo editor trataba de
publicar unas narraciones por entregas con el título
sugestivo de *Los crímenes modernos*. «Historia, caracteres, rasgos y genialidades de los criminales de nuestra época.»

Pérez del Corral había recomendado, como el hombre más a propósito para llevar a buen fin aquel trabajo, a Silvestre, el cual quedó muy agradecido al
bohemio.

—Pero usted, ¿por qué no la escribe? —le preguntó
Paradox.

—¡Oh, amigo Silvestre! Yo tengo otros trabajos.

—¡Pero pierde usted de treinta a treinta y cinco duros al mes!

—¡Psch! Aunque me pagaran el doble no lo haría.

—Entonces... no hay nada que decir; si usted no lo quiere hacer me aprovecharé yo.

Silvestre lo necesitaba; se estaba viendo despedido por doña Rosa la patrona y por el casero; así es que entró en el campo de la criminalidad con verdadero entusiasmo.

Se agenció varios libros franceses y españoles con relatos de crímenes, ¡y qué crímenes!; hasta el mismo Pérez del Corral se hubiera estremecido con su relato. Paradox se había comprometido con el editor a mandarle un cuaderno de sesenta y cuatro páginas, por el que cobraba doce duros, de diez en diez días.

Silvestre se pasaba las tardes y las noches en su desván escribiendo, ya el relato minucioso de un asesino que había abierto el abdomen de su víctima y se había entretenido después en arrollar los intestinos delgados sobre un carrete; ya describiendo los setenta y tantos machetazos de un cadáver encontrado en el campo; ora narrando el crimen de la niña de los cabellos de oro, que envenena a su madre para amancebarse con su padre, y luego el fruto de su amor se lo come deshuesado; ora contando los últimos momentos de un reo. El honrado burgués, repantigado en su butaca, podía refocilarse leyendo tan amenos horrores.

En este trabajo fue una mañana interrumpido por el timbre de su guardilla, que repiqueteaba. Abrió la puerta y se encontró con Avelino Diz, que venía acompañado de un hombre bajito, medio oculto entre un macferlán lleno de flecos y un sombrero hongo destrozado.

—¿Qué hay, amigo Avelino? —dijo Silvestre.

—Calamidades, Paradox, calamidades.

—Pues ¿qué pasa?

—¿Sabe usted aquél a quien hipotequé el caserón de la carretera de Extremadura? Me ha engañado como a un chino.

—¿Y cómo ha sido eso?

—Nada. Yo, con esta confianza que tengo en todo el mundo, no leí lo que firmaba, y las condiciones con las cuales está hecho el documento son de tal naturaleza, que si no devuelvo el dinero a ese señor y los réditos de este mes, se queda con mi casa.

—¡Pero qué barbaridad! ¿Y usted qué va a hacer?

—Escribí a Valencia, a mi hermano, y me ha contestado que no me manda ni un céntimo.

—Pues se ha lucido usted.

—Ahora estoy consultando con un abogado. Pero no tengo ninguna esperanza.

Después de dicho esto, Diz de la Iglesia se sentó y empezó a hojear uno de los libros que tenía Paradox encima de la mesa.

—Pero, oiga usted —murmuró Silvestre—. Ese señor que está en la puerta, ¿quién es? Dígale usted que pase.

—¡Ésa es otra! —repuso Diz—. Éste es un desgraciado, un pobre hombre que ha sufrido una serie no interrumpida de calamidades, y a quien yo tenía en casa y quisiera que le tomara usted como criado, aunque no sea más que por unas semanas, mientras yo estoy aquí en la calle y ando de la Ceca a la Meca.

—¡Pero, hombre, usted está loco! ¡Yo un criado! ¿Para qué quiero yo un criado? ¿Cree usted que me he hecho capitalista?

—No. Pero este pobrecillo no le costará a usted nada. Con que le dé usted de comer estará satisfecho.

—Si no tengo casi para mí, ¿qué quiere usted que le dé a él?

—Con lo que usted gasta comen los dos aquí mejor que abajo. Es un hombre que sabe guisar; parece que ha nacido para Robinsón.

—Pero ¿usted lo conoce?

—Sí. Es de confianza —repuso Diz de la Iglesia.

Y dirigiéndose al hombre del macferlán le llamó y le dijo:

—Acérquese usted, don Pelayo. Este señor no tiene inconveniente en tenerle en su casa.

—Sin embargo... —murmuró Paradox.

—No tiene inconveniente ninguno en tenerle en su casa —volvió a decir Diz— hasta que yo me desenrede de estos líos.

El hombre del macferlán, con el sombrero en la mano, hizo una reverencia ceremoniosa a Diz y a Silvestre y se quedó, siempre a distancia, en la actitud de un hombre que comprende las categorías que hay en el mundo y conoce su puesto.

—Bien —dijo Silvestre con resignación—. Ya tenemos a Pelayo de escudero.

Diz de la Iglesia se levantó.

—Qué, ¿se va usted ya?

—Sí, tengo que ir a casa de mi abogado.

—Le veo a usted tranquilo.

—¡Qué quiere usted, Paradox! Hombres como nosotros no se mueren nunca de hambre.

Silvestre miró con asombro a su amigo. Él creía que precisamente los hombres como ellos son los que se mueren de hambre casi siempre; mas ¿para qué quitarle ilusiones a Avelino?

Se despidió de él, y Silvestre se quedó solo con el del macferlán, a quien observó de reojo.

Su nuevo criado parecía con su macferlán un murciélago. Era chiquitillo, feo, serio como un fetiche o un ídolo japonés; tenía la cabeza grande para su estatura, la frente abombada, la nariz de porra, llena de puntos neguzcos, la tez olivácea, los labios belfos, el bigote largo y delgado como el de un chino.

—¿Qué quiere que haga el señor? —preguntó el fetiche del macferlán humildemente.

—¡Hombre!... ¿Qué sé yo?... Haga usted... lo que usted quiera.

Y Silvestre se puso a reanudar su *criminal* trabajo.

Luego, comprendiendo que el fetiche estaba desconcertado, le preguntó:

—¿Se llama usted don Pelayo, verdad?

—Sí, señor. Pelayo Huesca.

—¡Hombre, Huesca! ¿Es usted aragonés?

—No. Soy de Alicante.

—Alicantino, ¿eh? ¿Y hace mucho tiempo que está
usted en Madrid?

—Sí, bastante. Vine de soldado, y gracias a mi buen
comportamiento, puedo decirlo muy alto, me ascen-
dieron a cabo. Hice la campaña de Melilla y la de
Cuba de sargento; otros, con mejor suerte, ascendie-
ron a oficiales, y ahí están con veinticinco duros al
mes en la reserva. Yo, como no tenía recomendaciones...

—Es lo que pasa. ¿No tiene usted retiro?

—Nada. ¡Si tengo una suerte! Soy el hombre más
desgraciado del mundo.

—¿Sabrá usted escribir?

—Sí; tengo bastante buena letra. Gracias a eso,
cuando volví de Cuba me emplearon en la ronda.

—¿En la policía?

—Sí, señor.

—¡Caramba! ¡Cuánto me alegro!

—¿Se alegra usted?...

—Sí, porque me podrá usted dar algunos datos para
una obra que estoy escribiendo.

—Lo que yo sepa... Pues, sí, estando empleado me
casé y me dejaron cesante. Todas las calamidades vienen juntas.

—¿Y su mujer?

—En la Modelo.

—¿En qué Modelo?

—En la cárcel de mujeres. Armó una bronca con
una vecina por un quítame allá esas pajas y le arrimó
a la otra un zurrío en la cabeza con un botijo, que la
dejó medio abierta. La echaron tres años de cárcel.
Dentro de poco sale.

—¿Y usted no ha buscado trabajo en algún lado? ¿No tiene usted oficio?

—Le diré a usted: yo era cerrajero en Alicante; pero como tengo la mano estropeada de un machetazo que me dieron en Cuba, pues no sirvo. ¡Si he ensayado más cosas! Estuve de administrador de la *Revista Joven,* y salí de allí porque no me pagaban; luego fui conserje en la Sociedad Oculto-Teosófica-Espiritista, y tuve que marcharme también porque, además de no pagarme, empezaron a volverme loco contándome cosas raras y haciendo danzar delante de mí las sillas y los veladores por el aire. Un amigo entonces me dijo: «¿Por qué no escribes a *La Semana Católica* contando cómo has abjurado de tus errores?» Y fui a la redacción de este periódico y me emplearon en hacer el apartado para el correo; pero lo que son las cosas: luego me echaron porque había otro que abjuró de errores más grandes que los míos y a mí me pusieron a vender *La Semana Católica* en la puerta de las Vallecas. En esta iglesia conocí a un cura, don Martín Esavarri, que me empleó en su casa como escribiente.

—¿Y le resultó a usted algún punto ese don Martín?

—No, a mí no me hizo ningún perjuicio.

—Y entonces, ¿por qué le ha dejado usted?

—Porque se murió.

—Si no, ¿hubiera usted seguido con él?

—¡Hombre, qué sé yo!

[—Pues ¿qué clase de hombre era?

—¡Don Martín! Don Martín era un hombre terrible; talento tenía como pocos, mejorando lo presente; borracho, jugador, mujeriego, y vivía maritalmente con su ama, doña Socorro Midín, a quien llamaba él doña Socorros Mutuos para Incendios. Aseguraba que tenía inventada una religión, y a Dios le llamaba Aitá.

—Vamos, era una especie de padre Marchena ese señor —dijo Paradox.

—No he conocido a ese padre —replicó don Pelayo—; pero tan descreído y tan cínico como don Martín no sería. ¡Y si viera usted cómo murió! En su lecho de muerte, cuando entró en su cuarto el padre Morales, a quien yo fuí a avisarle, le dice don Martín en su tono de chunga, tan impropio de aquella hora: «Mire usted, padre, yo estoy algo sordo y además he perdido la memoria; aquí está doña Socorros Mutuos, que vive hace diez años conmigo y que conoce mis asuntos. Ella le podrá contestar a usted.» «Éste no es momento de bromas», le dijo el padre Morales. «Si no es broma —contestó don Martín—; pregúntele usted a ésta; contestará por mí», y se volvió de espaldas al confesor. El padre Morales, creyendo que estaba algo trastornado de la cabeza, empezó con su santa calma a preguntarle mandamiento por mandamiento, y él sin contestar más que con ronquidos. Llegan al sexto mandamiento y le pregunta el padre Morales al oído, pero a voz en grito: «¿Ha sido usted lujurioso?» «¿Eh?» «¿Si ha sido usted lujurioso?» «¿He sido yo lujurioso, doña Socorros? Conteste usted.» «Un poco —repuso su ama, sin saber qué decir.» «Un poco —repitió el enfermo después de soltar una carcajada indecente, y añadió—: Ésta sabe mejor que nadie eso y todos mis pecados; confiésele a ella: es lo mismo que si me confesara a mí, y déjeme tranquilo.» El padre Morales le negó la absolución a don Martín. Pero como era cura, le enterraron en sagrado por no dar un escándalo].

Pelayo Huesca tenía un repertorio de historias de gente maleante a cual más extrañas y sugestivas, adquirido en los meses en que estuvo empleado en la ronda secreta.

A Silvestre le fue de verdadera utilidad, porque le copiaba gran número de cuartillas al día para *Los crímenes modernos;* pero, a pesar de esto y de que consideraba a Huesca como mozo listo y despejado, no le era simpático. ¿Por qué? No lo sabía. Quizá le habían dejado algo de reptil sus relaciones con criminales y gente de la policía, cuyos individuos, unos y otros, se recluían entre los más perspicuos golfos y presidiarios cumplidos.

A Silvestre, que empezaba a hacerse previsor, se le ocurrió aprovechar los interesantes conocimientos de don Pelayo en una novela por entregas que presentaría a su editor, así que terminase *Los crímenes modernos,* con los interesantes títulos de

LOS GOLFOS DE MADRID
EL SALÓN Y LA TABERNA
o
EL MUNDO DEL VICIO

Como *Los crímenes modernos* iban ya muy adelante en su publicación, era indispensable ir preparando la novela, y don Pelayo se encargó de ser el *Méntor* de *Telémaco* Paradox en el mundo de la golfería y de los caballeros de la busca.

Le llevó a ver el Mesón de la Cuerda, no el auténtico, perdido ya en la noche de la historia, sino otro, en el cual algunos barrenderos dormían de pie, apoyados en una soga que cruzaba el cuarto; le enseñó el Palacio de Cristal de la Montaña del Príncipe Pío, y visitaron juntos la taberna de los valientes, en donde se reunían, con algunos albañiles y obreros borrachos, los modestos aprendices del timo, tomadores de pañuelos, del paso y de los que se dedican a desvalijar en las afueras a los incautos con el juego de las tres cartas.

Estuvieron también en la *Cátedra,* un establecimiento entre cafetín y taberna, con su mesa de billar, en donde se reunían algunos carteristas afamados y de cartel; allí mostró Pelayo al Chato, un moreno feucho, con sombrero claro, que por entonces estaba empleado en un coín, y que hablaba de los negocios con la

Encarna, su querida, una rubia guapota que le ayudaba en sus timos y que había estado en relaciones nada menos que con el Domenech.

Don Pelayo y el mismo dueño del establecimiento explicaron a Paradox los métodos de timo con más frecuencia empleados por los parroquianos. El del cartucho de perdigones, el del ladrillo, el de la vela y otros muchos más habían caído en el descrédito más completo; le dijo el amo de la *Cátedra:*

—Actualmente, para dedicarse al timo, es indispensable tener pero que muchísima pupila —añadió.

En una taberna de la calle de Embajadores le indicó su secretario a Paradox algunos de los más ilustres escaladores de Madrid.

—¿Ves usted ése? —dijo don Pelayo señalando a un viejo humilde con facha de empleado de poco sueldo—. Pues ése es el Mosca. Perteneció hace tiempo a la ronda subterránea y fue uno de los que robaron la casa de préstamos de la calle de Carretas, alquilando previamente una habitación en la calle de los Irlandeses. Esta habitación se hallaba separada de la casa de préstamos por una pared maestra, y la hizo un boquete en un día para pasar por allá sin meter el menor ruido. Esos otros que están ahí son el Niño de Jaén y el Vaquerín. La mujer de éste se encuentra ahora en el Modelo con la mía. Es cintera.

—¿Vende cintas?

—No. Las afana. El Niño empezó robando en una casa de campo del Madrid Moderno con otros dos; pero les descubrieron los de la Guardia Civil cuando iban por la carretera y al Niño le arrimaron un tiro en la pierna; pero, a pesar de eso, pudo escapar. Esa vieja es la Minga, una mujer que aluspia porque sí. Se dedica con especialidad a esconder ladrones en su casa, y proporcionándoles medios para escaparse de la policía, y a comprarles las cosas que roban. Tiene un párpado...

—¿Y cómo no vigila la policía a esta gente? —preguntó Silvestre.

—Si están vigilados todos, y de cerca —le contestaron.

Paradox tomó sus notas y siguió visitando, con su secretario, todos los garitos, buñolerías, chirlatas y madrigueras que conocía don Pelayo.

Una noche éste le llevó a una taberna del centro, muy animada, pero sin aspecto característico.

—Y éstos ¿qué son? —preguntó Silvestre.

Pelayo Huesca le dijo una palabra al oído que produjo en Paradox un gesto de repugnancia.

—Ése es la Escarolera —dijo don Pelayo señalando a uno descaradamente—, de los más antiguos del gremio, es vendedor de periódicos; a ese otro le llaman la Rubia, y es sastre. Todos los años se disfraza de mujer en Carnaval. Fue uno de los que pescaron cuando el escándalo del Liceo Ríus con el hijo de un marqués. Hace dos años, en el Circo de Colón, le pegaron una paliza que por poco le matan. Ese otro delgado es la Zoila, y es cajista, y al de más allá, el jovencito aquél, le llaman Varillas.

—¡Qué gentuza más extraña! —murmuró Silvestre.

—¡Bah! Si de esto en Madrid hay a patadas. Duques, marqueses, condes, escritores, toreros; usted no sabe lo que es esto.

Silvestre no salía de su asombro.

[—Y hay otros que les explotan; no sabe usted los achares que les dan sus hombres a estos tipos. Mañana, si quiere usted, iremos a un café y verá usted una cosa notable.

—¿Qué?

—A eso de las cinco de la tarde va a este café un señor de la aristocracia, un duque, y pide una botella de cerveza y se sienta junto a una mesa. Poco después entre un golfo, un chalupo cualquiera, y se sienta frente al duque. Éste le examina, y si le parece bien

le manda al mozo que le sirva lo que quiera; si no,
entra otro, hasta haya alguno que le sea simpático.

—Sodoma y Gomorra. ¡Madrid es una cloaca!

—¿Ve usted a ése? —siguió diciendo don Pelayo,
indicándole un viejo con anteojos y mal vestido—.
Pues ése seguramente sabe quién mató al cura Meliás.

—¿Quién es?

—Un cura renegado que se hizo espiritista y ahora
es agente de negocios.

—¿Y ese otro aguilucho con aspecto militar?

—Ése es el alcahuete de toda esta tropa. Estuvo
vendiendo libros durante mucho tiempo, y ahora es el
correveidile de las relaciones amorosas de esta gente;
un gran sablista y un gran sinvergüenza. Les saca la
mar de dinero a todos ellos. A *la Dalia,* un escritor
muy celebrado, por ponerle al habla con un encuar-
tero del tranvía, le arrancó más de mil pesetas.

Silvestre no quiso estar más tiempo en aquel cha-
mizo.] Su piedad no llegaba hasta disculpar las mons-
truosidades. Los conocimientos de su criado le comenzaban a indignar y le produjeron un arrebato de cólera. Mientras caminaba por la Puerta del Sol hacia su
casa murmuraba con ira:

—¡Oh, la canalla miserable!

Y sentía que toda la podredumbre humana le rodeaba y acechaba. Si él hubiera sido tirano, hubiese
exterminado toda aquella morralla. Pero era sólo un
pobre hombre, nada más. Después, para purificar su
pensamiento con ideas más agradables, lo lanzaba al
recuerdo de los grandes caminos solitarios, de los bos-
ques de hayas y de encinas, de los montes perfumados
por el aroma del tomillo. ¡Oh! ¡Quién le hubiera dado
volar a los valles sombríos, a las playas desiertas!

Galeote triste de una vida miserable, remaba y remaba, azotado por la necesidad, sin objeto, sin fin,
sin percibir a lo lejos la luz del faro, bajo un cielo
negro, en un pantano turbio que reventaba en bur-

bujas, producidas por exhalaciones de la porquería humana.

¿En dónde buscar la calma para el espíritu? ¡Ay! En otra época hubiese tenido fe y hubiera buscado la paz quizá en la celda del trapense...

Y al entrar Silvestre en la guardilla sintió que su cólera iba tomando un matiz de ironía y, cantando alegremente, se acostó y se quedó dormido.

# XVI

## [NOTICIAS TRISTES DEL BOHEMIO PÉREZ DEL CORRAL]

Hacía ya algún tiempo que Avelino se había instalado en la casa de huéspedes de doña Rosa. Ocupaba el cuarto de Pérez del Corral, a quien se había despachado de mala manera de la casa. Una paliza que le dieron al bohemio dos hombres en la calle, contra los cuales no pudo defenderse, y la despedida de Elvira, rotunda y sin ambages, le hicieron perder su fama de valiente y de conquistador. Hasta la patrona se atrevió con él y le despidió de su casa. Pérez del Corral desapareció; no se supo nada de él en mucho tiempo.

Habían pasado seis o siete meses de la marcha del bohemio. *Los crímenes modernos* acabaron de publicarse, y la novela propuesta por Silvestre a su editor fue rechazada. Paradox se encontraba, como siempre, sin una peseta. Había prestado a Diz algún dinero, que el otro no le pudo devolver porque no tenía un cuarto.

Silvestre, para entretener sus forzados ocios, sacó de un rincón una caja grande, adonde arrojaba todos los periódicos, cartas y documentos de algún interés, y por si entre todo aquel montón de papeles había algo de provecho, los iba examinando uno por uno.

¡Qué sensación más extraña de amargura le produjo leer las cartas agrupadas, los recortes de periódico guardados! ¡Cuánta estúpida ilusión! ¡Cuánta ruina! Le parecía mentira que hubiese sido tan imbécil y tan confiado. Leía las cartas y las notas e inmediatamente les pegaba fuego con verdadera saña. No respetaba nada; hasta unas cartas pequeñas, con letras como patas de mosca en el sobre, que habían ido escapándose de un paquete atado con una cinta y andaban desparramadas entre los demás papeles, como escondiéndose en los rincones, fueron quemadas implacablemente.

Una tarde estaba entretenido en esta melancólica ocupación cuando Pelayo Huesca le entregó una carta con el sobre sucio y manoseado.

—No faltaba más —pensó— sino que sea alguna petición de dinero.

Abrió la carta. Decía así:

«Sr. D. Silvestre Paradox.

»Estimado amigo: Me encuentro enfermo, muy enfermo. No tengo quien me cuide. Venga usted, si puede, a verme. Mi casa: calle de Castillejo (Cuatro Caminos), 4, piso tercero, letra D. Suyo afectísimo, *Juan Pérez del Corral.*»

Inmediatamente de leer la carta, Silvestre salió y echó a andar por la calle de Fuencarral arriba. Al pasar junto a su antigua casa de Chamberí no pudo menos de contemplarla melancólicamente. Llegó a Cuatro Caminos, preguntó aquí y allá, hasta que dio con la casa, una casucha de aspecto sórdido.

Al lado del portal había una pobre tienda con su letrero: «Quincalla», y en el escaparate se veían unos cuantos quinqués de petróleo, palmatorias de latón blanco, tubos de cristal, mechas, unas cometas de papel rojo y amarillo completamente ajado y unos estoques de juguete recubiertos de estaño. Había también, desparramadas por el escaparate, lamparillas de esas que se hacen con un corcho y una mecha para ponerlas en vasos llenos de aceite el día de Ánimas.

El portal y la escalera eran claros: pero de una claridad cruda y triste, que ponía más al descubierto la pobreza de la casa; todo estaba ahorrado, escatimado, hecho con la más repugnante economía. En cada piso, de los rellanos de la escalera partían corredores que pasaban por encima del patio y terminaban frente a varias puertas.

Al llegar al tercer piso, Silvestre recorrió el pasillo y se detuvo al final. Sobre las puertas debió de haber en otro tiempo letras escritas; pero estaban medio borradas y no se leían.

En una, sin embargo, Silvestre creyó distinguir los rasgos de una C, y siguiendo el orden, supuso que la inmediata sería la D. En esta puerta estaba colocada la llave en la cerradura, por fuera; Paradox, después de llamar, viendo que no obtenía contestación, empujó la puerta.

—¡Eh, buenos días, buenos días! —gritó—. ¿No hay nadie?

Procedente de adentro oyó Paradox algo como un quejido. Atravesó un corredor de la casa y penetró en un cuarto. Allí estaba el bohemio, tendido en una cama hecha sobre los ladrillos.

—¡Don Silvestre! —murmuró Pérez del Corral con voz débil y quejumbrosa—. ¿Sois vos?

—Sí, hombre; ¿qué le pasa a usted?

—¡Ay! Estoy muy malo, don Silvestre. Me estoy muriendo.

—Ca, hombre. ¡No sea usted loco!

—Sí, don Silvestre. El médico de la Casa de Socorro me ha dicho que tengo una tisis galopante. Me van

a llevar al hospital, y ¿sabéis lo que quisiera? Que me
acompañarais cuando vaya en la camilla.

—Bueno, hombre. Pero no tenga usted cuidado,
¡qué demonio! En el hospital le cuidarán a usted bien.
Yo conozco allí a un médico que es muy amigo mío.
Curará usted.

—¡Sí, quizá!... ¿Quién sabe?

Paradox se fijó en el bohemio. Estaba flaco como
un espectro; tenía los labios azulados, las mejillas rojas por la fiebre, los ojos hundidos; sobre la almohada, de dudosa blancura, se destacaba su cabeza triste,
alargada, con la nariz hebrea, la boca abierta; su cabeza parecía la de un caballo moribundo de la plaza
de toros. El pelo, largo, enmarañado, humedecido por
el sudor, se le pegaba a la frente y a las sienes. Su
cuerpo, demacrado, no se destacaba absolutamente
nada, ni formaba bulto en el lecho.

Silvestre, apoyado en la jamba de la ventana, estuvo algún tiempo contemplándole con lástima, y cuando vio que le decía algo se acercó a él.

—¡Me va a decir éste a mí —tartamudeó el enfermo— lo que es América, cuando la he recorrido desde
el estrecho de Bering hasta la Patagonia!

El bohemio estaba delirando. Silvestre se sentó pensativo en la única silla del cuarto. La luz de un día de
marzo, alegre, clara, reflejada en la pared blanca de
la casa frontera, entraba por la ventana como si vinie-
ra riendo y cantando. En el cuarto no había más mue-
ble que una mesilla de pino junto a la cama. Por una
puerta se veía la cocina, pequeñísima, y del vasar de
la chimenea colgaba, como gallardete en triunfo, un
papel picado amarillo. En el centro del fogón había
un montón de cristales rotos y de corchos.

Paradox, lleno el cerebro de ideas tristes, esperó,
fumando cigarros y mirando por la ventana, a que vi-
nieran del hospital con la camilla. La caída de la tarde
era desde allí de una tristeza dolorosa. No se oían más

que, de vez en cuando, voces irritadas de la vecindad, el ladrido de algún perro; a lo lejos el silbido del tren, y la noche llegaba dando tonos cenicientos a los tejados, antes inundados de sol. Ya oscurecido, llegaron los mozos del hospital y colocaron al pobre bohemio en la camilla.

«Así concluiremos todos», pensó Silvestre.

Y después comenzó la peregrinación por las calles, llenas de gente, iluminadas por luces de los faroles y de los escaparates, hasta que llegaron al Hospital General, silencioso, tétrico, alumbrado con mecheros de gas, y comenzaron a subir las escaleras, llenas de sombras, al mismo tiempo que los mozos, que llevaban el rancho, como los soldados, en grandes marmitas colgadas de un palo, que echaban un olor repugnante. Paradox acompañó al enfermo hasta que le dejó acostado en una sala del piso alto del Hospital General, y se volvió a su casa. Al siguiente día por la mañana Silvestre fue a verle y lo encontró menos abatido de lo que él se suponía. Precisamente daba la casualidad de que en aquella sala entraba el sol, la cama de Pérez del Corral estaba frente a las ventanas y el bohemio se aturdía y se alegraba mirando por los cristales la claridad del cielo.

Como Silvestre quería hablar al médico, se lo advirtió así a dos muchachos que andaban de un lado a otro de la sala, vestidos con blusas grises, los cuales le invitaron a sentarse en el vestíbulo. Mientras tanto, uno de ellos iba escribiendo en un libro largo y estrecho algunas notas y el otro charlaba:

—¿Le has puesto la inyección al número 3? —preguntó el que escribía, que era el de más edad, al otro.

—No.

—Pero, hombre.

—¡Si no tengo jeringuilla de Pravaz! ¿La tienes tú?

—Yo tampoco.

—¿De qué es la inyección?

—De morfina, hombre. Si es el del cáncer.

—¡Ah sí! Ése que se está muriendo. También es cosa rara. Cree que tiene un cangrejo macho en un lado y en el otro uno hembra, y dice que cuando se emparejan le vienen los dolores.

—Sí... En la sala de presas había una que aseguraba que tenía una culebra viva en el vientre y que la sentía andar. Fenómeno de histerismo.

—Claro. Oye —dijo el más joven—, ¿y qué tal te fue ayer? ¿No estuviste de guardia?

—Sí, me pelaron. Lamela tuvo una suerte loca; nos ganó a todos. Yo perdí dos duros y medio. Don Teodoro, el capellán, seis o siete. Tuvo que empeñar el dije.

—¿Qué dije?

—¡Ah! Pero ¿no sabes? Lleva un centén colgado en la cadena del reloj; dice que es un recuero de su madre. Cuando pierde juega su centén; pero, por si acaso, no lo saca de la cadena.

—¡Qué punto!

—Es tremendo. Pero oye, tú. Vete por la jeringuilla. Ese tío está berreando. Si Pérez sabe que no le hemos dado la inyección nos va a poner de vuelta y media.

El estudiante más joven echó a correr, y al poco rato volvió con un estuche pequeño en la mano. Sacó del estuche una jeringuilla, y después de haberla ensayado con agua, entró en la sala. Volvió, encendió un cigarro y siguieron charlando los dos muchachos.

—Creo que Ojeda ha hecho una operación pistonuda —dijo el jovencito, dejando el estuche en la mesa.

—¿Sí?

—Una cosa brutal. Una mujer con un tumor en el cerebro, con adherencias a las meninges. Le ha trepanado el cráneo; luego, con una aguja, le ha atravesado varias veces la masa encefálica, hasta encontrar

el tumor. Después lo ha extraído, y con dos colgajos
de piel ha cerrado el boquete. Una cosa admirable,
según dicen.

—¿Y se curará esa mujer? —preguntó Paradox.

—No sé —dijo el estudiante con indiferencia, vol-
viendo los ojos hacia donde estaba Silvestre—. Quizá
se quede idiota.

Entristecido Paradox por aquel tono indiferente, no
hizo ninguna pregunta más y esperó con paciencia a
que llegara el médico.

Llegó éste, un señor joven, de barba rubia, y Paradox le expuso su pretensión, su deseo de que se
atendiera a Pérez del Corral, a quien describió como
un joven, aunque desconocido, de gran talento.

El médico le prometió hacer todo lo que se pudiera,
y se dirigió inmediatamente a la cama del bohemio.
Le hizo incorporarse en la cama, le percutió con los
dedos en el pecho, le auscultó, haciéndole respirar
fuerte, aplicando la oreja en la espalda y en los cos-
tados. Cuando levantó la cabeza, Silvestre miró atentamente al doctor; no se le notaba en la cara.

—Ponga usted —dijo al interno—: Diagnóstico T.
P. Tratamiento: píldoras de creosota y yodoformo.

Después el médico, poniendo la mano en el hombro
del enfermo, le dijo familiarmente:

—¿Tienes ganas de comer?

—Unas pocas.

—¿Te gusta la leche?

—Sí.

—Bueno. Se te dará leche con bizcochos.

El doctor siguió haciendo la visita. Cuando hubo
concluido, se le acercó Silvestre.

—¿Está grave, doctor? —le preguntó.

—Muy grave. Tuberculosis aguda con sínfisis cardia-
ca. Ya ve usted. Una letra de cambio sobre la muerte
a treinta días vista.

El médico, después de decir esto, se puso a enja-

bonarse las manos. Luego se quitó la blusa, se la dio
a un enfermero, saludó a la hermana de la Caridad
que estaba de guardia, le cepillaron de arriba abajo,
tomó el bastón y el sombrero y se preparó para salir.

—¿Me podré quedar aquí algunos ratos? —le preguntó Paradox.

—Sí. No hay inconveniente. Como usted guste.
Adiós, señores —y el médico se marchó.

Silvestre se acercó al bohemio y le tranquilizó.

—No tiene usted gran cosa —le dijo.

—Sí, creo que pronto estaré bueno —murmuró Pérez del Corral—. Lo que yo tengo es debilidad. Me
tenéis que traer mañana un libro. Vendréis mañana, ¿eh?

—Sí, hombre.

Efectivamente, fue al día siguiente y encontró al bohemio más animado.

—Estoy pensando —le dijo— en el libro que voy a
hacer cuando me ponga bueno. Le llamaré *La Sala
del Hospital.* Voy a hacer una cosa hasta allá. Porque
esto, amigo Paradox, es un escándalo. Las hermanas
de la Caridad no hacen nada más que repartir pan y
vino y escamotear todo lo que pueden. A mí, no; la
monja de esta sala me cuida bien, ¿sabéis? —y el bohemio se sonrió con su proverbial petulancia—. Me
parece que a la hermana Desamparados no le parezco
costal de paja.

—¡Ya empieza usted con sus conquistas! —dijo Paradox, reprendiéndole entre serio y burlón.

—¿Qué le voy a hacer?

—Hombre..., repórtese usted un poco. No desplie-
gue usted sus seducciones.

—¡Si vierais los celos que tiene de mí uno de esos
estudiantes, el más jovencito de los internos!

—Pero ¿es que también ése...?

—Sí, hombre. Estos señores internos no hacen más
que olvidarse de las prescripciones, hacer la corte a

las monjas y hablar en una jerga endiablada que les
ha enseñado un libro de Letamendi. Que si la ecua-
ción de la vida..., que si la curva de la enfermedad.
¡Qué sabrán esos pipiolos de estas cosas! Por otra parte, todo eso de Letamendi es un puro plagio. Lo tengo que decir en mi libro.

Pérez del Corral siguió fantaseando acerca de muchas cosas. En los días siguientes se levantó. Paseaba
por la galería alta del hospital. Empezaba a sentirse
dictador y reprendía a los mozos cuando hacían algo
que a él no le parecían bien. Obedecíanle los mozos,
unas veces en serio y otras en broma. Sobre todo había uno, joven, sanote, que contemplaba al bohemio
sonriendo siempre, y que le cuidaba con cariño. Como
Pérez del Corral contaba tantas mentiras al mozo, le
tenía entusiasmado con sus historias.

A medida que el bohemio iba poniéndose peor, estaba más animado y alegre. Una vez intercedió por un
pobre vecino de su cama.

Era un mendigo que, abandonado y sin medios de
vivir, inventó una superchería para entrar en el hospital. Había tenido pelagra en las manos y le quedaban cicatrices. El pobre hombre, que conocía a fondo
los síntomas de la pelagra, tomó media botella de
agua de Loeches y se fue al hospital. Ocupó una
cama, y dijo, cuando le preguntaron, que tenía dolores en la nuca, un sabor muy salado en la boca y calor
en las manos.

—Pelagra —aseguró el médico doctoralmente.

Pero resultó que uno de los enfermos sabía que el
mendigo había empleado el mismo truco otra vez, y
lo descubrió. El médico ordenó que le diesen de alta.

—Doctor —le dijo Pérez del Corral, que presenció
la escena—: ese pobre hombre no tendrá pelagra,
pero tiene un hambre atrasada de muchos días, que
es aún peor. ¡Si le pudieran dar de comer!

El médico dispuso que estuviera dos días a ración y que luego se le hiciera marchar.

Aquellas preeminencias de su alta posición enorgullecieron a Pérez del Corral, y no perdió tiempo al ver a Silvestre de mostrarle el falso enfermo que le debía dos días de ración y de cama.

Era un hombre de unos cincuenta y tantos años, con los ojos encarnados. Vivía de pedir limosna; pero la concurrencia en esto se había hecho tan grande, según le dijo a Silvestre, que ya no se podía ser *mangante.*

—¿Cómo *mangante?*

—Bueno, mendigo o pobre; es igual.

—¿Y en los asilos? —le preguntó Silvestre.

—En el de las Hermanitas no he podido entrar porque no tengo recomendaciones, y en los otros del Ayuntamiento, pues muchas veces no se come. Llevan el rancho algunos golfos y lo venden en el camino.

—Y pidiendo lismona, ¿ya no se puede sacar para vivir?

—¡Ca, nada! Yo suelo reunir de treinta a cincuenta céntimos al día.

—¿Y cómo vive usted con eso?

—Pchs. Así así. Duermo en casa de una vieja que toca los hierrillos y anda con un ciego. Alquila cada cama por veinte céntimos, y cuando no los tengo me voy a alguna taberna de las Rondas, de ésas que tienen dormitorio, y por una perra chica le alquilan a uno una estera.

—¿Y comer?

—A veces no marcho mal, porque me guardan el cocido en alguna casa. Entonces, la verdad, lo demás me lo gasto en aguardiente y suelo ir trompicando a casa por esos caminos.

—¿Y por qué suelen ustedes tener tanto miedo a que les cojan los guardias?

—¡Toma! ¿Por qué? Porque nos tienen encerrados

en la Delegación veinticuatro horas sin nada, sin bofeteo.

—¿Cómo sin bofeteo? ¿Pegan? —preguntó Silvestre.

—No, hombre. Que lo tienen a uno sin comer.

Paradox, después de interrogar al mendigo, se despidió para marcharse a su casa. A las dos o tres semanas de entrar el bohemio en la sala, Silvestre lo
encontró muy fatigado y calenturiento.

A pesar de esto se encontraba más animado que
nunca, pensando en sus viajes; pero hablaba con cierta incoherencia de las monjas, que se enamoraban de
él; de los internos, que tenían celos; del olor a comida
que le repugnaba, [y, sobre todo, de la Virgen que
había en un altar en el fondo de la sala; una mujer
tonta, con ojos de cristal, que no hacía nada por nadie, y que no se molestaba en favorecer a los que le
pedían favores, rezando e implorando con las manos
juntas.

—Es igual, igual que mi sombrero, esa Virgen
—murmuró Pérez del Corral—. Este sombrero ha estado en América y en París y en Londres. Preguntadle
algo, no contesta nada. ¿Por qué? Porque es imbécil.
Lo mismo le pasa a esa Virgen. Es idiota.]

Días después, una mañana, cuando Paradox entró
en la sala del hospital, vio la cama de su amigo sin
colchones ni jergones. El bohemio había muerto por
la noche. Preguntó Silvestre dónde le habían llevado,
y como le dijeran que al depósito de cadáveres, fue
allá, en donde vio tendido a Pérez del Corral sobre el
suelo, completamente desnudo. Parecía un esqueleto.

En su pobre cuerpo escuálido se dibujaban las cos-
tillas como si fueran a romper la piel, y de su cuello
colgaba, por una cinta mugrienta, un escapulario y
una medalla de cobre.

La cara del muerto no tenía expresión ninguna, ni
de dolor ni de angustia; los ojos estaban abiertos, em-

pañados y turbios; las ventanas de las narices negruz-
cas, la boca abierta.

Silvestre se enteró en las oficinas del hospital lo que
podía costar un entierro, y pidió dinero a Castillejo;
con aquel dinero pagó el funeral.

Acompañó solo al bohemio al Este, en una tarde
muy hermosa, con un sol espléndido.

Después de enterrado el cadáver, Silvestre paseó
por entre aquellas tumbas, pensando en lo horrible de
morir en una gran ciudad, en donde a uno lo catalo-
gan como a un documento en un archivo, y contempló
con punzante tristeza Madrid a lo lejos, en medio de
campos áridos y desolados, bajo un cielo enrojecido...

# XVII

## [PARADOX, PRECEPTOR]

Entró Diz de la Iglesia en la guardilla de su amigo y preguntó a don Pelayo:

—¿Se ha levantado don Silvestre?

—No, aún no.

—¿Estará dormido?

—No sé.

—¿Qué hay, Diz? —preguntó Paradox desde la cama—. ¿Qué ocurre?

—Nada. Una pequeñez. Que la patrona me ha armado una bronca con el pretexto de que no se le paga.

—¡Hombre! ¿Pues qué quiere esa señora? ¿Qué se le pague todos los meses?

—Como otros huéspedes no pagan nunca, ha pensado, sin duda, que paguemos nosotros siempre. Habrá que tomar una determinación.

—Sí. Habrá que tomar una determinación —murmuró Silvestre en tono soñoliento, dando una vuelta entre las sábanas.

—No, no. Es que hay que tomar una determinación seria.

—Pues eso digo yo. Una determinación seria.

—¿Es que usted no me cree capaz a mí de obrar?

—Sí, le creo a usted capaz de obrar. Tengo tanta confianza en usted como en mí mismo.

—Bueno. Va usted a comprender quién soy; me voy a ver a Vives.

—¿Quién es Vives?

—Es el administrador de unas viejas ricas.

—¿Le va usted a pedir dinero?

—Sí.

—¿Cuánto le va usted a pedir?

—No sé. ¿Qué le parece a usted?

—Pídale usted lo más que pueda. Ya tendrá usted tiempo de rebajar.

—Le pediré cien duros.

—Bien, muy bien.

Avelino, con una decisión admirable, salió de casa. Silvestre, que no creía en los resultados de la gestión de su amigo, llamó a don Pelayo y le preguntó si no habría en la guardilla nada empeñable.

—A no ser los bichos disecados... —respondió el fetiche.

—No, no; de ésos no quiero desprenderme. Es como si me dijera usted que empeñara a mi familia.

—Pues otra cosa me parece que no debe de haber.

—Busque usted, hombre, busque usted. Habrá... alguna cosa...

Y Silvestre cerró los ojos y quedó sumido en un sopor delicioso. Oyó los pasos del fetiche, que andaba de un lado a otro revolviendo los trastos de la guardilla, se durmió, se volvió a despertar con el ruido de una silla caída, y cuando comenzaba nuevamente a dormirse oyó que don Pelayo le llamaba.

—¡Don Silvestre! ¡Don Silvestre!

—¡Eh! ¿Qué pasa? ¿Qué pasa?

—Que he encontrado algo vendible —dijo el fetiche mostrando una carpeta atada con bramante.

—¿Y es?

—Estas fotografías.

—No dan dos reales por todas.

—En una casa de préstamos no darán nada; pero yo conozco un tío que tiene un cosmorama en un barracón de un solar de la calle de Cuchilleros que puede que compre estas fotografías.

—Pero ¿qué interés puede tener esto? Muchas de estas fotografías son de la guerra turcogriega. Las compré a cinco céntimos cada una en los muelles de París. No son de actualidad.

—¿Y eso qué importa? Se las ilumina y se les ponen títulos nuevos, como si fueran fotografías de la guerra de Cuba.

—Hombre, sí. Es una idea luminosa. Iluminaré las fotografías y les pondré títulos sugestivos.

—No hay que olvidarse de hacer en todas las casas unos agujeritos y ponerles detrás un papel encarnado.

—Pero ¿en todas hay que poner los agujeritos?

—Sí, sí. En todas.

—Bueno. Pues hágalos usted.

El fetiche no dejó casa, ni choza, ni ambulancia de heridos, ni monolito sin su correspondiente fila de farolillos a la veneciana. Se indicaba así la gran alegría que experimentaban los combatientes al encontrarse rompiéndose el alma en los campos de batalla. Mientras tanto, Silvestre siguió roncando.

Al cabo de un par de horas se tuvo que despertar definitivamente. Avelino se presentó muy sofocado.

Al verle, Paradox abrió los ojos.

—¿Ni un céntimo? —le preguntó.

—Cuarenta duros.

—¡Demonios!

—Pero hay otra cosa.

—Pues ¿qué hay?

—Una colocación.

—¿Para quién?

—Para usted.

—¿Para mí?

—Sí, una colocación de preceptor.

—¿De preceptor? ¿Y por qué no de monja?

—Nada de chirigotas; hablo en serio. Esta familia, cuyos bienes administra Vives, desea un profesor de Francés, de Geografía, de Matemáticas, etc., etc. Cuando el administrador me habló de esa plaza, inmediatamente me acordé de usted. «Tengo un amigo —le dije— que sabe todas esas cosas, y muchas más.» «¿Qué clase de hombre es?» «Es de la madera con que se hacen los genios», le respondí. «Excelente madera», me dijo. «Excelentísima», le contesté. «Tráigalo usted por aquí», añadió, con que hala, vámonos. Comeremos en los Leones de Oro.

—¿Que se gana? —preguntó Paradox.

—Cuarenta duros.

—¿Al año?

—No. Al mes.

—Entonces no hay que perder tiempo.

Se vistió Silvestre, y Avelino y él salieron de casa. Se marcharon a la fonda de los Leones de Oro, en la calle del Carmen, y allí devoraron un cubierto; después, con el aplomo que da una buena comida, terminada con abundantes libaciones, se dirigieron a la calle de Valverde, en donde vivía el amigo de Diz de la Iglesia, un señor grueso, de cara dura y patillas que parecían de ébano por lo negras y por lo macizas.

El señor de las patillas les hizo esperar en la antesala. Al cabo de una media hora entró mordiendo un puro, sostenido entre sus gruesos labios, y luego de oir a Diz de la Iglesia se puso a escribir una carta, que al concluirla entregó a Silvestre.

—Le advierto a usted —le dijo— que las señoras de esa casa son muy religiosas. Tienen un capellán para educar al niño y enseñarle doctrina. Por si sus ideas son avanzadas, se lo anticipo; para que no diga delante de esas señoras nada que pueda parecer antirreligioso.

—¡Oh!, no tenga usted cuidado —murmuró Paradox sonriendo—; soy ortodoxo.

—¡Hum!... ¿Qué sé yo? En fin, se lo advierto por si acaso —añadió el señor de las patillas negras, hundiendo su humanidad grasienta en una butaca y echando más humo por la boca que la chimenea de un tren.

Avelino y Silvestre, después de saludar al hombre gordo y patilludo, salieron de la casa y se dirigieron hacia la calle de la Princesa, en donde vivía la ilustre familia de los Álvarez Ossorio Elorz y Dávalos, a la cual iba recomendado Silvestre.

Al acercarse a la casa y al ver su portal grande, con su cochera en el fondo, por una acción que un fisiólogo hubiera llamado refleja, Paradox se puso a contemplar el estado de su ropa. Sus pantalones tenían algunos flecos; a la chaqueta le faltaban todos los botones; en los zapatos reinaba la anarquía; el tacón afirmaba su independencia de una manera escandalosa, y la piel de becerro sonreía acompasadamente, enseñando en el fondo de su amable sonrisa el tejido de un calcetín rojo.

—Este traje me parece que está un poco... ¿eh? —dijo Paradox a Diz.

—No está mal. No es precisamente de etiqueta.

—Si el abrigo estuviera más nuevo disimularía algo.

—¿Quiere usted el mío?

—Bueno. Venga. Vamos a un portal. Allá cambiaremos de prendas de vestir.

Hicieron el cambio de gabanes, y Avelino, además de su gabán, le prestó a Paradox sus puños.

—Ahora debo de estar mejor —murmuró Silvestre.

—Al pelo.

Paradox se arrancó los flecos de los pantalones, se peinó hacia un lado el erguido tupé de su cabeza y

entró en el portal de la aristocrática casa. Avelino se
dispuso a esperarle en la calle.

—¿La señorita doña Luisa Fernanda Álvarez y Ossorio? —dijo Silvestre, sin tomar aliento, a un portero
viejo, vestido con una librea bastante raída y un so-
brero de copa que se le metía hasta las orejas.

—Primer piso.

Paradox subió la escalera; llamó en el primer piso
y le abrió la puerta un criado alto y grueso, vestido
de negro; un tipo de demandadero de monjas, el cual,
después de enterarse de qué era lo que deseaba, le
hizo pasar a un salón, en donde le invitó a tomar
asiento.

Silvestre permaneció de pie, algo encogido, mirando
los muebles y sus botas sucias, como si quisiera hacer
una comparación entre unos y otras.

El salón, con tres balcones, estaba alhajado con
muebles de buen gusto. Había en las paredes el retrato de un caballero del tiempo de Carlos IV, pintado
por Goya, y varios otros de generales y de señores
vestidos con hábitos propios de órdenes nobiliarias.

Entre todos estos retratos había uno de un obispo,
admirable. Era de medio cuerpo, de frente, una figura
gruesa, colorada. Estaba vestido con un traje negro,
adornado con puntillas rojas, y sobre el traje se veía
una cadena de oro terminada en una cruz llena de
brillantes.

El tipo de este obispo era elegante, mundano y, a
pesar de su cara gruesa y casi apoplética, tenía un aspecto distinguido y lleno de arrogancia. El manteo negro, cruzado por delante, lo sostenía con las dos manos cruzadas.

La sillería, de nogal tallado, era de seda roja, con
tonos ajados, que la hacían más bella. Entre los retratos había únicamente dos de mujer, y los dos modernos; uno de Gisbert, bastante bien dibujado, pero de

un color pizarroso y triste, que representaba una dama
de nariz puntiaguda, frente pequeña, el pelo dividido
en dos bandas, que parecía una viñeta iluminada de
alguna novela romántica; y el otro de Madrazo, también sin espíritu, fuera porque el modelo no lo tuviese, o porque el pintor no había sabido dárselo.

Silvestre se asomó al balcón, vio a Diz de la Iglesia
que se paseaba por la acera de enfrente, con su gabán
aceitunado, y se retiró rápidamente de allí al oír ruido
de pasos. Se volvió; esperaba con cierto temor. Pensaba encontrarse con una señora de aspecto impo-
nente.

Se levantó una cortina y apareció en la sala una
mujer de unos cuarenta años, vestida con un traje de
color crema, de ademán lánguido y decaído y aspecto
marchito.

Silvestre la saludó ceremoniosamente, y ella le contestó con una inclinación de cabeza y le invitó a sentarse.

—¿Es usted el profesor que nos recomienda don Álvaro?

Don Álvaro, sin duda, era el señor de las patillas
de ébano.

Paradox se inclinó y le entregó la carta. Mientras la
leía, Silvestre se puso a contemplar la dama. Tenía la
aristocrática solterona la cara muy empolvada; pero a
pesar de esto, los polvos no impedían que se marcase
un círculo azulado que rodeaba sus ojos y que llegaba
hasta la mitad de la cara. Los mismos tonos azulados
rodeaban su nariz fina y corva y su boca rasgada, con
los labios pintados.

—Don Álvaro nos da muy buenas referencias —dijo
doña Luisa Fernanda después de leer la carta, con una
voz entre agria y cariñosa, que de vez en cuando se
hacía opaca—; dice que conoce usted muy bien el
francés y el inglés.

—Un poco.

—¿Ha vivido usted en Francia?

—Sí, señora.

—Pues mire usted, nosotras lo que queremos es que el niño, mi sobrino, vaya aprendiendo algo sin que se canse la cabeza. No deseamos que sea un sabio. El pobre está delicadito.

—Perdone, usted señora; don Álvaro me había dado a entender que se trataba de un niño y de una niña. No sé si he entendido mal.

—Es cierto. Sabe usted, el niño está muy mimado. ¡Claro!, el pobrecito no tiene padre ni madre, y nosotras le contemplamos demasiado...; yo lo comprendo... Es una falta.

—A lo más, será un exceso de cariño.

—Sí, es verdad. Pues verá usted. Cuando nos dijeron los amigos de casa que a Octavito había que traerle un profesor, el niño se echó a llorar y dijo que no quería y que no quería, y sólo prometiéndole que su hermanita también tendría que ir a dar la lección, se calmó. A la niña no le vendrá mal dar un repaso de escritura y aritmética.

—Sí. Ademas añadió Silvestre poniéndose serio y haciendo una frase de maestro de escuela—, estudiando juntos se puede despertar la emulación entre ellos.

—Sí, también es verdad.

—¿Y qué edad tienen?

—María Flora, mi sobrina, tiene dieciséis años, y Octavio, catorce.

—¿Los han educado en casa?

—Sí; Florita ha tenido institutriz hasta hace poco, y un sacerdote está de preceptor de Octavio.

La conversación languideció pronto. Hubo momentos en que la señora miraba a Paradox y éste desviaba la vista, dirigiéndola al suelo.

—¿Ya sabe usted las condiciones del sueldo y demás? —preguntó la dama.

—Sí, señora.

—¿Le parece bien, o cree usted que es poco?

—De ninguna manera. Está muy bien retribuido. Si soy aceptado como profesor de los niños y quiere decirme la señora cuándo tengo que venir...

—Pues... A principios de mes; o si no, el mismo lunes. Voy a llamar a mis hermanas.

La señora hizo sonar un timbre y apareció el criado grueso, de aspecto frailuno.

—Di a las señoritas que vengan.

Sintióse Silvestre nuevamente encogido. Entró una señorita con un aspecto parecido al de Luisa Fernanda, pero más baja y más tímida, con la cara también blanqueada por los polvos de arroz y dos o tres lunares en el mentón que hacían efecto de barba. Silvestre se levantó, saludó, y estando de pie apareció otra señorita más joven que Luisa Fernanda, vestida con un traje rojo, muy morena, con cara hombruna, mirada intensa, ademán enérgico, peinada con una porción de rizos y sortijillas.

Silvestre saludó, se sentó, y al encontrarse rodeado por las tres envejecidas vestales, se vio presa de un azoramiento tan grande, que no sabía qué hacer de sus manos, de su sombrero ni de sus pies.

Contestaba por monosílabos a lo que le preguntaban, aturdido completamente. Había introducido una mano en el bolsillo del gabán de Avelino y estaba pensando qué podía ser una especie de carrete que se encontraba dentro, y hasta que pudo comprender lo que era, un rulo de una máquina fotográfica, de esas de bolsillo, no se tranquilizó.

Situación tan enojosa se hizo mayor con la entrada de un curita joven que venía llevando un niño de la mano.

El niño era Octavio, un muchacho vestido de marinero, de melena rubia, cara de niña, ojos castaños con la esclerótica azulada; un niño que debía de ser muy asustadizo, porque no quiso acercarse a Paradox y permaneció junto al curita, el cual echó a Silvestre una mirada tan de falsa unción, que bastó a éste para sentir por él gran antipatía.

Se dispuso entre las tres señoritas que Paradox comenzara las lecciones el primer día de la semana, dos horas por la mañana y otras dos por la tarde, y el ya nombrado preceptor aburrido de lo interminable de la conferencia, sofocado y atolondrado, pretextó una ocupación y se despidió.

Al encontrarse en la calle lanzó un suspiro de satisfacción. Diz de la Iglesia le increpó por su tardanza.

—Pero, hombre. ¡Ha pasado usted cerca de una hora!

—¡Qué quiere usted, amigo Diz! Son unas señoritas viejas que no deben de tener en qué ocuparse, y son terribles. Miran a un hombre como a un bicho raro. Yo me estaba mareando en medio de las tres solteronas. Creo que hasta huelen a cuarto sin ventilar.

—¿Pero está usted aceptado?

—Sí.

—¿Con cuarenta duros?

—Con cuarenta duros.

—Vamos, es algo. Ahora nos iremos a casa y diremos a la patrona que si otra vez se permite echarnos en cara nuestra morosidad abandonaremos la casa.

Doña Rosa, la cartagenera, con el dinero que le dio Avelino y con la promesa de pagarle cuando cobrara Silvestre, se tranquilizó por completo y no exigió más.

El primer día de la semana Silvestre se cepilló la ropa, se puso camisa limpia, se embetunó las botas y se marchó a dar su lección con cierta escama. El criado frailuno de la casa le hizo pasar por un pasillo a un gabinete con dos balcones, tan lleno de cortinas, de adornos y de cachivaches, que no se veía medio centímetro de pared sin tapar; por todas partes, cuadros de pacotilla, con grandes marcos dorados, fotografías, juguetes, *bibelots* de mal gusto, estatuas de tierra cocida y pintada, sillas de madera blanca desparramadas por el cuarto, y enfrente de la puerta un negro de tierra cocida, de tamaño natural, sentado en una silla leyendo un periódico.

Sobre todo el negro era una cosa que molestaba profundamente. Silvestre esperó, y al poco rato entraron el curita y el niño Octavio. El curita habló un momento, con su voz untuosa y su sonrisa, más falsa que la del caimán disecado de Paradox.

—Aquí se queda mi discípulo. Octavio, adiós. A ver si aprendes bien lo que te enseñe este señor. ¡Adiós, hijo mío!

Y el cura se fue. En esto se oyó en el pasillo la voz de la mayor de las solteronas, y otra agria y vibrante:

—Vamos, María Flora, no seas pesada —decía la solterona.

—Te digo que no quiero.

—Pero, ¡niña, por Dios!

—¿De manera que porque Octavio no quiere estudiar tengo yo que estar aburrida con él?

—Estate un momento, aunque no sea más.

—Bueno. Pero te advierto, tía, que cuando me canse me marcho.

—Bien, hija; como quieras.

Entraron tía y sobrina en el cuarto. Silvestre las saludó; la solterona se fue y se quedaron los dos hermanos con Paradox, el cual hizo algunas preguntas en francés a la muchacha, que le contestó en tono displicente, y empezó la lección.

El chiquillo tenía un aire tan desolado mientras hablaba Silvestre, que éste no quiso preguntarle nada para no atemorizarle, y le dio un libro de cuentos con láminas iluminadas para que se entretuviese. La primera lección fue para el maestro, como para sus discípulos, de un aburrimiento grandísimo, y en aquel día, y en los posteriores, Silvestre notó en María Flora una rebeldía y una mala intención para él grande, y en Octavio un estado constante de entontecimiento.

Al cabo de una semana María Flora se humanizó y

comenzó a tratar a Silvestre con un poco más de confianza y de respeto.

María Flora era delgaducha y pálida, estrecha de caderas y angulosa. Su tez, marchita, de un color amarillo aceitunado; a veces se coloreaba desigualmente con manchas rojas, que parecían vetas de jaspe. Su rostro era impasible e insignificante; una naricilla corta, la boca grande y rasgada, los dientes desiguales y atropellados; toda su vida parecía reconcentrada en sus ojos, secos y ardientes, que bizqueaban algo. Su voz fuerte y algo agria, como la de su tía Luisa Fernanda, se enronquecía a veces hasta quedar opaca. Ocurrente y mordaz, tenía de cuando en cuando una mirada luminosa, de una sátira tan punzante, que Silvestre la notaba, sin verla, y, cuando la sentía, se ruborizaba como un doctrino.

—Mi cuerpo es —decía ella misma— un montón de huesos, pero tan bien colocaditos, que hay muchos que se vuelven locos por ellos.

No tenía la muchacha nada de aristocrático en sus gustos, al menos en el sentido alto y refinado de esta palabra; al revés, le encantaban las chulaperías, las verbenas, los tangos y las canciones de las zarzuelas del género chico.

Sus gracias y sus ocurrencias eran del arroyo. Se le hubiera puesto vendiendo periódicos en la Puerta del Sol y se hubiese encontrado en su centro. Hasta su voz desgarrada parecía que debía de haberse enronquecido voceando *La Correspondencia* y bebiendo copas de aguardiente.

A los quince días de verle, María Flora conocía a Paradox como si hubiera vivido siempre con él y se entretenía en desconcertarle con sus miradas, con sus sonrisas o con sus extemporáneas preguntas.

—Pero ¡qué infeliz es usted, don Silvestre! —le solía decir, riéndose con su risa de golfo.

Paradox no se incomodaba ni le guardaba rencor,

pero le tenía algún miedo. «Era demasiado sagaz aquella muchacha para ser buena», pensaba él. Lo adivinaba todo. Al comenzar la lección en francés leían los dos discípulos el Telémaco, y María Flora hacía comentarios sangrientos acerca de la ñoñería de los personajes de Fenelón.

—¿A cuántas mujeres ha engañado usted? —le dijo un día la muchacha a Silvestre.

—¿Engañar yo? A ninguna.

—¡Qué tonto! ¡Si yo fuera hombre!...

—¡Si usted fuera hombre!... ¿Qué haría usted?

—Sería un calavera y andaría detrás de todas las mujeres, e iría a los cafés cantantes, y a las juergas, y domaría caballos. ¿A usted no le gusta eso?

Paradox sonreía al oírla, y trataba de tomar las frases de la muchacha como pura broma; esto era lo que se figuraba él que debía hacer en calidad de preceptor, aunque no se le ocultaba que la chica decía todo aquello con conocimiento de causa.

Al mes de conocerle, María Flora hablaba a Silvestre con la confianza que un colegial puede tener con su compañero. Le hablaba de su familia y le hacía confidencias que a Paradox le llenaban de zozobra, de miedo de que le oyesen las tías.

Su padre había sido un vicioso completo, y como no tenía nada de guapo y además era jorobado, a lo último hacía el amor a las criadas. Una vez le quiso pegar a su madre; pero ésta le dio un empellón que por poco le mata.

—Mamá era muy hermosa —decía María Flora con su sonrisa irónica—. Papá, en cambio, parecía un mono. Afortunadamente, yo no me parezco a él.

Una cosa que asombraba a la muchacha era la vida de Silvestre.

—Es raro —le decía— que teniendo libertad no vaya usted a los bailes ni tenga usted aventuras. ¡Debe de haber pocos hombres como usted!

—¿Por qué?

—¿Qué se yo? Así como usted, pensando siempre en máquinas y en cosas que no sirven para nada, no debe de haber ninguno.

Octavio, el hermano, oía estas conversaciones entre el profesor y la discípula, sin decir nada, con su aspecto de bello imbécil, gesticulando de vez en cuando o riéndose sin saber él mismo por qué. El chico aquel era de una falta de inteligencia completa. Silvestre no quería cansar su memoria, pero a veces se esforzaba en enseñarle algo que el niño no podía retener. Para hacerle aprender la tabla de multiplicar Paradox se vio loco, porque el niño se fatigaba y empezaba a llorar.

Silvestre, al mes, viendo los pocos resultados que obtenía con su discípulo, lo advirtió a las señoritas y les recomendó que sacasen a Octavio por las mañanas a dar paseos por la Moncloa para que se fuera vigorizando; pero en aquella casa, para las tres solteronas, todo era motivo de incertidumbre y de grandes discusiones, y no hicieron nada de lo que se les dijo.

Octavio, con el único con quien estaba a gusto era con el cura. A Paradox le preocupaba mucho aquella amistad y observaba con el detenimiento de un médico el aspecto del niño, pálido siempre, con unas orejas que le hacían verdear la cara. Otro detalle que notaba en él era que estaba triste y con las pupilas dilatadas.

Poco a poco María Flora había ido tomando tal ascendiente sobre Paradox, que le mandaba comprar novelas que se figuraba que eran escandalosas, porque oía hablar de ellas con horror, como *La Dama de las Camelias, Las trece noches de Juanita,* y que luego de leerlas las encontraba completamente inocentes y cándidas. ¡Tantas enormidades se figuraba ella que debía de haber en la vida!

Las cosas que oía a medias avivaban más su curiosidad malsana; estaba enterada de que una prima hermana de sus tías, casada con un militar, paseaba sus

relaciones con un golfo por Madrid, lo cual, por otra
parte, no le impedía el ser bien recibida en todos los
sitios adonde iba; había adivinado en las miradas enig-
máticas e insinuantes que Laura, la más joven de sus
tías, dirigía a una de las muchachas de casa algo que
no era normal, y todo aquello le irritaba, y como María Flora no tenía en la cabeza el menor asomo de
idea de moralidad hubiese querido encontrar un libro
en donde se retratasen todas aquellas aberraciones,
que a ella se le antojaban en el fondo cosas naturales
y lógicas, prohibidas por espíritus de mojigatería.

Silvestre empezaba a estar intranquilo en aquella
casa. Octavio cada día estaba más afeminado, más pálido, con la voz más extraña. No le gustaba jugar a
ninguno de los juegos de los muchachos, y cuando
cantaba hacía gorgoritos.

Un día dijo María Flora a Paradox, sonriendo tranquilamente, con la seguridad que decía ella las cosas:

—A mi hermano no le gustarán nunca las mujeres.

Octavio sonrió con extrañeza.

El sentido de aquella frase y de aquella sonrisa per-
turbaron a Paradox. Al salir de la casa tomó la decisión de no volver a ella; pero antes creyó indispensable ir a ver a Vives, al amigo de Diz de la Iglesia, el
señor de las patillas de ébano, y exponerle sus sospe-
chas.

El señor oyó lo que decía Paradox, y lo negó, suponiendo que era una locura de Silvestre; pero viendo
que éste insistía, le dijo:

—Bueno. Y, además, ¿a usted qué le importa? Usted da sus lecciones y se acabó.

La verdad es que él no tenía obligación de morali-
zar a nadie, y siguió asistiendo a la casa y dando lecciones. Al cabo de algún tiempo de estar Silvestre
dando lecciones en la casa murió una señora, parienta
de las tres señoritas, y a los dos días después Laura,

la tía más joven de María Flora, le preguntó a Paradox:

—¿Usted conoce a un dibujante que se firma Mefisto?

—No, señora.

—Pero ¿se podrá usted enterar?

—Si usted me manda...

—Es un sobrino mío. Fernando Ossorio; un golfo que se escapó de su casa y se fue con una mujer perdida. Entérese usted de dónde vive. Suele dibujar para algunos periódicos ilustrados.

—Lo preguntaré.

Silvestre preguntó en dos o tres redacciones y pronto averiguó dónde vivía don Fernando y se lo dijo a Laura.

Ésta, al día siguiente, vino con una carta, que dio a Paradox para que la entregara a Fernando, y por la tarde, María Flora, que tenía una penetración grandísima y la mala costumbre de escuchar detrás de las puertas, preguntó a Paradox:

—¿Qué encargo le ha hecho a usted mi tía para Fernando?

—Me ha entregado una carta.

—¡Ah! ¿Le ha entregado a usted una carta?

—Sí, señora.

—Ya me la dará usted, ¿verdad, don Silvestre?

—¡Oh, no! Es imposible.

—Démela usted.

—¡Oh, nunca! Además, está cerrada.

—Yo la abriré sin romper el sobre.

—No puede ser.

—Don Silvestre, usted quiere incomodarme.

—Sea así; pero no pienso darle la carta.

—Bueno, no le volveré a pedir nada en mi vida.

—Yo lo sentiré mucho.

—Sí, sí. Mucho. No hace usted nada de lo que yo le pido. ¿Cuándo va usted a su casa? ¿Hoy?

—Probablemente. ¡Parece que tiene usted interés por don Fernando!

—Es primo mío.

—¿Y no tiene usted más interés por él?

María Flora sonrió con coquetería.

—Mis tías habían pensado casarme con Fernando —añadió—. Pero ¡como se hizo un golfo tan grande!... Oh, ya ve usted, todavía le quiero.

Paradox miró a su discípula y notó que ésta, por primera vez, se turbaba algo.

—Ahora verá usted su retrato —murmuró ella con voz temblorosa.

La muchacha entró en el gabinete y volvió con el retrato de un hombre joven, flaco, barbilampiño, de facciones incorrectas, pero graciosas.

—Es buen tipo, ¿verdad?

—Sí, es simpático.

—Ha tenido ya tres desafíos —dijo María Flora con voz enfática.

—¡Demonio!

—Sí. A ver si le habla usted.

—Bueno; le hablaré. Pero ¿qué tengo que decirle?

—¡Toma! Le ve usted, se entera de si vive o no con esa mujer. Convénzale usted de que la deje y de que se vuelva a casa; si necesita algo, me lo dice usted. ¿Eh?

—Bueno, bueno.

—Además, dígale usted que mi tía Luisa ha dicho que si se casa conmigo, además de dejarle como heredero, nos dará una pensión todos los meses para que podamos divertirnos. Le irá usted a ver esta misma tarde, ¿verdad, don Silvestre?

—Sí; esta misma tarde.

—¿Y le convencerá usted?

—Si puedo.

—Sí, sí. Si le convence usted, le doy un abrazo.

—Bueno.

Concluida la lección, y después de comer, Silvestre

se encaminó hacia Chamberí, y después de preguntar varias veces, dio con la calle y con la casa del dibujante. Subió al cuarto piso, preguntó por don Fernando Ossorio, y una muchacha alta y esbelta, algo pintarrajeada, que encontró en la escalera, le indicó una puerta en el fondo de un pasillo.

—Ahí vive Fernando —le dijo—. No ha debido de salir, porque el estudio está abierto.

Silvestre llamó repetidas veces, hasta que oyó dentro una voz que gritaba:

—¡Que pase quien sea!

Silvestre entró. El estudio era bastante grande, empapelado de gris; las paredes se hallaban cubiertas de bocetos; dos grandes ventanales próximos al techo estaban tapados con trozos de papel continuo. Hacía calor; en una hamaca que se veía en un rincón se balanceaba un hombre, echando bocanadas de humo al techo.

Silvestre quedó un tanto perplejo.

—¿Don Fernando Ossorio? —pregunto Paradox.

—Servidor de usted —le contestaron del fondo de la hamaca.

—Una carta para usted de su tía doña Laura —añadió Silvestre, y le entregó la carta.

—¡Hombre, de mi tía! Siéntese usted, haga el favor.

El joven se puso a jugar con la carta, sin levantarse de la hamaca.

Silvestre se sentó.

Por una ventana abierta que daba sobre los tejados se veía allá enfrente una cúpula redonda, que se destacaba en el cielo azul, blanqueado por vapores turbios; el sol arrancaba chispas brillantes a los hilos de telégrafos y teléfonos que cruzaban el aire.

El joven tomó la carta, rompió el sobre y leyó el papel.

Después echó la carta al suelo y murmuró:

—Esto es indigno.

Levantóse, y apoyándose en el suelo, dijo a Silvestre:

—Dígale usted a mi tía Laura que está bien; que todo lo que me dice lo sabía.

Silvestre se levantó y cogió el sombrero.

—Y usted ¿no aprovecha la ocasión para echarme una plática? —dijo el joven con tono algo agresivo.

—¿Yo? ¡Oh, no! Soy maestro de francés de sus primos y me limito a cumplir un encargo que me han dado. No entro ni salgo en cuestiones de familia. Me ha enviado con una carta, yo se la entrego a usted y asunto concluido —y Silvestre se dirigió hacia la puerta.

—Óigame usted un momento —murmuró Fernando levantándose y saliendo de la hamaca.

—¿Para qué? Yo no tengo nada que ver con eso.

—Es igual. Siéntese usted, hágame usted el favor, y perdone que haya estado inconveniente con usted.

Silvestre vaciló y decidió sentarse.

—¿Sabía Flora que venía usted a verme? —preguntó el joven.

—Sí.

—¿Y no le ha encargado que me dijera usted nada?

—Sí; me ha dicho que le convenciera a usted —y aquí Paradox bajó la voz— de que dejara su querida y de que volviera usted a su casa. El encargo no es agradable de dar.

—Ni de recibir tampoco.

—¡Hombre! No haciendo caso de él le será a usted casi indiferente.

—No. No me es indiferente. Yo le tengo cariño a María Flora. ¿Qué opinión tiene usted de esa muchacha? Es buena chica, ¿verdad?

—Sí. Eso creo.

—Es algo caprichosa; pero tiene buen corazón. Perdone usted que le haga otra pregunta. ¿Usted piensa permanecer de profesor mucho tiempo en casa de mis tías?

—No lo sé. Pero, francamente, creo que no. Soy de esos hombres que no están tranquilos en ninguna parte.

—Lo siento. Ya ve usted.

—¿Por qué?

—Porque podría usted ser muy útil a María Flora.

—¿Yo?

—Sí, usted; usted es un hombre franco.

—¡Caramba! ¿En qué lo ha conocido usted?

—No lo tome usted a guasa; yo clasifico a las personas en dos clases: una, la forma la gente de mirada limpia y de cara abierta; la otra, los que tienen la mirada turbia y la cara cerrada. Usted tiene la mirada limpia y la cara abierta.

—Gracias, muchas gracias.

—No. No es un piropo. Es una verdad. No sé si en casa de mis tías habrá usted oído hablar de mí. ¿No? Es lo mismo. No les gusta desacreditar a la familia recordándome; pues todos los que me conocen me tienen por vicioso, gandul, badulaque; pero nadie cree que yo sea ni tortuoso ni falso. Y no lo soy.

—Lo creo. No pongo en duda su sinceridad.

—Para que vea usted que soy franco, le voy a leer a usted la carta que me envía mi tía Laura.

—No veo la necesidad.

—Sí. Usted no la ve, pero yo sí. Bien. No leeré la carta. Cartas como ésta ensucian; pero óigame usted lo que le voy a decir, porque es conveniente que esto lo conozca la persona que dirige la educación de María Flora, y además quiero que haya alguien que sepa que no soy tan badulaque como me creen; que no he venido a vivir con mi querida de mi trabajo por puro romanticismo, sino por dignidad, por alejarme de una familia odiosa, en donde todos los hombres son o unos imbéciles o unos canallas, y todas las mujeres unas perdidas.

—¡Pero, hombre!

—Sí, sí. Créalo usted. Todas perdidas. Mi abuela, sus hermanas, mis tías...

—¡Sus tías! —murmuró Paradox con asombro.

—No son las que usted conoce; de ésas, las dos mayores, como habrá usted podido notar, las pobres son imbéciles. Se pasan la vida entregadas a sus rezos. Allá ellas. ¡La otra es más perra!

—¡Pero, hombre! —murmuró Paradox—. Aunque todo eso fuera verdad, que yo por mi parte no lo creo, usted mismo reconoce que sus tías, de las que yo conozco dos por lo menos, son, aunque rezadoras, buenas y sencillas, y no le debía a usted repugnar el ir a vivir con ellas.

—Sí, las dos mayores, sí; son buenas, no lo niego. ¡Pero la otra! [¡Usted no sabe lo que es la otra!... Una mujer que deja tísicas a todas las muchachas de su casa.]

—Es una apología completa la que hace usted de su familia.

—No, no crea usted que exagero. Es verdad. Hay familias de esas aristocráticas que dejan atrás con sus horrores a todo lo que cuenta Zola.

—¡Qué sé yo! —murmuró Silvestre—. Creo que hay algo de fanatismo en usted. Por lo mismo que es usted de una familia de la aristocracia, siente ahora más odio hacia ella.

—No, hombre no. ¡Si son hechos! ¡Si son hechos que uno ha tenido delante de sus propios ojos! Crea usted que he visto unas cosas en mi familia que han quebrantado de niño mi alma; que he pasado noches muy largas llorando, solo, porque me he avergonzado de ser lo que era y me he avergonzado de mi padre, y de mi madre, y de todos... Pero cuando ya no he podido soportar tanta infamia, cuando mi alma ha estallado de indignación, ha sido al ver que mi tía Laura consentía en que Octavio, ese pobre cretino, hijo de no sé qué ilustre aristócrata, porque la madre de María Flora era tremenda, fuese pervirtiéndose hasta el extremo a que ha llegado...

[—¿Pero es de veras?

—¿No lo habría notado usted? Con el cura.

—Lo sospechaba —murmuró tristemente Silvestre.]

—¡Usted no sabe lo que es mi tía Laura! —continuó don Fernando—. Es una mujer de un sadismo y una perversidad inconcebibles. En mi familia debe de haber algún desequilibrio sexual que se transmite de padres a hijos. Sólo mis dos tías han resultado castas; los demás, hombres y mujeres, de un desenfreno terrible, yo inclusive. [Pero esa Laura deja atrás a todos. Cuando yo estaba allá, tenía de doncella a una pobre muchacha, a quien había conquistado, como si fuera un hombre, y la martirizaba, la arrastraba por el suelo, tirándola de los pelos; la pegaba. La pobre se marchó enferma.] Mis tías no lo saben, pero a Laura le consta que María Flora y yo somos hermanos y, a pesar de esto, autorizaba nuestras relaciones. Y esa mujer, que moralmente es menos que un harapo, me escribe diciéndome que abandone a mi querida, que es una mujer indigna, porque la llevaron engañada, cuando tenía dieciséis años, a una casa de prostitutas. Dicen que no vale nada. Para mí, es más hermosa que el mundo. Es la única mujer que se ha cruzado en mi vida con la mirada limpia...

—Y la cara abierta —añadió Paradox, que recordaba la segunda parte de la frase.

—No se ría usted de mí. Mírela usted.

Y descorrió unas cortinas que tapaban una alcoba formada con biombos en un rincón del estudio. Ocupando el hueco de la alcoba había una cama de madera, y sobre ésta, medio desnuda, dormía la muchacha amiga de Fernando; dormía profundamente, con la cabeza apoyada en el brazo y el cabello suelto; respiraba con dulzura. Un reloj de bolsillo, colgado en la pared, parecía acompañar con su débil tic-tac el sueño de la muchacha, que era jovencilla y bastante bonita; por la abertura de su camisa aparecía su seno casi infantil, blanco y turgente; un collar de cuentas de coral bajaba, después de rodear su garganta, entre los dos pechos.

—¿Qué le parece a usted? —preguntó Fernando.

—Me da lástima —contestó Silvestre.

—¿Por qué? —repuso ofendido el joven.

—Es sencillo —murmuró Paradox como hablándose consigo mismo—. Usted un día se aburrirá de vivir con ella o reñirán por cualquier cosa, y usted, demagogo y radical, se irá acercando a su familia, aunque sea todo lo que ha dicho antes que es, y dirá usted: «¡Qué demonio!, aquéllas eran locuras de la juventud»... Y todo le será a usted perdonado; y la muchacha, que no tendrá familia a quien acercarse, irá pasando de mano en mano, y volverá al sitio de donde usted la recogió, y la insultarán en la calle y la pegarán los borrachos y llegará a ser una cosa que se mancha y se pisotea...

—No, no —murmuró Fernando agarrando el brazo a Silvestre—. Me está usted haciendo mal. No pasará eso, yo se lo aseguro. Es más, si tengo un hijo me casaré con ella o iremos de aquí a otra tierra que sea más generosa que ésta...

En aquel momento entraba en el estudio el editor de un periódico ilustrado a hablar con Fernando; Paradox se despidió y se marchó a la calle. Al día siguiente experimentó una repugnancia tan grande por ir a casa de sus discípulos, que escribió a Luisa Fernanda que no podía continuar dando lecciones porque un acontecimiento imprevisto le obligaba a salir inmediatamente de Madrid.

# XVIII

## [RATONERAS, NACIMIENTOS Y SEGUROS SOBRE LA VIDA ETERNA]

Silvestre, después de haber tomado la determinación radical de abandonar su cargo, se encontró satisfecho.

—¡Psch! Cuando no se tiene más patrimonio que la conciencia —se dijo a sí mismo para consolarse—, vale más vivir mendigando por los caminos que no inficionar el alma en una madriguera confortable, en donde todo huela a podrido.

Pero al saber Diz de la Iglesia la decisión de Silvestre se indignó.

—¿Cómo vamos a vivir ahora? —le dijo.

Paradox se encogió de hombros y se dedicó nuevamente a leer los papelotes guardados en el fondo de su cajón; encontró allí una carta reciente de un español, a quien conoció en París, que vivía en Estocolmo, y otra de un profesor de la Universidad de Cristianía, con el cual el padre de Paradox y Paradox mismo habían tenido larga y frecuente correspondencia.

A Silvestre se le ocurrió, al ver las cartas, que quizá vendiendo algo en Suecia y Noruega podría hacer su suerte, y escribió al español de Estocolmo y al cate-

drático de Cristianía preguntándole con qué medios se
podría contar para vivir allá. Las contestaciones tar-
daron más de una semana en llegar; el español le decía, quizá malhumorado de estar entre hielos, que la
roñosidad era la característica de Suecia, como de todos los países del Norte; que la gente allí no comprendía la generosidad; que era una tierra uniforme y
monótona, y que sólo un mastodonte de genio como
Ibsen hacía que el mundo se fijara en aquellos países
bárbaros.

El profesor de Cristianía había muerto, y a Silvestre
le contestó su hijo. Le explicaba en una larga carta
todos los medios con que se podía contar para asegurar la vida en Noruega, todos dificilísimos, porque allí
la lucha por la existencia era dura y despiadada. Decía
que era doctor en Filosofía y amanuense de la Universidad, y que con su mezquino sueldo tenía que
atender a su madre; pero, a pesar de eso, le ofrecía
su casa para los primeros días de estancia allá. Luego
el amanuense manifestaba su ardiente deseo de ver los
benditos países del Sur, en donde flotaban sus sueños.
Él —añadía— era un espíritu contemplativo; uno de
tantos pobres soñadores que sienten el suplicio del
pino en el lied de Heine. Aquella queja del hombre
del Norte impresionó a Paradox, y como no le faltaba
imaginación, se figuró abandonado en un pueblo desconocido, de cielo gris, entre hielos, y concluyó por
olvidar su proyecto de ir a Cristianía.

Pero había que pensar algo; la patrona volvía a exigir dinero, y el hermano de Avelino, a las peticiones
que éste le dirigía, contestaba invariablemente diciendo que no le daba un cuarto y que fuera a Valencia,
en donde no tenía necesidad de gastar para vivir.

Silvestre y Diz pensaron, expusieron y discutieron
una serie de proyectos, casi todos buenos en teoría,
pero irrealizables en la práctica. Avelino, cuya gran
pretensión era tener ideas-dinero en la cabeza, pro-

puso una porción de cosas a cual menos práctica, entre ellas la confección de una zarzuela del género chico.

Silvestre, al oír esto, casi se ruborizó.

—No hemos llegado tan bajo, don Avelino —murmuró—; no hemos llegado tan bajo.

Don Pelayo desaprobó la idea con un movimiento de cabeza solemne y lleno de dignidad.

—De todos los proyectos —dijo Paradox un día, resumiendo—, el mejor, por una serie de razones que no es del caso exponer en este momento, es la construcción de la ratonera *speculum*. Si este proyecto nos produce una cantidad, aunque sea pequeña, alquilaremos la barraca de un solar de la calle de Cuchilleros e instalaremos allí para Navidad un nacimiento-panorama, y, por último, si el nacimiento tiene éxito, entonces trataremos de plantear la Sociedad de Seguridad sobre la Vida Eterna, ideada por don Pelayo.

—Se me ha ocultado esa idea —murmuró tristemente Avelino—. ¿Qué objeto tiene esa Sociedad? ¿Quieren ustedes decírmelo, o es que desconfían de mí?

—El objeto de esa Sociedad, amigo Avelino, es salvar las almas. Ya que el industrial, el comerciante, el médico, religiosos, muchas veces no pueden cumplir sus deberes para con Dios, conociendo lo peligroso que es esto, por medio de una pequeña cuota, de una cuota mínima, la Sociedad les prometerá un número suficiente de oraciones para ir al cielo, ya sean pronunciadas por la voz humana, ya por medio del fonógrafo.

—Eso me parece una barbaridad —repuso Diz de la Iglesia.

[—¡Barbaridad! ¡Una cosa sancionada por el Obispo de Meco! No, no es barbaridad. Estos tres proyectos: ratonera, el nacimiento, y la Sociedad de Seguros sobre la Vida Eterna serán las tres hipóstasis de nuestra fortuna; la ratonera será la idea, el verbo, si os parece

mejor; el nacimiento-panorama será el principio de
nuestra fortuna, el ser; la Sociedad de Seguros será la
abundancia, el llegar a ser. Pensad, señores, doscientos, cuatrocientos fonógrafos en una gran capilla, cincuenta diciendo el Padrenuestro; ochenta, el Avema-
ría; ciento veinte, el Credo..., y después pensad en la
salvación de esas almas que se perderían sin nuestra
Sociedad.]

—¡Vamos, señores, inmediatamente a casa de Moncó el prendero! ¡Construyamos la primera ratonera!
¡Sea ella la piedra angular de nuestra fortuna!

Después Silvestre explicó el aparato. Consistía en
una caja que tenía en el fondo un espejo vertical, y
antes de éste una trampa. Entraba el ratón en la caja,
se veía en el espejo; a su inteligencia limitada, sin los
menores rudimentos de física, se le figuraba que había
un semejante suyo allí; la curiosidad, y quizá también
la cortesía, le impulsaban a saludarle, y antes de encontrarse con él se inclinaba la trampa y el pobre roedor caía en el fondo del abismo.

A la fantasía de Paradox no le había bastado con
esto, y en los primeros ensayos ideó un procedimiento
que no vacilamos en calificar de indigno; arregló el
aparato de manera que al moverse la válvula que hacía de trampa, el pobre roedor, él mismo, hiciera sonar un timbre eléctrico.

Diz y don Pelayo, como es natural, protestaron de
aquella injuria que se hacía a un animal inofensivo, y
Paradox comprendió que había estado ofuscado y quitó el mecanismo. Después se hicieron las pruebas del
aparato ante Moncó el prendero, y éste, al ver el resultado, no tuvo inconveniente en fiar el latón, el
alambre y todo lo necesario para construir cien ratoneras con espejos.

Ya hecha esta concesión, a Silvestre se le atragantó
una duda. Las pruebas se habían hecho de día, con
alguna luz. Y de noche, ¿pasaría lo mismo? Los ra-

tones y las ratas, ¿ven o no en la oscuridad? Estos animales, ¿son o no son nictálopes? Diz, que trataba de resolver siempre las cosas como hombre práctico, como hombre cuyas ideas son dinero, pensó que se podía poner una lamparilla incandescente de un par de voltios en cada ratonera para que el ratón pudiera verse en el espejo; pero Silvestre y don Pelayo rechazaron la idea por absurda.

El fetiche dejó caer sus párpados grave y majestuosamente y movió su cabeza con ademán negativo repetidas veces.

La cuestión estaba bien planteada por Silvestre: las ratas, ¿son o no son nictálopes? ¿Ven o no ven de noche? *That is the question.*

Avelino, Silvestre y don Pelayo se dieron un atracón de leer libros en la biblioteca, aprendieron muchas cosas, pero, en cambio, no llegaron a saber si veían o no de noche los tales roedores.

Averiguaron que las ratas y ratones son omnívoros; que tienen poco instinto, pero gran inteligencia; que, según unos naturalistas, la moralidad de estos animales deja mucho que desear, pues son lascivos, lujuriosos e infieles, y que, en cambio, según otros, son esencialmente domésticos, apacibles; individuos que gustan de la vida de familia y que prefieren la morada del pobre a los alcázares de los reyes.

«Las costumbres de las ratas son patriarcales —aseguraba un naturalista enternecido—; su largo bigote blanco, sus cejas prominentes, su mirada viva y penetrante, sus hábitos de cortesía y elegancia, dan a su fisonomía un aspecto a la vez espiritual y respetable.»

Lo más regular era que, andando la noche, los ratones fueran nictálopes.

—Además, eso es cuestión de detalle —dijo Avelino.

—Perdone usted. Creo que es trascendental —murmuró Paradox.

—Yo creo que debemos hacer las ratoneras.

—Moncó ha proporcionado el latón y algunas herramientas para trabajar, ¿no es eso? —dijo don Pelayo poniendo los puntos sobre las íes—. Pues bien; si las ratoneras no resultan, se devuelven al prendero y que se arregle para venderlas como pueda.

Se aceptó la proposición de don Pelayo, y decididos los socios se pusieron a trabajar rabiosamente.

A las dos semanas tenían las ratoneras hechas. Los tres tomaron al día siguiente su ratonera debajo del brazo y recorrieron ferreterías, quincallerías, bazares, todas las tiendas de Madrid. A las seis de la tarde estaban de vuelta en la guardilla. No habían vendido ni una ratonera.

Al otro día pasó lo mismo, y en los siguientes no se vendió nada tampoco.

—¿Será el proyecto una sandez? —murmuró Paradox.

—Hemos estado poco felices —añadió Avelino.

—Pero ¡no haber vendido ni una!

—Es terrible.

—Es espantoso.

—¿Seremos unos imbéciles?

—Indudablemente lo somos.

Luego de entonar este *mea culpa* durante un par de días, una mañana entró don Pelayo con más aspecto de fetiche que nunca, siempre misterioso, sonriendo con la suficiencia que le caracterizaba, y dijo:

—Las ratoneras están vendidas.

—¿Qué dice usted?

—Nada. Están vendidas. Un portugués las compra.

—¿Un portugués?

—Sí; las lleva a Oporto. Como dicen que las ratas llevan la peste, piensa venderlas allá.

—¿Y a cuánto las paga?

—A tres pesetas.

—¿A tres pesetas?

—Sí.

—¡Es admirable!

—¡Soberbio!

—¡Y nos creíamos imbéciles, Paradox! —exclamó
Avelino—. Cuando yo le decía a usted que teníamos
ideas-dinero en la cabeza.

Pelayo Huesca mandó traer un carro, se cargaron
en él las doscientas ratoneras y volvió con seiscientas
pesetas en billetes. En seguida Paradox preguntó lo
que debía a Moncó, el cual, aprovechándose de una
manera innoble, pidió cuarenta duros. Silvestre le dio
el dinero por no disputar, y Moncó cogió los billetes
y los guardó inmediatamente en una caja con el ansia
de un avaro.

Ya realizado el negocio de las ratoneras, ninguno se
atrevió a proponer que se siguiera con la fabricación,
y se pensó en el segundo proyecto, en el nacimiento-
panorama.

Faltaban dos meses para Navidad; era la época señalada para comenzar los trabajos. [Después se inten-
taría la Sociedad de Seguros sobre la Vida Eterna.
Don Pelayo había ido a consultar a un padre jesuita
respecto al proyecto, y como no le había podido ver
en su convento, fue a confesarse con él, y en dos o
tres confesiones, desenvolvió sus planes.

El jesuita le había contestado que lo consultaría y
que escribiera las bases de su plan para discutirlo.]

Mientras se maduraba esta idea se comenzaron a
hacer los trabajos preliminares para el nacimiento-panorama. Moncó, animado por el éxito del negocio de
las ratoneras, fiaba lo indispensable.

Como don Pelayo conocía al empresario de la barraca de la calle Cuchilleros fue a verle con Silvestre
y Avelino.

Le encontraron en la puerta con su mujer y su hija,
los tres gritando, gesticulando, moviéndose de un lado
para otro. El hombre, con patillas de diplomático, en-

fundado en un largo gabán, tocaba el tambor y el cor-
netín, arrancándole a este instrumento unos sonidos
estridentes que agujereaban el oído; la mujer daba
vueltas al manubrio de un organillo con una mano, y
con la otra tiraba de la cuerda de una campana sujeta
al techo de la barraca; la niña tocaba los platillos y el
bombo.

A pesar de la infernal barahúnda producida, no había más que unos cuantos chiquillos delante de la barraca y ninguno entraba.

Al ver el grupo de Silvestre, Avelino y don Pelayo
que se acercaba, el hombre de las patillas se animó a
pronunciar una arenga, y haciendo cesar el estruendo
de los instrumentos se adelantó y dijo con acento entre francés y andaluz:

—¡Señoges! ¡Pasen ustedes adelante! ¡Adelante, señoges! ¡Vean los prodigios nunca fistos! ¡Pasen! ¡Pasen! ¡Pasen! ¡Es a geal! ¡Es a geal! ¡Es a geal! Aquí
verán ustedes la joven Thauma, una joven que no tiene brazos ni piernas; el gran panteón de los hombres
célebres y los espejos mágicos. ¡Pasen adelante! ¡Pasen adelante, señoges! Los que quieran visitag el ge-
servado verán el cegdo de dos cabezas, el maravilloso
cegdo de dos cabezas. ¡Pasen! ¡Pasen! ¡Pasen! Verán
también la segpiente cascabel que el cazagla cuesta la
vida de muchos negros de la Zululandia y de la Mu-
tubalandia. ¡Pasen! ¡Pasen! ¡Pasen! ¡Es a geal! ¡Es a
geal!

Y para terminar honrosamente la arenga sopló en
la corneta desesperadamente, azotó el tambor, y como
si su mujer y su hija fueran autómatas, unidos a él
por una cuerda invisible, empezaron ellas a tocar el
organillo y la campana, los platillos y el bombo. Silvestre, Avelino y don Pelayo pagaron; entraron en la
barraca, y a un chiquillo que se presentó allí le dijo
el fetiche que llamara a su padre.

Vino el hombre, un viejo andaluz, con patillas, vestido con un sombrero mugriento y un gabán como la hopalanda de un rabino. Le preguntó Silvestre si pensaba seguir en la barraca durante mucho tiempo, y el andaluz dijo que no; el negocio ya no daba apenas. Viendo esto, le volvió a preguntar si tendría inconveniente en decirles donde vivía el dueño del solar y de la barraca, y el de las patillas le dijo que el amo vivía en la calle de Atocha, que era dueño de un café de la misma calle que estaba cerca de la iglesia de San Sebastián.

Durante la breve conversación habían entrado dos soldados, y el hombre, abandonando estas explicaciones, fue mostrando sus maravillas. La joven Thauma, la joven que no tenía brazos ni piernas, era una muchacha de nariz remangada y aspecto de golfa, que sacaba medio cuerpo por el agujero de una mesa rodeada de espejos. Esta muchacha, según dijo don Pelayo a Silvestre, vivía amontonada con el dueño de las figuras de cera, sin que a la mujer de éste le pareciera mal la cosa, porque así se economizaban el pagar a Thauma.

El dueño le decía al descorrer la cortina que la ocultaba:

—¡Thauma, saluda al público!

—Buena noche, zeñore.

—¿Cómo te llamas? —seguía preguntando el hombre.

—Thauma.

—¿De dónde eges?

—De Zebiya.

—¿Cuántos años tienes?

—Veintisinco.

—Si hay alguno de los señoges del público que quiera diguigir una pregunta a Thauma —añadía—, puede hacerlo, siempre que no sea indécora.

Después de ver a Thauma fueron los soldados, Silvestre, Avelino y don Pelayo al panteón de los hombres célebres, el cual estaba formado por unos cuantos bustos de cera pintarrajeados. Con un puntero el hombre de las patillas fue enseñando a Silvestre, a Avelino, a don Pelayo y a los soldados el mariscal Mac-Mahón, el mariscal Canrobert, el toreador *Guerrita* y otros varios figurones insignes, y fue ilustrando a los circunstantes con anécdotas de aquellos célebres personajes.

Después pasaron al reservado mediante la modesta suma de diez céntimos cada uno. Allá había que ver el asombro de los soldados, y al mismo tiempo su aire, casi de consternación, ante aquellas cosas, que no eran más que modelos desechados de algún gabinete de Medicina. En el fondo del reservado estaba el cerdo de dos cabezas, una mixtificación de la misma clase que la farsa de la joven Thauma; un cerdo de veras con una cabeza de cartón a un lado, metido en una covacha oscura. Cerca de un cartel decía: «Por Horden Superior Se Proibe Eszitar al Fenómeno.»

Después de visto esto, Silvestre y sus amigos salieron de la barraca y se dirigieron los tres hacia la calle de Atocha. Encontraron el café indicado y entraron en él. Era un local oscuro, en donde todas las mesas, excepción de cuatro o cinco, estaban desocupadas. No se veían más que unas cuantas mujeres de aspecto ambiguo, con trajes raídos, de moda hacía quince años, que tomaban café en su mesa solas, y un grupo de señores viejos, tipos de militares retirados, que estaban en la mesa próxima a la ventana.

Silvestre, Avelino y don Pelayo se sentaron. Los señores viejos, con aspecto de militares retirados, hablaban únicamente de las obras que se hacían en Madrid. Por las conversaciones que oyeron Silvestre y don Avelino, los contertulios, después de charlar en el café, iban en grupo a ver en qué estado se hallaban las obras del ministerio de Fomento, por entonces en construcción; al parecer, los señores aquellos llevaban una estadística de todas las obras y derribos que se hacían en el pueblo.

Silvestre preguntó al mozo por el dueño del café; era el que estaba en el mostrador: un hombre de unos cincuenta años, calvo, bajete, movedizo y jovial.

Se entendieron con él inmediatamente. El dueño estaba deseando utilizar la barraca. Hicieron un contrato para la construcción del nacimiento, por el cual se comprometían, el del café y Silvestre, a pagar a medias los gastos de instalación, poniendo el dueño de su parte el alquiler que había de cobrar por la barraca, y Paradox y sus amigos, el trabajo.

Se celebró el contrato con unas cuantas copas de chartreuse falsificado que mandó traer el dueño del café, y, resuelta esta cuestión, Silvestre, Avelino y don Pelayo volvieron a ver al hombre de las patillas para preguntarle cuándo dejaba la barraca, y se pusieron de acuerdo para que el 1 de noviembre el hombre desalojase el local y comenzaran a trabajar Silvestre y Avelino. Como el proyecto llevaba una marcha triunfal, doña Rosa, la patrona, se comprometió a darles de comer a los tres, a fiado, durante algún tiempo.

Llegó el mes de noviembre y comenzaron los trabajos. Silvestre se acordó de Fernando Ossorio; fue a verle y le preguntó si quería ser director de los trabajos artísticos, y el dibujante aceptó con mucho gusto; le hizo gracia la idea.

A Paradox el último billete que le quedaba le dijeron que era falso. El billete, ¿era suyo o era uno de los que le había dado el dueño del café? No lo sabía. Lo enseñó y le dijeron que se conocía tan fácilmente que era falso, que Silvestre lo rompió.

Como necesitaba dinero, fue a casa de don Policarpo Bardés, el administrador, y le contó lo que le sucedía. Don Policarpo le prestó quinientas pesetas y se continuaron las obras del nacimiento, que era una monada. Estaba hecho en cuatro planos, lo que producía

un alejamiento completo en el fondo. La mecánica y
la electricidad habían contribuido al embellecimiento
del panorama. Había allí, por las calles de un arrabal
de Belén, un tranvía eléctrico precioso. La luna era
una lámpara incandescente, y las estrellas, agujeritos
del cielo por donde pasaba la luz de un arco voltaico.
El portal de Belén estaba hermosamente iluminado.
Era admirable; tanto, que el dueño del solar, al ver
concluido el nacimiento, temió perder un gran negocio
y propuso a Paradox y a sus compañeros pagarles los
gastos hechos y darles una prima de seis mil reales.

Silvestre contestó que lo pensaría, y consultó con
Avelino. Aquella misma tarde, mientras hablaban, entró el prendero de Moncó, que venía hecho una furia.
Los dos billetes que le había dado Paradox hacía un
mes eran falsos.

—¡Falsos! ¡Imposible! A buena hora les daba la noticia —le dijeron.

Moncó tenía la certidumbre de que se lo habían
dado ellos; pero esto no bastaba para convencer a nadie, y cuando se marchó Moncó, echando pestes, Avelino y Silvestre se hicieron lenguas de la poca apren-
sión y de la desvergüenza del prendero.

Olvidado esto, que no tenía importancia para turbar
su serenidad, decidieron los dos socios manifestar al
dueño de la barraca que cederían la parte que les correspondía por dos mil pesetas, luego de pagados los
gastos.

El dueño aceptó, pero puso como condición el pagar el 1 de diciembre. Avelino y Silvestre no tuvieron
más remedio que esperar.

Pocos días después de esto Pelayo Huesca le pidió
a Paradox, con lágrimas en los ojos, que hiciera el
favor de permitir pasar unas noches a su mujer en la
casa, porque había salido de la cárcel y no tenía adónde llevarla. Silvestre aceptó, aunque no le hacía mu-

cha gracia la cosa, y la mujer de don Pelayo se presentó en la guardilla.

Era una mujer guapota y de maneras muy libres, que no parecía guardar muchas consideraciones a su marido.

A Silvestre se le figuró que le guiñaba los ojos.

Como era cuestión de poco tiempo, y a Silvestre, después de todo, no le importaba que la mujer de su criado fuese o no alegre de cascos, no hizo caso. Esperaba con ansiedad que llegara el día 1 de diciembre para cobrar el dinero, pagar a don Policarpo, y si había necesidad cerrar la boca al bribón de Moncó, que por todas partes decía que Silvestre le había dado dos billetes de cien pesetas falsos.

Llegó el ansiado y fausto día.

Silvestre y Avelino tuvieron que esperar hasta las diez de la noche a que llegara el dueño del café, pero éste cumplió su palabra. Les entregó dos mil pesetas.

—¡Una fortuna! —dijo Avelino.

—Por lo menos, la base de una fortuna —advirtió Paradox.

Al llegar a casa, Silvestre encerró su dinero bajo llave, en un baúl, y se metió en la cama. Pasó un largo rato sin poder dormirse, pensando en las mil y una cosas que se podrían hacer con aquel dinero.

Por fin se durmió, y a medianoche tuvo un sueño desagradable.

Estaba en el hospital, sin saber cómo ni para qué, en el cuarto de las hermanas de Caridad, cuando se encuentra con Pérez del Corral que venía perseguido por una turba de enfermeros y de enfermeras con mandiles y gorros blancos; Pérez del Corral se detiene junto a Paradox y le dice:

—Yo soy el asesino. El único hombre capaz de matar a otro soy yo.

Paradox cierra la puerta del cuarto después de haber hecho pasar a Pérez del Corral y, ¡extraña casualidad!, se encuentra con que la única monja que había en el cuarto era su tía Pepa. Se asombra. ¡Qué iba a hacer él!

Se miran tía y sobrino, e inmediatamente se comprenden.

Cogen al bohemio y empiezan a atarle con un rosario; danle vueltas y más vueltas, y lo hacen de un modo tan simétrico, que las cuentas gordas quedaban formado línea desde la cabeza hasta los pies.

Luego tía Pepa dice:

—¡Ay! ¡Cómo me molesta la mirada de este hombre!

Y coge dos medallas y se las pone a Pérez del Corral sobre los ojos. Ya atado el bohemio, se preguntan tía y sobrino: «¿Y dónde guardamos a este hombre?» Lo ponen sobre un armario, pero como el hombre es tan largo, porque se ha estirado en la sala de disección, salen fuera del armario sus pies, calzados con zapatos blancos de tacón rojo. Vuelven a agarrar al bohemio, lo bajan, y entonces a la tía Pepa se le ocurre una idea: va a una mesa, coge un libro de los que usan en los hospitales para apuntar las prescripciones, largo y estrecho, lo abre, pone entre las hojas a Pérez del Corral, como si fuera una flor; entre tía y sobrino cierran el libro, poniéndose encima, y lo guardan en el cajón de la mesa.

Sale Silvestre a pasear por el malecón de un muelle larguísimo, a cuyos lados hay barracones de feria, y se ve entre ellos dos filas de personas que están esperando el paso de Pérez del Corral, a quien van a ajusticiar.

—¡Imbéciles, como si no supiéramos todos que lo han guardado en una mesa! —dice una voz al lado de Silvestre.

Éste se estremece, se vuelve y se encuentra a un hombre con una careta de cera verde por cuyos agujeros brillan dos ojos negros.

Silvestre mira con desprecio al de la careta verde y se reúne con unas señoritas que había visto de chico en Pamplona y que hablaban con una voz muy apagada y empieza a pasear con ellas.

Aparece Pérez del Corral con un sombrero blanco, con el ala bajada hacia los ojos, en medio de un cura y de un hombre con boina.

—¡Adiós, hermanos míos! ¡Adiós! —dice el bohemio, saludando a todos con unción evangélica.

De pronto se acerca al reo un hombre de blusa azul y con una navaja le corta las cuerdas que le atan los brazos. Pérez del Corral los extiende y por debajo de la chaqueta se le caen dos libros grandes y desencuadernados; sin apresurarse, los recoge, echa a andar y se mete en una barraca de la feria.

Silvestre entra en la barraca, que tiene un escenario, por donde se pasea un payaso con los pies en alto, apoyándose en las manos. Silvestre va a preguntar por Pérez del Corral cuando comprende que se le ha olvidado cómo se llama el bohemio y que no le recordará nunca. Se fija en el payaso y ve que tiene una careta de cera verde en el rostro y los ojos negros.

El payaso se levanta y dice que adivinará el nombre de cualquier persona que se acerque a él. Todos los espectadores se aproximan al escenario, y el payaso levanta un palo y, paf, le pega a Silvestre en la cabeza y grita:

—Usted se llama Silvestre Paradox.

Silvestre, enfurecido, se arroja sobre el payaso; la gente les separa y se concierta un lance a espada francesa y a muerte. Nombran padrinos allí mismo, entran en dos coches que hay en la puerta, y por una hermosa alameda se dirigen hacia una quinta que se ve a lo lejos, llena de cipreses enormes, que se destacaban en un cielo de un azul luminoso. Al llegar a la quinta, Silvestre mira a su contrincante el payaso y ve que se ha puesto un traje negro y que sigue llevando la careta de cera blancoverdosa en el rostro. Se fija en sus padrinos y nota con terror que no son los que él designó, sino unos señores desconocidos, vestidos de negro, con una cara amarillentoverdosa, impasible, y éstos, lo mismo que los testigos de su adversario, llevan en el pecho unos cordones blancos, de los cuales cuelgan caretas de cera verdes.

—Entre todos me matan —piensa Silvestre.

Al llegar a la quinta bajan del coche; Paradox se quita la chaqueta, toma la espada y se pone en guardia; pero ve una cosa brillante debajo de la camisa de su enemigo, y entonces le asalta la idea de que su contrincante debe de llevar una cota de malla en el pecho.

—Si mi adversario no se quita la careta —grita Paradox— y esa cota de malla que lleva en el pecho, no me bato con él.

El otro se desnuda y aparece, efectivamente, debajo de la camisa, una cota de malla brillante, llena de escamas plateadas. Tira la malla y la careta; Silvestre queda sin camisa y se ponen ambos en guardia.

Comienza el primer asalto; Silvestre para tranquilamente las estocadas del contrario, jugando; unas veces cogiendo la espada por la punta, otras pasando el brazo por debajo de la pierna. Pero empieza a fijarse en su enemigo y ve que su pecho, blanco como si fuera de manteca, hay una mancha que tiene la figura de una careta. Esto exaspera a Silvestre, deja de parar, ataca, y a la primera estocada le atraviesa al hombre de parte a parte. El hombre sonríe mientras un hilo de sangre aparece entre sus labios, y después, como un tarugo, cataplún, cae al suelo y se rompe en pedazos. Lleno de terror, Silvestre arroja la espada y se despierta sudando a mares.

Poco a poco empieza a tranquilizarse. «Quizá no le he matado —piensa—. Pero ¿dónde demonio me han

metido?... ¿Habrá sido todo un sueño? ¡Ah!... Es verdad. Si está en su guardilla... Sin embargo, en el taller
hay alguien. Esto ya no es sueño. ¿Qué pasará?»

Y Silvestre, asustado, se levantó de la cama.

Otra noche hubiera empujado la puerta de su alcoba, y después preguntado quién andaba; pero como
todavía conservaba el terror que le había producido el
sueño, en vez de salir al taller miró por el agujero de
la puerta y se estremeció.

En el taller estaban de pie don Pelayo, su mujer y
un hombre desconocido, en actitud fiera, de acecho.
Sintió Silvestre un estremecimiento por la espalda y
que se le erizaban los cabellos. El miedo le hizo temblar y con su movimiento rechinó la cama varias
veces.

—Mira a ver lo que es eso —dijo una voz por lo
bajo en el taller.

Como la parte próxima a la alcoba estaba oscura,
alguien se acercó lentamente para no tropezar. Silvestre saltó rápidamente de la cama y cerró la puerta.
Allá estuvo conteniendo la respiración; oyó los pasos
del hombre que se acercaba, sintió el roce suave de
un fósforo en la caja y se estremeció; luego vio una
raya de luz debajo de la puerta y que el pestillo se
levantaba.

—¿Quién anda ahí? —dijo Paradox.

Hubo un momento de silencio. Silvestre miró por el
agujero del tabique y vio a los dos hombres y a la
mujer de pie que miraban hacia la alcoba.

—¿Quién anda ahí? —volvió a preguntar. Silvestre
con una voz metálica que temblaba por el miedo.

De pronto se sintió con valor y abrió la puerta.

—¡Ah, conque me estáis robando, canallas! Voy a
matar a uno.

Con fiero ademán quiso avanzar en el taller; pero
sus pies tropezaron con una cuerda, distendida a un
palmo del suelo y cayó de bruces.

Don Pelayo apagó la luz; luego él, su mujer y el
desconocido saltaron por la ventana al tejado y hu-
yeron.

Silvestre se levantó, se puso de rodillas, luego de
pie. Tanteando volvió a su alcoba, cogió la caja de
fósforos y encendió uno. Se miró al espejo a ver si
con el golpe se había hecho sangre en la cabeza. No
tenía más que unos cuantos chichones. Luego entró
en el taller; había un desbarajuste completo. El baúl
estaba abierto, el armario del centro tenía el cristal
roto, la mesa estaba descerrajada.

Don Pelayo había robado el dinero y todo lo demás
de algún valor.

Silvestre salió por la ventana del tejado. No se veía
a nadie. La noche estaba estrellada; la Osa Mayor
avanzaba en su carrera y marchaba por el cielo con el
carro desbocado y la lanza torcida.

# XIX

## [VENTAS, DESCOLGAMIENTOS
Y FUGAS]

No era Avelino Diz de la Iglesia tan prudente como
Paradox, y, a pesar de las recomendaciones de éste,
hizo la torpeza de hablar a doña Rosa, la patrona, y
al administrador del robo cometido por don Pelayo.

A consecuencia de esto, el crédito se cortó en seco,
y patrona, administrador y toda la vecindad de la casa
empezaron a sospechar que lo del robo era una invención para no pagar a nadie. De la sospecha se pasó a
la certidumbre y se comenzó a creer a pies juntillas
que Silvestre y Avelino de lo único que trataban era
de robar a sus acreedores.

Como los dos amigos no tenían un cuarto, empezaron a empeñar algunas cosas de escasa utilidad, entre ellas una cadena de reloj y una sortija de Diz de
la Iglesia; luego todos los días vendían algunos libros,
y, la verdad, por las cenas alegres que tenían en la
guardilla, podía sospecharse una trastada. Un día que
no tenían dinero pensaron llevar a la casa de préstamos un despertador, un barómetro y algunas otras cosas más; pero el portero, el mismísimo señor Ramón,
antes tan amigo, les dio el alto a los dos socios, di-

ciéndoles que no sacaban nada de la casa hasta que
no pagaran lo que debían. Dejaron sus trastos en la
portería y salieron sin nada en la mano; anduvieron
danzando todo el día buscando el medio de encontrar
dinero.

—Habrá que vender a la familia —murmuró tristemente Silvestre.

—¿A qué familia?

—A todos los bichos disecados.

—¿Los dejarán pasar?

—Veamos primeramente si hay quien los compra.

Recorrieron dos o tres prenderías y no encontraron
comprador, hasta que se le ocurrió a Silvestre proponer la venta a Labarta, el médico, el cual aceptó con
mucho gusto el trato.

Lo que le encantó a Labarta fue la advertencia de
Silvestre de que los bichos disecados no podrían salir
por la puerta de la casa.

—¿No? —dijo el médico sonriendo—. Pues ¿por
dónde van a salir?

—Por el tejado. Los iré descolgando con una cuerda
a medianoche. Usted se aposta en el solar de aquí al
lado; no hay más que empujar dos tablas y se entra
adentro. Trae usted un par de mozos de la panadería
e iremos descolgando los bichos; si se puede, todos en
una noche; si no, en varias. Lo difícil es bajar el caimán; lo demás será fácil.

Labarta, el médico, les proporcionó la soga. Se con-
vino en que los de arriba, Avelino y Silvestre, dieran
un silbido que fuera la señal de que comenzaban a
bajar el caimán. Labarta y sus hombres darían dos
silbidos fuertes para indicar que el solar estaba libre,
y uno largo para dar a entender que el animal había
caído en sus manos.

La primera noche se bajó el caimán al solar, no sin
ciertas peripecias. La noche estaba sombría; en el cielo negros nubarrones iban corriendo atropelladamen-

te. La oscuridad favorecía el proyecto. Habían puesto Avelino y Silvestra el saurio sobre dos rodillos para que fuese resbalando por el tejado, y, efectivamente, se deslizó así; pero al llegar al alero se atrancó y se quedó el caimán inmóvil. Avelino y Silvestre le empujaron con un bastón; tiraron de la cuerda para ver si con el movimiento encontraba otra postura más favorable a la caída. Nada. No pudo ser. Silvestre tuvo que acercarse a gatas al caimán y ponerlo otra vez sobre los rodillos.

Sostenga usted fuerte —le gritaba a Avelino.

Éste había pasado la cuerda por una chimenea y sostenía al caimán con toda su alma. Entonces rodó majestuosamente el monstruo y desapareció bajo el alero.

—¡Venga usted! ¡Venga usted! ¡Se me va la cuerda! —murmuró Avelino.

Silvestre trepó junto a él y ayudó a sostener al caimán.

En aquel momento la luna llena, atravesando un nubarrón negro, apareció en el cielo e inundó los tejados con su pálida luz y plateó las nubes.

—¡Qué hermoso espectáculo debe de ser el verle bajar a nuestro caimán! —murmuró Silvestre—. ¡Qué no daría yo ahora por presenciar este descendimiento!

Los dos amigos siguieron largando cuerda hasta que avisaron los de abajo que el saurio había llegado.

A la noche siguiente se bajó la avutarda, y en la tercera, en que se pensaba echar a volar la moralla, las ratas, el gran duque y otros bichos, metidos en un saco, se encontraron Silvestre y Avelino, al llegar a su casa, que en su ausencia habían puesto una reja en la ventana que daba al tejado. Con el dinero que produjeran los pobres animales disecados trató Silvestre de entrar en negociaciones con la patrona, doña Rosa; pero ésta no aceptó otra combinación sino que les daría de comer mientras pagasen adelantado. Así, pues,

durante tres semanas vivieron; pero cuando se acabaron los cuartos se acabó la comida. Tras de un día de
ayuno, Avelino comenzó a mirar a *Yock* con malos
ojos. Una mañana, al salir de casa, el señor Ramón
les advirtió que si trataban de marcharse a la calle se
vería en la precisión de llamar a su yerno, el guardia,
para que les llevara a la delegación. Los acreedores,
reunidos, habían dispuesto que o pagaban o no salían
de casa, y si querían marchase iban a la prevención.

La creencia de todos ellos era que los dos amigos
se querían valer de una treta para no pagar, y por más
explicaciones que dieron Avelino y Silvestre todo fue
inútil.

La cuestión estaba planteada por los acreedores de
este modo:

—Sabemos que tienen dinero; pues si no pagan no
salen, y se acabó.

Avelino y Silvestre fueron sitiados por hambre, y
gracias a Cristinita, que les llevó a los dos amigos algunos pedazos de pan y pastillas de chocolate, que
cogió en su casa, no se murieron de hambre.

Se pidió una tregua para salir a buscar dinero, y no
fue concedida. En vista de esto, Paradox y Avelino
pensaron en la fuga. Como el administrador, desde el
robo de don Pelayo, había puesto una reja en la ventana, no se podía salir por ella al tejado; la única salida era un tragaluz. La cuestión era encaramarse hasta allí.

Después podían pedir refugio en el taller de un fotógrafo conocido de Silvestre. El día de Nochebuena
se decidieron a la escapatoria.

—Súbase usted encima de mí —le dijo Paradox a
Avelino—, usted que es menos pesado, a ver si llega
usted.

Silvestre se apoyó en la estantería fuertemente;
Avelino se subió en sus hombros y llegó a dar con la

mano en el tragaluz, que era un cristal grueso en forma de teja.

—Y ahora, ¿cómo saltamos esto? —dijo Avelino.

—¿No se puede?

—No.

—Entonces bájese usted. Habrá que romper el cristal algo.

Bajóse Avelino, y Silvestre descansó un momento.

—Si rompemos el cristal a golpes nos pueden oír —murmuró Silvestre.

—Es verdad. ¿Qué hacemos?

—Espere usted, una idea: vamos a ver si lo rompemos calentándolo.

—¿Calentándolo? ¿Con qué?

—Tenemos espíritu de vino —murmuró Paradox—. Ya verá usted: ¿no habrá por aquí un palo?

—Sí, en la azotea hay uno.

—Tráigalo usted.

Mientras Avelino iba a la azotea a traer el palo, Silvestre cogió un pedazo de trapo de un rincón; luego ató el trapo al extremo del palo y untó la tela con alcohol, la prendió fuego y puso la llama debajo del cristal. Saltó el cristal varias veces con el calor sin meter ruido.

—Ahora vuelva usted a subirse encima de mí —dijo Paradox.

—Esperemos a que se enfríe el cristal —replicó Avelino.

—Bueno, ¿tiene usted el cortaplumas?

—Sí.

—Pues ¡hala!

Volvió a subir Avelino sobre los hombros de Silvestre, y tras de algunas fatigas pudo arrancar un trozo de cristal, que fue a dar en un pie de Paradox, que respingó porque le había dado en un callo; pero que, discurriendo, tuvo que alegrarse porque así no metió ruido al caer. Avelino, ya más fácilmente, arrancó

otro pedazo de vidrio, luego otro y dejó desembara-
zada la claraboya; después se agarró con las dos manos a los bordes, y forcejeando llegó a pasar la cabeza
y luego el cuerpo a través de la abertura.

—Brr, brr. Écheme usted el sombrero —dijo Avelino. Hace un frío que se hiela el nuncio.

Silvestre le echó el sombrero. En aquel mismo ins-
tante oyó ruido de pasos en la escalera, junto a la
puerta de la guardilla.

—¡Chist! —le dijo a Diz, poniendo un dedo en los
labios—. Viene alguno.

El que pasaba debía de ser algún vecino. Dejaron
de oírse sus pasos.

—Y ahora, ¿cómo subo yo?... —preguntó Silvestre.

—Si hubiese una cuerda... —murmuró Avelino.

—Pero no la hay.

—Sí, hombre, la que nos dio Labarta el otro día.

—Es verdad. Voy a cogerla.

Registró Silvestre la guardilla hasta encontrar la
soga y se la echó a Diz.

—¿No la soltará usted? —le preguntó.

—No. Aquí tengo una chimenea para agarrarme y
a no ser que la chimenea se venga abajo...

—Bueno. Vaya usted dándole vueltas alrededor de
la chimenea.

Hízolo así Avelino, y echó por el agujero del sota-
banco las vueltas de la cuerda varias veces.

Silvestre le hizo varios nudos.

—Allá va *Yock* —dijo Silvestre.

—Venga.

Silvestre tomó el perro en brazos y se lo entregó a
Avelino. Después tiró por el tragaluz un carrick, una
capa y dos viejas bufandas.

Quebaba lo más difícil, la ascensión de Paradox.

Silvestre no podía hacer nudos en la parte alta de
la cuerda, y así fue que al subir por ella, cuando le
faltaban más que unos palmos para sacar la cabeza

por el tragaluz, se encontró con que no tenía punto de apoyo en donde sostenerse.

El hombre no poseía mucha fuerza ni se encontraba muy ágil, y al no sentir el pie apoyado sobre algo se aturdió. Afortunadamente, Avelino tuvo el acierto de sostenerle un brazo, y aquel momento de descanso le sirvió a Silvestre para recobrar su energía, y con nuevos bríos y forcejeando pudo alcanzar el marco del tragaluz y salir al tejado. Sudaba, a pesar de los dos o tres grados bajo cero que hacía fuera, y tuvo que envolverse en la capa.

—No perdamos un momento y orientémonos —dijo Silvestre.

—¿Hacia dónde está el taller del fotógrafo? Hacia la calle de la Luna, ¿verdad?

—Sí. Al Este cuatro o cinco grados Sur —murmuró Silvestre, mirando la brújula que colgaba de la cadena de su reloj.

—Creo que es Oeste cinco grados Norte —replicó Avelino.

—No, hombre, no. Ahí está la calle. Allá la plaza de Santo Domingo.

—Es todo lo contrario.

—Bueno. Vamos por aquí; me erijo en dictador; si no acierto, tiene usted derecho a matarme, a tirarme a un patio de éstos.

—Lo haré, está bien.

Echaron a andar. *Yock* iba por delante y les servía para reconocer el terreno. Había una niebla densa, que por encima de los tejados brillaba como una gasa luminosa por el reflejo de las luces de Madrid. Subía desde la calle rumor confuso de zambombas, de chicharras y de panderetas; voces tristes que cantaban en villancicos el nacimiento del Niño Dios; voces que más parecía que cantaban a muerto. Hacía un frío intenso.

En los sitios peligrosos, Avelino y Silvestre andaban a gatas, siempre en la dirección que les marcaba la brújula de Silvestre, hacia el taller del fotógrafo. Llegaron allí y se acercaron; Paradox tenía razón. Llamaron varias veces en los cristales de la galería; no contestó nadie.

—El fotógrafo no está en casa —murmuró Silvestre desconsolado.

—Se conoce que no.

—Vamos a tener que volvernos.

—Nunca.

—Si no, aquí nos vamos a morir de frío.

—Llamaremos en otro lado. Allá hay una guardilla con luz.

Efectivamente, se veía un punto vago de luz entre los tejados. Se acercaron lentamente y miraron por los cristales. A la luz de una lamparilla de aceite se veía un cuarto aguardillado; en un catre dormía una vieja, y sobre una mesa, cubierta con una tela blanca, estaba planchando una mujer joven, ojerosa, demacrada.

—No llamemos aquí; esta mujer se va a asustar.

Retrocedieron y volvieron a dar varias vueltas hasta que apareció otra ventana iluminada en la parte alta de un tejadillo, al otro lado de un patio. Por encima de éste pasaba una larga viga.

—Vamos allá y, sea quien sea, llamemos —dijo Paradox.

Y a caballo en la viga comenzó a cruzar por encima del patio.

Avelino, que le seguía, preguntó:

—¿Y el perro?

—Pasará, no tenga usted cuidado.

Afortunadamente, no había luz en el patio, y esto impedía calcular con certeza la altura, que era de un quinto piso. *Yock* pasó por la viga sin vacilación.

Llegaron frente a la guardilla y miraron adentro. Un hombre trabajaba en un banco de carpintero, cepillando un pedazo de madera.

—¿Llamaremos? —preguntó Avelino.

—Sí.

—Qué le vamos a decir?

—Llame usted, ¡qué demonio! Se nos ocurrirá algo.

Avelino llamó. El hombre miró hacia la ventana, hizo un movimiento de sorpresa y siguió trabajando.

Avelino volvió a llamar.

—¿Quién? —preguntó el hombre.

Y viendo que llamaban otra vez tomó una herramienta del banco de carpintero, como para defenderse, y abrió la ventana.

Lanzó una exclamación al ver los dos hombres amoratados por el frío, envueltos en sus bufandas.

—¡No grite usted! —dijo Paradox—. Somos de la policía. ¿No se ha refugiado por aquí un hombre de boina, alto?

—No, señor, no —balbuceó el hombre.

—Porque se ha cometido un robo ahora mismo en una casa de éstas, y el ladrón o ladrones han escapado por el tejado.

—Por aquí, no, señor, no he visto a nadie.

—¿No tiene otra entrada la casa por el tejado?

—Sí, hay otras guardillas.

—¿Le parece a usted que veamos si en la escalera hay algo? —preguntó Silvestre a Avelino, como si fuera su jefe.

—Bueno.

—¿Quiere usted hacernos el favor de poner una silla para bajar?

El hombre, desconcertado, puso la silla y bajaron. Avelino, Silvestre y *Yock* después.

—¿Traen ustedes perro?

—Sí, para seguir la pista del ladrón. Estos animales son muy inteligentes.

El hombre, al ver de cerca a Silvestre y a Diz, adquirió confianza, y debió de perder todo su miedo, porque cerró la ventana pausadamente, acercó una cajita con tabaco y les ofreció papel de fumar. Hizo un pitillo, y al ir a encenderlo, mirando a Paradox, dijo:

—Pero ustedes no son de la policía, ni mucho menos.

—¿No? —preguntó Silvestre con ironía.

—Ca, hombre. Si yo le conozco a usted. Vive usted al lado. Yo le recuerdo de cuando fui a barnizar un armario a casa de doña Rosa, la de la casa de huéspedes.

—¡Es verdad!

Y Paradox miró a Avelino consternado.

—Pero no se asusten ustedes, no voy a llamar a la pareja.

Silvestre creyó que lo mejor era ser sincero, y contó al hombre lo que les pasaba.

Éste celebró mucho la fuga.

—¿De manera que mañana suben y se encuentran con que en el cuarto no hay nadie? *¡Manífico,* hombre, *manífico!*

Avelino cortó los entusiasmos del carpintero diciéndole que les podían estar buscando, y si no se oponía que les abriera la puerta de la calle.

—Sí, hombre. sí. Ya lo creo que les abro la puerta. Si lo que han hecho ustedes…, vamos, es *manífico*.

El carpintero, entusiasmado, les acompañó por la escalera y les abrió la puerta.

—Vaya, que ustedes sigan, y divertirse —les gritó el hombre—, y si necesitan algo…, aquí…, Pedro Agudo, a la disposición de ustedes.

Paradox y Diz le dijeron sus nombres, y después de unos cuantos apretones de manos salieron fuera.

—¡Gracias a Dios! —murmuró Silvestre viéndose en la calle.

—¡Uf, se me ha quitado un peso de encima! —añadió Avelino.

—¡Una catedral! Me estaba viendo en presidio —repuso Silvestre.

XX

# [LA DANZA DE LA MUERTE]

Salieron los dos amigos a la calle de la Luna, y por
la de la Corredera desembocaron en la calle del Pez.
Iban silenciosos; sólo a largos intervalos se cruzaban
entre ellos algunas palabras.

—¡Si viera usted cómo me pesa Madrid! —murmuró
Silvestre apoyándose en la pared de una casa.

—¡Oh! ¿Y a mí?

—Yo estoy envenenado por este pueblo; necesito
salir, marcharme.

—Es un pueblo deletéreo.

—Si ahora estuviésemos en el campo, ¿eh? Aunque
fuera así, sin un céntimo, ¡cuánto mejor no sería! En-
contraríamos alguna casa en donde calentarnos y algún pajar en donde dormir. ¡Vaya usted a pedir eso
aquí sin dinero!

En aquel momento oyeron el siseo de una mujer,
arrebujada en un mantón, que les llamaba. Era una
vieja; por su aspecto debía de tener más de cincuenta
años. Se acercó a ellos, les miró, y al ver sus trazas
murmuró: «¡Ay Dios mío!», con una tristeza tan grande que daba ganas de llorar.

—¡Qué Nochebuena más terrible la de esta vieja!

—dijo Paradox—. Nos ha mirado, ha visto que teníamos facha de pobres...; quizá no haya comido tampoco. ¡Qué vida más tremenda la suya! Andar como un perro sarnoso rondando las calles de noche, vivir mal, no comer, ser despreciada y además de no tener derecho a la piedad de nadie. Los ricos exigen a los miserables que sean héroes o mártires, no para admirarlos, sino sólo para compadecerlos.

—Si pudiera marcharme de aquí lo haría inmediatamente —rumió Avelino con voz sorda.

—Y yo —repuso Silvestre.

—Lo malo es que no tenemos un cuarto.

—Sí, eso es lo malo.

Subieron por la calle Ancha a la plaza de Santo Domingo, y por la calle de Campomanes bajaron hacia la plaza de Isabel II.

—Si le pidiéramos a Sampelayo... —murmuró Avelino.

—¿Qué?

—El dinero para marcharnos.

—No nos lo daría.

—¿Quién sabe?

—Y usted —preguntó Paradox—, ¿adónde se marcharía?

—A Burjasot, un pueblo cerca de Valencia. ¿Y usted?

—Yo... No sé. A algún asilo dentro de poco.

—No, Paradox. Si usted quiere no nos separaremos nunca.

—Gracias, amigo Diz. Oiga usted, ¿cuánto vale el billete de aquí a Valencia en tercera?

—No sé. Lo podemos ver en la Central. No tenemos nada que hacer.

Llegaron a la Puerta del Sol, entraron en la calle de Alcalá y se acercaron a la Central de los ferrocarriles del Mediodía. Como no había ningún cartel en la pared preguntaron el precio del billete en la puerta de un hotel. Costaba veintiséis pesetas y media.

Silvestre miró su reloj. Eran las once.

Tengo una idea. ¡Andando! —dijo a Diz.

—¿Adónde?

—Vamos a dar un sablazo a un buñolero paisano y amigo mío. Si está él nos presta lo necesario para marcharnos.

Volvieron y atravesaron la Puerta del Sol. En la niebla espesa los focos eléctricos brillaban como si estuvieran a lo lejos, nadando en el aire; a veces el viento daba un barrido a la niebla y entonces se veían las siluetas negras de los hombres que cruzaban la plaza.

Avelino y Silvestre tomaron por la calle Mayor. Se oía en toda la calle un estruendo ensordecedor de zambombas, panderetas, almireces y latas de petróleo. Pasaban grupos de treinta o cuarenta desharrapados, hombres, mujeres y chicos alborotando y cantando. De lejos, entre la niebla, el montón confuso de sombras que saltaban y agitaban los brazos en el aire parecía formar parte de alguna bacanal demoniaca pintada en blanco y negro por Goya.

Por la calle del Siete de Julio penetraron Paradox y su amigo en la Plaza Mayor, que, llena de puestos de la feria, presentaba un aspecto de campamento. Allí se veían los mismos grupos de desharrapados bailando una especie de danza desesperada y macabra al son de zambombas, de chicharras y de sartenes. En los huecos de los portales grupos de chiquillos dormían amontonados. En el momento en que pasaban Silvestre y Avelino un municipal piadoso, cumpliendo alguna estúpida consigna, despertaba a puntapiés a los golfos.

La calle de Toledo estaba triste y oscura; no había habido misa del Gallo en San Isidro.

De la calle de Toledo pasaron a la de los Estudios y por una de las callejuelas inmediatas a ésta se acercaron a la buñolería del paisano de Silvestre, que tenía las puertas con los cristales rotos, sustituidos por papeles untados con aceite.

Casi todas las mesas estaban desocupadas; en unas cuantas jugaban a los naipes algunos golfos de dieciocho a veinte años, gritando a cada jugada desaforadamente; dos o tres muchachas pintarrajeadas, apoyadas en el hombro de los jugadores, miraban, más que al juego, a ellos, que se dejaban adorar como tiranuelos sagaces, que saben ser desdeñosos para ser queridos.

El dueño, amigo de Paradox, no estaba: el criado, en el fondo oscuro de la buñolería, junto al gran caldero de aceite que comenzaba a hervir, estaba preparando en una cazoleta la masa para los buñuelos. La mujer, una gorda chatunga, empleando bastantes malos modos, dijo que no sabía cuándo volvería su marido.

Silvestre y Diz salieron cariacontecidos y volvieron por el mismo camino. Al llegar a la plaza Mayor dijo Diz:

—Me decido.

—¿A qué?

—A empeñar el reloj. Vamos al Monte de Piedad. Si nos dan bastante para el viaje lo empeño.

—¡Si dieran algo por el mío! —murmuró Paradox.

—Ca, es de acero; no dan nada.

Atravesaron unas cuantas callejuelas, salieron a la calle del Arenal y subieron por la de San Martín a la plaza de las Descalzas.

Se pararon ante uno de los tres edificios del Monte de Piedad que tiene enfrente la estatua de un fraile que está sonriendo y acariciándose la barba.

—¿Quién será este tipo? —preguntó Silvestre parándose ante la estatua con una curiosidad que no venía muy a cuento, y después de una pausa añadió—: Se me figura que debe de ser Rabelais.

—Sea Rabelais o el moro Muza, entremos —dijo Avelino.

Atravesaron el zaguán, tristemente iluminado por un farol, y pasaron, por indicárselo así un portero soñoliento, a una sala con una mampara que la dividía a lo largo. Avelino se encargó del empeño. Se acercó con el reloj en la mano a una de las ventanillas de la mampara. Un empleado que estaba leyendo el *Heraldo* dejó el periódico, encendió una luz eléctrica, tomó el reloj, lo probó en la piedra de toque, examinó la máquina, y después, dejándolo en el estante, dijo con indiferencia:

—Sesenta pesetas.

Avelino fue a consultar a Paradox, que se había sentado en un banco.

Sesenta dan. ¿Lo empeño?

—Como usted quiera.

—Sí, lo voy a empeñar —murmuró.

Pasó a otra ventanilla, en donde dio su nombre y sus señas y le entregaron la papeleta. Después tuvo que ir todavía a otra ventanilla, encima de la cual ponía: Caja.

Silvestre, mientras tanto, fue a sentarse en una banqueta al lado de una señora anciana, con el pelo blanco como la nieve, que estaba esperando a que despachara un joven, que debía de ser su hijo.

La señora tenía en la mano varios cubiertos mal envueltos en papeles de periódico.

Mientras Avelino esperaba, Silvestre veía con curiosidad lo que pasaba en un lado de la sala. Habían entrado una muchacha y una vieja, las dos con paquetes envueltos en pañuelos de hierbas.

Fueron sacando ropas y ropas de los dos fardeles, y el empleado, a cada prenda que examinaba, movía la cabeza negativamente.

Al concluir el examen hizo de nuevo un ademán

negativo, se separó de las mujeres, y dirigiéndose a un criado con galones le gritó:

—¡Que cierren la puerta!

Las dos mujeres comenzaron a envolver rápidamente sus ropas en los pañuelos y salieron de prisa, saludando al empleado, y al salir echaron a su alrededor una mirada huraña.

Al mismo tiempo que salían ellas entraba un obrero, que se acercó al mostrador, sacó del bolsillo del pantalón el reloj de níquel y se lo entregó al empleado.

Éste lo examinó rápidamente y se lo volvió a dar al obrero.

—Tres pesetas —le dijo.

—Vengan —murmuró el otro con voz aguardentosa.

Avelino volvió al poco tiempo con el dinero. Silvestre y él salieron del edificio.

Subieron por la calle de Capellanes a la de Preciados y vuelta otra vez a vagar entre la niebla opaca y fría. En una callejuela vieron una iglesia pequeña abierta, en donde estaban celebrando la misa del Gallo, y entraron allá.

Era la iglesia de un convento; había poca gente. En el coro cantaban las monjas; acompañaban sus voces los sonidos de un piano y de un armonium. Eran aquellos cánticos evocación de algo puro, de algo inocente, un recuerdo de infancia, de candor, de un mundo blanco entrevisto de niño. Silvestre, olvidado de todo, sentía caer sobre su corazón, con un estremecimiento angustioso y dulce al mismo tiempo, las largas melodías, las tristes melodías, que subían y se dibujaban en el aire.

—Vámonos, vámonos de aquí —murmuró Avelino.

—¿Qué hacemos? —preguntó Silvestre temblando de frío.

—Nos iremos a cenar a Fornos. Una cenita de tres pesetas, ¿eh?

—No nos entreguemos a la prodigalidad —dijo Paradox estremeciéndose y castañeteando los dientes—. Si empleamos seis pesetas en la cena vamos a ponernos en camino sin un perro chico.

—¡Qué demonio! Para eso es Navidad.

Silvestre seguía temblando por los escalofríos.

—Tomaremos algo en una taberna —dijo Avelino.

Entraron, bebieron una copa de aguardiente; después otra. A la tercera se encontraron animados.

—Vamos a casa de Labarta —dijo Silvestre—. Allí deben de estar cenando.

Echaron a andar haciendo eses. Paradox veía una porción de tonterías que hacían los faroles subiendo y bajando en el aire, pero no quería decir nada.

Se metieron en una callejuela próxima a la calle de Preciados y llamaron en una reja que había al ras del suelo y que por la parte de adentro tenía una ventana.

No respondió nadie.

Volvieron a llamar. Completo silencio. Silvestre metió los dedos por entre los hierros de la reja y empujó la ventana.

Se arrodillaron los dos en la acera, y una vez uno y otra vez otro comenzaron a gritar:

—¡Labarta! ¡Labarta!

Tan desaforadas eran sus voces, que se acercó el sereno.

Se vio el farolillo que se aproximaba como danzando encima del suelo en la oscuridad.

—¿Los señores quieren entrar en la tahona? —preguntó.

—Sí —dijeron los dos—. ¿No estarán dormidos los amos?

—¡Quia! Está de francachela. Voy a abrirles a ustedes.

Dieron vuelta a la casa, abrió el sereno, atravesaron Silvestre y Avelino el portal, luego un patio y, después de pasar un corredor y de subir algunas escaleras, atraídos por el ruido de las conversaciones, entra-

ron en un cuarto y fueron recibidos por un coro de
voces, gritos y patadas.

El cuarto era muy grande, destartalado, con cuatro
o cinco armarios de cristal rotos; en medio tenía una
mesa larga cubierta con papeles, iluminada por dos
quinqués de petróleo; en un rincón se veía un viejísi-
mo piano de cola; sobre la chimenea había dos o tres
relojes parados.

—Señores —dijo Silvestre tartamudeando—, si han
cenado ustedes, nos vamos; venimos única y exclusivamente a eso, a cenar.

—Sentaos y cenad —dijo Labarta el médico, que
presidía la mesa. Después se levantó rápidamente, y
con verdadero entusiasmo dijo—: Señores, buena
suerte. Somos trece en la mesa.

Silvestre y Avelino se sentaron, y Labarta el pintor,
a cuyo lado se sentó Silvestre, le fue indicando quiénes eran sus comensales.

—Éste —dijo señalando a un señor bajete con el
bigote gris— es un militar. Le conocí el otro día en
casa de la Concha. Estaba allí cenando con una, cuando de pronto, ¡paf!, entra una naranja por la ventana
del cuarto y cae encima de la cazuela de calamares
que estábamos comiendo. Yo entonces cogí un cuchillo y lo tiré al otro cuarto. «¡Demonio! ¡Qué bruto!»,
oí que decían al lado, y añadieron: «Vamos a ver
quiénes son.» Llamaron a nuestro cuarto éste y su
prójima, cenamos los cuatro juntos, y nos hemos hecho la mar de amigos.

—Y que lo digas —murmuró con voz de bajo profundo el militar.

Los otros, por el orden que los fue señalando Labarta, eran:

Un pintor y su patrona, bastante guapa todavía.

Dos hermanas de un obrero de la tahona, con dos
amigos suyos, uno pianista de un café y el otro un
relojero alemán, de unos veinticinco años, rubio, que

en aquel momento trataba de aprender un discurso en castellano para decirlo a la reunión.

Además estaban: Labarta el médico y la amiga de Labarta el pintor.

La cena, al principio, fuese porque los comensales no se conocían o por la malhadada influencia del número de los que se sentaron a la mesa, fue triste; apenas si se hablaba, y las gracias eran acogidas con un silencio lúgubre.

El relojero alemán sonreía alegremente con su cara de conejo, llena de barbas rubias, y trataba de grabar en su memoria las frases del discurso, que lo tenía en un papel escrito con lápiz al lado del plato. Los demás iban comiendo y bebiendo sin hablar.

Al llegar a los postres, de repente, sin transición alguna, comenzaron todos a hablar alto y levantaron el diapasón normal de la voz. Pidieron unánimemente que el alemán pronunciara su discurso, y el hombre confesó con modestia que no se lo había podido aprender. Entonces se exigió que lo leyera.

El pobre relojero, que hacía poco tiempo que estaba en España, se trabucaba a cada momento, y en medio de la chacota de unos y otros conservaba su serenidad y seguía sonriendo con su sonrisa de conejo.

Después del discurso del alemán, aplaudido estrepitosamente, empezaron a brindar uno a uno y luego dos y tres a la vez.

Silvestre y Avelino, que de las vigilias y abstinencias de los días anteriores habían pasado a aquel hartazgo, estaban locos. Brindaron al mismo tiempo.

—Por la amistad que les uniría toda la vida, por el Infinito que aquella noche se había impuesto a su alma en el rincón de la iglesia... —dijo Silvestre.

Pero Avelino no quería hablar de Infinito ni de Absoluto, y brindó por la Ciencia, por la sagrada Ciencia, la religión nueva, por la Humanidad, por la Mecánica.

Felizmente para ellos nadie les hacía caso; mujeres y hombres bailaban agarrados en el fondo del cuarto. Labarta el médico tocaba en el piano un vals vertiginoso con las manos y con la nariz al mismo tiempo.

Los bailarines volvieron a la mesa fatigados. Labarta dejó de tocar el piano y comenzó a contar a Silvestre el argumento de un poema que había escrito, un poema en prosa tremendo, lleno de frases terribles.

—Hombre. Yo creo que debía usted leerlo —dijo Silvestre.

—Sí, sí que lo lea, que lo lea —dijeron todos.

Labarta salió a buscar el manuscrito y comenzó a leer sin hacerse de rogar.

El contraste de lo que leía con su aspecto jovial de hombre satisfecho de la vida era curioso. Calvo, como si tuviera cerquillo; la cara ancha, la nariz apatatada y rojiza; los ojos entornados, bondadosos y sonrientes; la boca de labios gruesos, el bigote caído, las barbas lacias, largas y amarillentas; tenía el tipo de un fraile espiritual y glotón al mismo tiempo, de hombre pesimista y epicúreo, socarrón y romántico.

El asunto de su poema era tenebroso. El pianista creyó que lo debía acompañar haciendo acordes en el piano. Comenzó la lectura el médico.

[«La religión está dando las últimas boqueadas. Una noche en la catedral de Toledo, en la capilla mayor, donde descansan los restos de los reyes viejos, a la luz de una lamparilla de aceite, hablan el arzobispo y dos canónigos, de los que aún quedan fieles al catolicismo, y se están preparando los tres para decir a las primeras horas de la mañana el santo sacrificio de la misa.»

El pianista, con este motivo, comenzó a tocar el *Introito*.

«Se sabe desde hace tiempo que los revolucionarios de Roma han entrado en el Vaticano, y el Vicario de Cristo se ha visto en la necesidad de apelar a la fuga, y disfrazado, va por los caminos buscando asilo en la tierra que los poderosos no le conceden. Y todos los días se reza en Toledo por él.

»Aquella noche se oyen unos golpes en la puerta del Perdón de la catedral. Se abre la puerta y aparece un anciano mendigo. Los canónigos y el arzobispo le reconocen y se arrodillan ante él. Es el Papa.

»Pero he aquí que las turbas alborotadoras de Toledo, en donde reina la anarquía, han reconocido al Papa por un nimbo de luz que emana de su cabeza, y al verle han dicho: "Ése es el Pontífice" y han penetrado en la catedral, capitaneados por un hombre alto y hermoso, cubierto con una capa negra que le llega hasta los pies. Y el hombre vestido de negro ha abierto la soberbia reja de Villalpando que cierra la entrada de la capilla mayor y ha subido al retablo y ha tirado al suelo las santas imágenes, talladas por los maestros del siglo XVI, y sobre el altar se ha sentado, y en su frente se ha leído con brillo de fuego el número 666.

»Después se ha visto entrar la Muerte con una corona de hoja de lata, montada en bicicleta, seguida de una turba de esqueletos de médicos y farmacéuticos con sombreros de copa encima de sus calaveras, y tras ellos una jauría de perros flacos y sarnosos... Las sepulturas se han abierto, y por las puertas han entrado una legión de esqueletos carcomidos pedaleando sobre bicicletas, y en los ciclistas se ha visto insignias de obispos y de Papas, de beatos, místicos, abadesas y doctoras, de reinas, princesas, frailes, caballeros y mercaderes.

»Y todos los esqueletos han comenzado a dar vueltas vertiginosas alrededor del templo, y una mano diabólica ha hecho sonar los órganos de la santa iglesia catedral, y el coro ha cantado:

> Dies irae, dies illa,
> Solvet soeclum in favilla,
> Teste David cum Sibylla.

»Pero paulatinamente la música se ha animado, y los esqueletos, en su carrera, han ido perdiendo, el uno la falange de una mano, el otro la mandíbula, y la algarabía de los órganos ha sido cada vez más loca, más vertiginosa, y los esqueletos y las bicicletas se han ido deshaciendo a pedazos hasta que ha sonado una campana..., y el silencio. Se ha abierto un foso en el suelo y han desaparecido todos sepultados.

»Y el hombre negro ha bajado del altar y se ha hundido en la tierra diciendo: *Mors melior vita*».

—Es verdad, es verdad. La muerte mejor que la vida —dijo Silvestre.

—Avelino. ¡Viva la muerte! ¡Hip! ¡Hip! ¡Hurra!

—¡Viva la muerte! —gritaron unos cuantos en broma.

El pianista comenzó a tocar la *Marsellesa.*]

Pero el relojero alemán, que había oído hablar de Nietzsche, no estaba por eso y defendió la Vida, el sentido trágico de la vida, y a Bismarck y a la Prusia, como si alguien atacara a todas aquellas cosas.

Después la orgía tomó caracteres de pesadez y de aburrimiento. Las parejas se largaron. Hubo alguno que cambió de pareja como quien cambia de paraguas.

Silvestre y Avelino se quedaron dormidos en el suelo.

A la mañana siguiente uno de los panaderos de Labarta les despertó con grandes trabajos.

—¿No tienen ustedes que tomar el tren? —les dijo.

—Sí.

—Pues son las diez.

Silvestre y Avelino tomaron el desayuno junto al horno de la panadería y después salieron camino de la estación.

Las calles estaban blancas por la nieve.

Silvestre y Avelino, agarrados del brazo, llegaron a la estación del Mediodía y tomaron un billete de tercera y entraron en el vagón. Se había calmado del todo su excitación de la víspera.

Cuando el tren echó a andar, Paradox, mirando a los ojos a Diz, preguntó:

—Oiga usted, ¿Y en este pueblo no hay saltos de agua?

—No sé; pero creo que sí. Debe de haberlos.

—¿Y no hay ninguna fábrica de electricidad?

—No. Me parece que no. ¿Por qué lo preguntaba usted?

—Porque podíamos instalarla nosotros.

—Chóquela, Paradox... Es verdad. Es usted el hombre del siglo.

—Sí, sí. Hay que estudiar eso. Quizá de esta hecha podemos hacernos ricos. No lo dude usted, ¡ricos! Y entonces, ¡qué de inventos, amigo Diz!

—¡Ya lo creo!

Y Avelino, entusiasmado, sacó la cabeza por la ventanilla y gritó, despreciando el frío y la nieve de fuera:

—¡Bravo! ¡Bravo!

—¡Hurra! ¡Hurra! —gritó Silvestre, asomándose a la otra ventanilla del vagón, desafiando con su entusiasmo y con su locura a la Naturaleza, muerta, indiferente y fría, que helaba y agarrotaba sus miembros, pero que no podía nada contra su espíritu.

Y el tren resopló con fuerza y corrió echando nubes de humo por el campo blanco cubierto de nieve...

*Madrid, 1901.*